重生唐三

唐家三少 著

第1~9册全国热售中！

2021年唐家三少重磅新作，接档第四部，精彩延续！

王者归来 勇担重任 全新时代 热血开启

《斗罗大陆 第五部 重生唐三 9》内容简介

为了协助美公子，唐三决定和美公子参加双人赛，另外，唐三、美公子和大猫都参加了个人赛。在比赛中，他们不断遭遇强敌，不断勇往直前，面对强大的对手，他们只能迫使自己激发潜能，变得更加强大。

初代史莱克七怪的成长之路 ◇ 不可取代的幻想经典

斗罗大陆

新版

唐家三少 著

斗罗大陆 20 新版 唐家三少 著

全国上市

唐家三少超人气之作 武魂觉醒开创传奇

·电视剧倾情巨献·

动画播放量破三百亿 常年雄踞国漫各大榜单

—— 全系列内容简介 ——

唐门百年难得一见的天才唐三因私学唐门高深内功，被追至悬崖边。他将绝世暗器佛怒唐莲留下后纵身一跃，竟阴差阳错来到了斗罗大陆一个普通的村庄——圣魂村。小小的唐三在这里开始了他的魂师修炼之路，并萌生了振兴唐门的梦想……

冰火魔厨

典藏版

1

唐家三少 著

CNS
PUBLISHING & MEDIA
中南出版传媒

（四）湖南少年儿童出版社
HUNAN JUVENILE & CHILDREN'S PUBLISHING HOUSE

图书在版编目（CIP）数据

冰火魔厨：典藏版. 1 / 唐家三少著. —— 长沙：
湖南少年儿童出版社, 2020.11（2022.6重印）

ISBN 978-7-5562-5420-0

Ⅰ.①冰… Ⅱ.①唐… Ⅲ.①长篇小说－中国－当代
Ⅳ.①I247.5

中国版本图书馆CIP数据核字(2020)第190775号

BINGHUO MO CHU DIANCANG BAN 1

冰火魔厨 典藏版 1

唐家三少 著

责任编辑：陈雅倩　朱碧倩
特约编辑：孙宇程　邹　帆
装帧设计：杨　洁　曹希予

出版人：刘星保
出版发行：湖南少年儿童出版社
社址：湖南省长沙市晚报大道89号　　　邮编：410016
电话：0731-82196340（销售部）　　　82196313（总编室）
传真：0731-82199308（销售部）　　　82196330（综合管理部）
常年法律顾问：湖南崇民律师事务所　　　柳成柱律师

经销：新华书店　印刷：北京盛通印刷股份有限公司
书号：ISBN 978-7-5562-5420-0
印张：18　　　　字数：220千字
开本：710 mm×1000 mm　1/16
版次：2020年11月第1版
印次：2022年6月第4次印刷
定价：32.00元

目录

◆ CONTENTS ◆

· 引子 ·

山顶云雾缥缈，一阵清风徐徐而来，带来了几分湿润气息。

雾过云飘，露出光秃秃的山顶。山顶正中，一个身材高大的胖子坐在地上，嘴里还咀嚼着什么。

"唉，最后一根鸡腿也吃了，那家伙怎么还不来，这不是故意吊我的胃口？想吃他一顿大餐还真是不容易。上天啊！他为什么不是一个女人？如果是那样，我就算拼了老命也要娶她为妻，让她天天来安慰我的胃。"

说着，胖子用沾满油的大手揉了揉自己的肚子，脸上充满哀怨之色，只不过，哀怨之色出现在他这张胖脸上，显得那么滑稽。

"胖子，你又在白日做梦。你以为，这次我还打不过你吗？只要我胜了，你就必须还我凤女。"低沉的声音如同来自九幽一般。

七点绚丽的光芒飘然而至，叮的一声轻响，以北斗七星之势同时落在胖子身前。那是七把刀，却只有刀柄露在外面，每一把刀的末端都镶嵌着一颗形状不同、颜色不同的璀璨宝石。蓝、红、青、黄、银、白、黑七种颜色交映生辉，顿时使山顶上覆盖了一层氤氲宝光。

这并不是普通的宝光，而是一种融合了七种魔法元素的特殊结界，除非施法者愿意，或者里面的七色宝石完全被毁，否则谁也动不了这七把刀。

胖子拍手笑道："好啊，好啊，宝贝们都来了。使用宝贝的小子，你也出来吧。赶快让我看看你又有什么新玩意儿，要是打得过我，我就还你凤女，否则，老规矩，给我来一顿全套的七系大餐。"

"哼，胖子，你小心一点，这一次，恐怕你不但吃不到七系大餐，还要将命赔在这里。"

云雾中，一个身穿灰色布衣的身影缓缓走来，那是一个看上去十分英俊的二十多岁的年轻人，金色长发披散在背后，面上罩着一层寒意，如同湖水般清澈的蓝色眼眸平静地注视着前方。他没有看胖子，目光落在七颗宝石上，仿佛那就是他生命的全部。

胖子嘿嘿一笑，道："那就要看你的本事了。你要知道，胖子为了吃，可是会拼命的。所谓肉丝诚可贵，肉片价更高，若有大肉块，两者皆可抛。来吧，来吧，我肚子里的油水估计还够和你玩上一回。"

金发年轻人叹息一声，道："胖子，你又何必如此为难我呢？你还我凤女，大不了，我给你连续做一个月的七系大餐。如果你不让我看到凤女，今天我就算拼命用生命魔法，也要将你留在这里。"

胖子捏了捏自己满是肥肉的下巴，道："那可不行。如果你心中没有思念，做出来的东西味道就差了些，我尝过最好的，你再让我吃次一级的怎么行呢？说实话，你小子的天赋是我所见之人中最好的。你将魔法练到这种境界，真是让胖子我佩服得很啊！"

年轻人苦笑道："你又不是不知道，我练魔法，并不是为了做一名魔法师，而是为了做出更美味的菜肴。何况，我最多也只能用八阶魔法而已。"

胖子摇了摇头，道："不一样的。虽然你只能用八阶魔法，但对魔法的控制和理解是那些所谓的魔导师无法比拟的。试问，他们谁能做到冰火同源，并以冰火同源之力引动其他魔法元素的本源，来驱动风、土、空间、光明、黑暗这另外五种魔法元素呢？你是全大陆第一个全系魔法师，记得他们叫你冰火魔厨。确实，你的力量根本在于冰、火，这个称号最适合你。哈哈，今天我又有好吃的啦。"

金发年轻人目光冷厉，皱眉道："那这么说，我们还是要斗了。"

胖子笑道："当然，当然，我还等着吃你的七系大餐呢。和以前一样，我给你吟唱咒语的时间，动手吧。饭前活动一下确实不错，最近似乎又胖了不少。"

金发年轻人的目光变了，变得异常执着，自始至终，他都望着那七颗宝石。

"我们认识的时间不短，我还没有给你介绍过我吃饭的家伙，它们都是我最亲密的朋友。"

胖子有些好奇地道："是啊！还真没听你说过。这七把刀一把比一把奇怪。你倒说来听听。"

金发年轻人眼神痴迷。

"冰雪女神的叹息——晨露刀。"嗡的一声轻响，蓝光骤然绽放，山顶上的冰元素明显多起来。

"火焰之神的咆哮——正阳刀。"红光亮。

"自由之风的轻吟——傲天刀。"青光亮。

"大地苏醒的旋律——长生刀。"黄光亮。

"神机百变的六芒——璇玑刀。"银光亮。

"贯穿天地的曙光——圣耀刀。"白光亮。

"永世地狱的诅咒——噬魔刀。"黑光亮。

七色光芒骤然亮起、交织，如同彩虹一般。金发年轻人面露笑容，看着那七色光芒，道："它们是七大神刃，也是凝聚着冰、火、风、土、空间、光明、黑暗七种元素的魔法杖，最重要的，它们都是我的菜刀。"

胖子脸上的笑容不见了，取而代之的是凝重之色。他明显感觉到，这一次，金发年轻人的气息与以前相比明显不同。

一层淡淡的金光出现在胖子身上，赫然是巅峰的斗气——神斗气。胖子上身微微前倾，身体在金色光芒的包裹下，犹如一柄有如实体的重剑。是的，他正是拥有武士最高称号的神师。

金发年轻人眼中大放光芒，双手抬起，修长灵巧的手指在小臂的带动下，飞快地在身前画出两个六芒星，一红、一蓝，看上去分外鲜明。

"冰雪女神啊，请赐予我永冻之冰。火焰之神啊，请赐予我凤凰涅槃之焰。以吾之名，冰与火的极限，融合吧。"

七把刀上的七颗宝石同时亮了起来，红、蓝两色光芒纠缠而起，带动着其余的五色光芒向金发年轻人骤然冲去。

七色光芒包裹住金发年轻人的身体，以先前那红、蓝两个六芒星为引，形成一层怪异的全系结界。金发年轻人露出一丝怪异的笑容，向胖子道："让你试试我新研究出的特技魔法，全系·影之傀儡。"

—— 第 1 章 ——
冰雪祭祀的追杀

骄阳如火，一名高大的男子带着一个孩子缓慢前行。男子身上穿着火红色的魔法袍，胸口处所绣的金色火焰图案代表他是魔导士。金色的长发披散在背后，古铜色的面庞如刀削斧凿一般，棱角分明。但是，他那双褐色的眼眸中流露着淡淡的悲伤。

"念冰，你累吗？"男子低头看向手中所牵的孩子。

男孩儿身高只到男子的腰部，相貌与男子倒有六分相像，只不过他脸部的线条柔和许多，同样有着金色头发，虽然他年纪尚小，但英俊的相貌比男子更引人注目。他有着一双水蓝色的眼眸，身体看上去有些瘦弱，由于疲倦，脸色苍白，鬓角处汗迹隐现。

男孩儿坚定地摇了摇头，道："爸爸，我不累。我们就要见到妈妈了吗？我，我好想妈妈。"

男子仰头看向空中的骄阳，刺目的阳光似乎对他没有分毫影响。

"是啊！我们就要见到你妈妈了，十年了，你已经十岁了。十年来，天下之大，却没有咱们爷俩的容身之处。不论如何，这次我一定要见到你妈妈，哪怕付出生命的代价。"

念冰毕竟年纪尚幼，有些不解地看着自己的父亲。

"爸爸，为什么他们不让咱们见妈妈呢？"

男子冷哼一声，眼中似乎要喷出火来。

"他们，哼，他们。念冰，你还小，等你长大了，就会明白了。为了你妈妈，爸爸可以付出一切，但是，我实在舍不得你。你还这么小，到了前面的村子，你留在那里等爸爸，好不好？"

"不，爸爸，我要和你一起去找妈妈。妈妈不要我了，难道你也不要我吗？"念冰眼圈一红，紧紧地抓住父亲的大手，唯恐父亲抛下自己。

高大男子从怀中掏出一个卷轴递到念冰手上。

"记得爸爸教你的魔法卷轴的使用方法吗？你跟我去也可以，但是，到了危急关头，一定要记着使用这个卷轴，它会将你送到安全的地方，就是前天爸爸画下魔法阵的位置。"

念冰将魔法卷轴接入手中，乖巧地点了点头，道："爸爸，我知道了。"

男子叹息一声，道："可惜时间太短了，你天赋比我还要好，如果时间允许，我能教你更多东西的话，或许你会成为整个大陆上最顶尖的火系魔法师。但是，时间不允许我再等下去。如果我们明天无法赶到冰神之塔，就永远也见不到你妈妈了。"

念冰似懂非懂地点了点头，道："爸爸，今后我一定会成为像你一样强大的火系魔法师。"

男子望向远处，道："记得当年，我和你妈妈在一起的时候，我们曾经商量，如果有了孩子，该让他修炼什么魔法。她是冰系魔法师，而我是火系，冰火不相融，我们的孩子也只能选择一种。那时，你妈妈说，如果生了男孩儿，就跟我学火系魔法，生了女孩儿，就跟她学冰系魔法。现在想起来，她仿佛就在我眼前一般，只不过，言犹在耳，伊人已去。"

说到这里，他的声音突然高昂了几分："我，火系魔导士融天发誓，一定要阻止冰雪女神祭祀的继承仪式，夺回我的妻子。"

……

三天后。

那是一座高约百米的山峰。山峰陡峭，虽然不高，但是给人一种凌厉的感觉。青灰色的山体看上去分外肃杀，上面虽有些植物生长，但是极为稀疏，或许是由于山势陡峭吧。除非常年在山上行走之人，否则，普通人很难攀爬上如此陡峭的山峰。山峰脚下，一条大河由南向北奔涌而去，这是仰光大陆一条有名的母亲河，名曰天青河。

大河横贯仰光大陆接近三分之二的地域，长近两千公里，它的源头就在最北方的冰极行省。冰极行省百分之六十的面积都被冰川所覆盖，每年春夏两季，冰川融化，汇入天青河之中，一直延续到遥远的大海。河面宽阔，最狭窄处也有近百米宽，最宽处更是达到数千米。天青河以河水清澈、水流湍急而得名，养育着数个国家，数十个行省的百姓。虽然天青河偶尔会带来一定程度的水患，但由于各国治理得当，河边的人们也能过上平静安逸的生活，依河而存。

陡峭的山峰，峰顶面积不足十平方米。突然，地面上出现了火红色的光芒，那是一个光点，光点快速移动着，眨眼间勾勒出一个红色的六芒星。峰顶的温度急剧上升，六芒星上方因为灼热而产生了水样波纹。

波纹缓缓颤动着，红光骤然大盛，周围的魔法元素似乎在欢快地鸣叫，元素波动强烈，一道灰色的身影悄然出现。

灰色的身影一个趔趄，从火红色的魔法阵中跌出，险些摔倒在地，那是一个孩子，正是三天前跟随父亲一起寻亲的融念冰。

融念冰英俊的小脸上充满恐惧，金色的短发显得有些凌乱，脚下一软，一屁股坐倒在地上，大口大口地喘息着。

"爸爸，妈妈，为什么，为什么会这样？"

泪水顺着脸庞不断流淌，失去至亲的痛苦，无论是谁都很难承受，何况他只是一个十岁的孩子。

哭了一会儿，精神疲倦的念冰蜷缩在山顶的一块岩石边，昏睡过去。小小年纪的他，前途一片渺茫，他根本不知道自己应该做些什么。

淡淡的蓝、红两色光芒在他怀中一闪而逝，周围的火元素和冰元素飞快地向他那幼小的身体聚集，这个奇异的过程维持了一顿饭的时间才悄然消失。

不知道过了多长时间，剧烈的疼痛使念冰从睡梦中清醒过来。三个人就站在他面前不远处。胸口传来的剧烈疼痛不禁让他咳嗽出声，一缕鲜血顺着嘴角流淌而出，灰色的布衣上多了一个带着黄土的鞋印。

那三个人都穿着蓝色的魔法袍，与他们蓝色的长发相配，仿佛他们的身体是用冰凝结而成的，给人一种难言的冰冷感。他们看上去三四十岁的样子，中央一人魔法袍左胸口处有指甲大小的蓝色晶石雕刻的三片雪花，两旁跟随的人明显等级低一些，只有一片雪花。

"以火为基础的瞬间移动魔法阵卷轴。可惜是由一个孩子来使用，留下的气息太明显了。"中央的魔法师淡淡地说道。

看到这三个人，念冰俊俏的小脸顿时变得扭曲了。

"你们，啊！是你们这些坏人。还我妈妈，还我爸爸！"

不知道哪里来的力气，念冰勉强从地上爬起来，向中间那人冲去。此时，他忘记了自己拥有初级魔法师的能力，冲动之下，只凭本能行动。

"小东西，找死吗？"

左侧的魔法师右手一挥，一颗直径三寸的水弹瞬发而出，直接轰上念冰的胸口。

水弹只是普通的一阶魔法，攻击力并不强，念冰闷哼一声，一个趔趄向后跌退几步，一屁股坐在地上。他的手因为与旁边的岩石摩擦，出现了数道血痕。

中间那名魔法师瞪了同伴一眼，道："够了，他只是一个孩子，我不想让他经历太多的痛苦。"

"是，尊敬的冰雪祭祀大人。"出手的魔法师答应一声，赶忙退到旁边。

冰雪祭祀看着念冰，淡然道："孩子，我本不愿意伤害你，无奈你是他们的孩子，为了冰神塔的尊严，你不能继续存在。交出冰雪女神之石，我给你一个痛快。"

以他的身份，自然不会自己动手去搜，只是威严地下着命令。

念冰缓缓站了起来，小小年纪，他的眼中却流露出冷厉，仇恨在他心中燃烧。

"冰神塔的尊严？爸爸说过，外表光鲜的冰神塔只不过是一堆垃圾。想得回冰雪女神之石？别做梦了，我就算死也不会给你们，那是妈妈最后给我的东西，你们都去死。"

没有任何预兆，念冰双拳同时向前挥出，左红右蓝，两道光芒分别带着不同的气息向前面的三人罩去。那是火球与水球，两个只有一级的魔法，不需要吟唱咒语就可以施展。

冰与火同时出现，念冰自己也没有想到。

冰雪祭祀眼中光芒一闪，快速吟唱了几个简单的音节，一面柔和的水墙凭空出现，水与火碰撞出一片水雾。冰雪祭祀心中突然一动，暗道不好，再想出手，却已经来不及了。

幼小的身体从峰顶坠落，念冰跳出悬崖的那一刻，完全没有犹豫。扑通一声，身影没入湍急的河流，只溅起淡淡的波纹。

念冰的声音依然在三名冰雪魔法师耳边回荡，他们终于明白了死也不交出冰雪女神之石的意思。

冰雪祭祀上前几步，走到悬崖边缘，轻叹一声，道："好刚烈的孩子。"

"冰雪祭祀大人，这怎么可能？他才多大，怎么会瞬发两种魔法？而且还是彼此冲突的魔法。"左边的冰雪魔法师惊讶地看着下方湍急的河水。

冰雪祭祀淡然道："那不是因为他的魔法力高，而是因为他不但有冰师叔的冰雪女神之石，还有融天的火焰神之石，虽然他还无法发挥出这两颗极品宝石真正的威力，但发出简单的初级魔法还是可以的。不过，冰火相克，但他同时使用这两种初级魔法，彼此之间似乎并没有冲突。这让我有些不明白。看来，这孩子在魔法方面有着极高的天赋。"

右边的魔法师恨声道："可惜，我们没有足够的魔法力将湍急的河流冰冻，否则一定能得到这两颗宝石。冰雪祭祀大人，我们的任务怎么办？先前还不如直接搜他的身。"

冰雪祭祀看了右边的魔法师一眼，眼中的寒意使他全身一个激灵，再也不敢多说什么。

"记住，修炼魔法先要修心，没有一颗平静的心，你们的魔法能力始终无法达到上乘境界。这次的任务以失败而告终，一切责任，我自会承担。我们回去吧。伟大的冰雪女神啊！请借我您的愤怒，送我们到达迷失的彼岸。"

不知道什么时候，冰雪祭祀手上多了一根长约一米的魔法杖，杖身为晶莹的蓝色，不知何物所制，杖头探出八爪，抓住一颗透明的宝石。

冰雪祭祀缓缓举起魔法杖，冰元素在空中逐渐变得狂暴，天空也随之暗了下来，冰雪女神的愤怒是什么？是冰雪风暴。

冰雪风暴，六阶大范围冰系魔法，攻击力普通，但范围极广。

雪片飘飞，使周围的温度急剧下降，这是冰雪魔法师最喜欢的环境，昏暗的天空中，风雪肆虐，冰雪祭祀将魔法杖向前指去。

"走吧。"

两名冰雪魔法师应了一声，全身被淡淡的蓝色光芒包裹，犹如一片雪花般飘飞而起，随风雪飘荡，朝冰神塔的方向而去。冰雪风暴最适合冰雪魔法师短距离飞行，虽然不能像风系魔法师那样持续飞行，但短途飞行还可以，速度比风系魔法快几分。

同伴走了，冰雪祭祀冰鲁将目光最后一次投向那宽阔的天青河，轻叹道："一切都由上天来决定吧，冰师叔，我能替你做的，也只有这些了。"

以冰鲁的魔法水平，原本可以在念冰逃离之时强行将其击毙，但是，心中的善念使他没有这样做，给那失去父母的可怜孩子留下了最后一丝生机。

……

查极从桃花林走向天青河畔，看了一眼手中的渔网，自言自语地道："改善改善生活吧，天天吃青菜，即使再美味，身体总是缺乏营养的。网几条青鱼，滋补一下我这老迈的身体。"

清新的空气微微有些潮湿，呼吸起来使他感觉分外舒适，今年五十七岁的查极在这里居住了十年之久，对于周围的一切再熟悉不过。

查极双手颤抖着勉强抓牢渔网，以臂力带动手发力，将渔网撒了出去，虽然只撒出四五米远，但天青河渔产丰富，只要他有耐心等下去，就一定不会空手而归。

查极把渔网固定在身旁，将其中的一根线拴在自己的手腕上，然后倚靠着身旁的一棵大树坐了下来。火热的夏天，在树荫下乘凉确实是不错的选择。

查极刚刚坐定，手上的线突然猛地一震，他立马睁开双眼，精光一闪而过。

"不会运气这么好吧。平时，总要等些时间才有货。坏了，怎么不是鱼？我可怜的渔网啊！"

当他的目光落在河上时，看到的却是一块木头。木头不大，长约一米，人腿般粗细，正被他那并不算很结实的渔网缠绕住，不用看他也知道，这张渔网恐怕报废了。

查极还没来得及感叹自己的运气，却发现那块木头上有一双纤细的手臂。有人，河里有人。查极不敢耽搁，将鱼线飞快地缠绕在自己腿上，大步向岸边更远的地方走去，凭借腿力，将那块木头连同人一起带到了岸边。

"不——"

念冰猛地坐起来，大口大口地喘息着，神色惊疑不定。

鸟叫声清晰地传入耳中，柔和的光线照在他的身上，带来几分温暖。他用力摇了摇头，心神稍微稳定了一点，还能感觉到温暖，说明自己还没死。于是他的心跳渐渐平稳下来，他观察着四周。这似乎是一间小木屋，除了自己所在的床以外，周围没有过多的摆设，屋里有不少尘土，显然主人不经常打扫。

"你醒了。"

一个疲惫的声音传了过来，木门发出吱呀一声，一个人从外面走了进来。

念冰下意识地蜷缩起身体。

"你，你是谁？"

"你的救命恩人。"

查极走到床边坐了下来，将手中的碗放在一旁的木桌上，微笑地看着念冰，心中暗道：好个俊逸的孩子。

念冰回想起这几天发生的一切，全身微微一震，下意识地摸了摸自己怀中，见那坚硬的物品还在，便松了口气，试探着问道："是您救了我？"

他一边说着，一边打量着面前的老人。老人看上去六十多岁的样子，头发已经斑白，皱纹显示着岁月的风霜，脸上带着慈和的微笑，相貌甚是普通。

查极理所当然地道："当然是我，要不，你以为会是谁呢？算你运气好，竟然能坚持抱着木头，你知道我把你弄回来费了多大劲吗？真是累死我老人家了。小家伙，吃点东西吧，你那破木头撞坏了我的渔网，现在只有菜粥可以喝。"

先前处于惊吓中，因此念冰并没有什么感觉，此时一听查极让他吃东西，才发现自己都饿得前胸贴后背了。

当时，他跃入天青河后，在水面上拍打挣扎，险些晕过去，双手连抓，竟然在被冲出数百米后，奇迹般抓到了一块木头，强烈的求生欲望使他紧抱着木头不放。也算他运气好，天青河极为宽阔，没有什么凸出的礁石，他这才在撞上查极的渔网后得救。

他有些谨慎地看了查极一眼，才将那碗并没有香气散出的菜粥端了起来。当他看到菜粥时，不禁愣了一下，白色的粥看上去极为黏稠，似乎闪烁着晶莹的光泽。绿色的青菜虽然切得大小不一，但散布在白粥之中，他似乎能够感觉到它所包含的生命气息。

离得近了，整碗粥都散发着淡淡的清香，念冰不禁食指大动。他哪里知道，当初，这么一碗普通的菜粥在仰光大陆饮食界有"翡翠白玉粥"的美称，绝不是普通人能够喝到的。其关键不在材料，而在于烹制的方法。

白粥的香甜混合着青菜的清新，两种不同的气息完美地结合在一起。当一碗粥下肚后，念冰觉得自己的力气仿佛恢复了几分，连精神都好了许多，普通的菜粥，却让他唇齿留香，味觉的极度满足令他对查极不禁增添了几分好感。

"爷爷，谢谢您。这粥太好喝了，是您做的吗？"念冰好奇地问道。

黯然之色从查极眼中一闪而过。

"我现在也只能做些这种普通的吃食了。"

"普通？怎么会？这菜粥是我吃过的最美味的东西，味道真的太棒了。即便是以前妈妈做的饭，味道也比不上它。"

提到自己的妈妈，念冰的眼圈不禁红了起来，强烈的恨意不由得流露出来，使一旁的查极暗暗心惊。

"小朋友，我还不知道你叫什么名字呢，而且你为什么会落水呢？你家大人在哪里？"

念冰全身一僵，他虽然只有十岁，但这几年以来，一直跟随着父亲东奔西走，比同龄的孩子成熟得多，父亲曾经告诉他，逢人只说三分话。两年前，他无意中透露口风，使自己和父亲遭到长达一个月的追杀。之后，他就深刻地明白了这个道理。

于是他低下头，道："我的名字好像叫念冰，其他的什么都想不起来了。"

念冰毕竟只有十岁，在饱经世故的查极面前，这种话又怎么能让人相信呢？不过，查极也没有多问，微微一笑，道："我叫查极，你可以叫我查爷爷。你说你已经忘记了一切，那你有什么去处吗？"

念冰强忍着不让眼泪流下来，摇了摇头。

"我，我也不知道该去哪里。"

看着他那悲伤的样子，查极心中生出一丝不忍。

"算了，孩子，我知道你心中一定有什么秘密不愿意说出来，爷爷不逼你。如果你愿意，就暂时在这里住下来吧，反正这桃花林中也只有我一个人在。"

念冰猛地睁大眼睛，坚定地道："不，谢谢您，查爷爷，但是我必须离开，您救了我，我不能连累您。"

查极眉头微皱。

"这么说，有人在追杀你？是什么人如此残忍，连你这么小的孩子都不放过？你在睡梦中，不断呼喊着爸爸、妈妈，难道你的父母已经遭难了吗？"

念冰再也控制不住，泪水顺着脸庞流淌而下，他痛哭出声，查极赶忙将他搂入怀中，安慰道："好了，一切都已经过去了。你一定受了惊吓，我这个地方很隐秘，又是所谓的禁地，一般人是不会来的，你先安心住下来，至少等身体健康了，再考虑离开的事。再睡一会儿吧，晚上爷爷给你做点好东西吃。"

在查极的安抚下，念冰又一次进入了梦乡。

当十岁的念冰再次从睡梦中清醒过来时，他的精神状态已经完全稳定下来，原本从窗外射下的阳光已经不见了，鸟儿们似乎也回了自己的巢穴，周围变得一片寂静。

念冰从床上爬起来，发现自己穿着一件宽大的粗布衣，显然是查极的。他活动了一下自己的身体，似乎没那么疲倦了。他轻手轻脚地打开房门走了出去。周围一片漆黑，他无法看清景物的样子，夜雾弥漫，带来几分寒意。他下意识地紧了紧身上的衣服，朝旁边另一间有光亮的房间走去，脚下无意间碰到了什么，发出一声轻响。

"念冰吗？进来吧。"查极的声音从房间中传出。

念冰推门而入，这是一间比他那间房子大一些的木屋。查极手里拿着本书，在油灯下看着，见他走进来，便将书放在一旁，微笑着道："走吧，爷爷带你去厨房。饭菜都已经准备好了，只要热一下就可以。"

此时念冰才发现查极的身材极为高大，但上身已经有些佝偻了。查极搂着念冰小小的肩膀，带念冰走出房间，一边走，一边说道："这个小院只有我自己一个人住，多了你做伴，我也算是不寂寞了。来，看看爷爷给你准备了什么好吃的。"

厨房在两间卧房旁边五米外，是一个单独的房间，当念冰跟着查极来到这里时，他惊讶地发现，这间厨房竟然比两人的房间还大。

查极点亮油灯，旁边的案子上有一个罩子，盖住了几盘菜，木罩子由藤条编织而成，透过缝隙可以看到，那些盘子中明显都是青菜。

查极打开罩子，里面一共是四碟青菜，看上去都是简单烹制而成。查极走到一旁的炉灶处，摸出火石，双手颤抖着在参差不齐的木柴上打火。

"菜我已经做好一会儿了，可惜凉了，咱们热一下，虽然味道会差几分，但也不会难吃。"

念冰发现查极的手一直在颤抖，火石虽然在碰撞中激起火星，但由于查极的手非常不稳，很难将柴火点燃，于是念冰赶忙乖巧地走过去，道："爷爷，让我来帮您吧。"

查极叹息一声，神色黯然，将火石递给念冰。

"老了，真的是老了，我应该用油灯才对。谁能想到，当初的鬼厨，现在竟然连火都无法点燃，一切都已经成为过去。"

念冰并没有接火石，也没有注意查极的话，他的精神完全集中，轻声道："热情的火元素啊，请求你们，凝聚成火焰的光芒，给世间带来温暖吧。"

他发出一种特殊的音调，小手向炉灶下伸去，一团不大的红色火焰升腾而起。虽然火光并不明亮，但是，炉灶中的柴草遇到明火立刻就燃烧起来。

查极目瞪口呆地看着念冰，喃喃地道："魔法，这是火系魔法。伟大的天神啊！是你将这个孩子特意送到我身边的吗？谢谢你，谢谢你，我终于有了希望，太好了。"

查极语无伦次地欢呼着，看得一旁的念冰有些发愣。此时，查极的腰板似乎不再佝偻，他站直身体，兴奋地看着天花板。

"爷爷，查爷爷，您这是怎么了？"

查极回过神来，双手抓住念冰的肩膀，兴奋地道："孩子，你是一个魔法师对不对？快告诉爷爷，你是一个火系魔法师。"

念冰全身一震，这才意识到自己一时兴起，暴露了魔法能力，他用力地摇着头，道："不，我不是，我，我不是。"

"不，你是。"查极肯定地说道，"孩子，你放心，爷爷对你一点恶意也没有。我只是太高兴了。你这么小，竟然是一名魔法师，这是上天对我的恩宠啊！"

念冰仿佛又看到了在冰神塔时的情景，激动地大喊："不，我不是，我不是。"

查极此时才意识到，刚恢复一些的念冰，在自己的刺激下，有些难以承受，赶忙道："孩子，你听我说，你先听我说好吗？你看看我的手。"

说着，他松开念冰，双手向上一翻，露出自己的手腕。

念冰被查极的话所吸引，下意识地向他的手腕处看去。

"啊——"

查极双手的手腕处各有一道伤痕，虽然伤口早已愈合，但伤疤依旧存在，触目惊心，整个伤口向内凹陷，呈现紫黑色，看上去极为恐怖。

⟿ 第 2 章 ⟾
鬼厨查极

　　查极苦笑道："像我这么一个双手手筋被挑断的老人，能对你做什么呢？"

　　念冰看着查极，眼中的惊惧之色减弱了几分，试探着问道："爷爷，您，您的手为什么会这样？"

　　查极拉着念冰坐下来，黯然一叹，道："听爷爷给你讲一个故事吧，一个发生在我自己身上的故事。听完之后，你就会明白，为什么我看到你使用魔法时会如此兴奋了。"

　　说到这里，他看着幽深黑暗的门外，眼神逐渐变得迷离。

　　"咱们这片仰光大陆，经过近三百年的战争时期后，大约在七十年前，整个大陆进入了大致和平的阶段，五大帝国逐渐形成，将整片大陆瓜分，除了一些特殊的地方以外，其他土地都被五大帝国划入自己的版图之中。经过近三百年的战争洗礼，人们需要休养生息。数十年来，五大帝国一直在发展工农业，虽然偶有争执，但也算相安无事。"

　　念冰点了点头，道："您说的五大帝国就是东方的奥兰帝国，东南方的奇鲁帝国，西南方的华融帝国，西北方的朗木帝国和北方的冰月帝国吧。"

　　查极点了点头，道："不错，就是这五大帝国。我出生在东南方的奇鲁帝国，小时候，家里很穷，连细粮都吃不上。我记得，我问过母亲，窝头什么时候能吃饱，母亲就抱着我哭。那时候，我最大的志愿就是能够天天吃上美味佳肴，能够做出最好的饭菜给母亲吃。后来，我也一直朝着这个目标不断努力，可惜，我的父母在我还没有能力奉养他们的时候，就在一场瘟疫中去世了。或许是上天怜悯我吧，在我十三岁那年，我遇到了我的师傅。当时，因为家里穷，所以年纪还很小的我被送到了一家饭馆做学徒，那也是我十分愿意的。我的师傅，就是那家饭馆的大厨。为了能够学到自己向往的厨艺，我非常勤快，讨好整个饭馆内的每一个人。我们那家饭馆名叫奇香，是奇鲁帝国中最有名的饭店之一。师傅看我还算勤快，开始传授我一些简单的厨艺。我并不算聪明，但是我很勤劳，所谓勤能补拙，在不懈的努力下，三年后，我终于从杂役升到了配菜的位置。有一天，师傅将我叫到僻静处，对我说，想学好厨艺，光是勤奋还不够，还需要有悟性，要用心去感知自己所做的菜。做菜不是简单的工作，而是一门高深的学问。他教给我八个字，让我去完成，那就是'十年练厨，十年悟厨'。直到今天，我还记得这八个字。经过不断努力和领悟，在二十三岁那年，我的厨艺终于走上了大成之路，师傅却在那一年因病去世。我始终牢记着师傅说的那八个字，于是我放弃了继承师傅位置的机会，辞去了一切职务，拿着我的菜刀，带着微薄的积蓄，踏上了自己的旅途，我要走遍仰光大陆，去学习每一个国家、每一个地区的厨艺。"

说到这里，查极眼睛亮了起来，似乎又回到了当初的辉煌时期。他感叹道："十年，又是一个十年，真正让我领悟厨艺真谛的十年。在这十年中，我几乎走遍了所有著名的饭店，与每一个饭店中的大厨切磋，再经过自己的领悟，终于创出了属于自己的特技。后来，因为我的厨艺达到了鬼斧神工的境界，所以人送外号'鬼厨'。在连续五届厨神大赛中，我得到了五连冠的辉煌战绩。我做出的菜也成为当时的一个象征。五大帝国的皇宫都向我抛出了橄榄枝，希望我能去他们那里，担任御厨总管，但是，我始终觉得自己的厨艺还不够精湛。所以，我一直在继续探索，希望能让自己的技艺提升到一个更高的领域。在不断的探索中进步，那是一种美妙的感觉，尤其是当我做出一道绝世好菜时，那种成就感是任何事都无法相比的。我将自己的一生都贡献给了厨艺，直到四十七岁那年，依旧没有婚娶。"

说到这里，查极停下来，看着聚精会神听自己讲述的念冰，微微一笑，道："想不到吧，我这个糟老头还有辉煌的一面。"

念冰愣了一下，虽然查极说得很平淡，但他还是能够发觉，查极的语气中流露出一丝浓浓的悲哀。

"爷爷，那后来呢？后来怎么样了？"

查极苦笑道："后来，坦白说，我真的不愿意回忆起那时发生的一切，但是，现在又不得不记起。四十七岁那年是我一生中的重要转折点，也是我从云端跌落的一年。或许是由于活了四十多年都没经历过感情，那一年，我竟然疯狂地喜欢上了一个女人。她是那么美，那么活泼开朗，她的一举一动，一颦一笑，都使我的心随之颤动。那时，她才二十四岁，我比她大了许多，但是，我还是喜欢上了她。她也是一名厨师，但是，她是与我截然不同的厨师，只做一些精致的点心，在一家饭店中担任面点师。那家饭店也是我待得最久的一家。我经过长时间的思考，决定向她表达我内心的情感，我并没有奢望她能接受，只是想将内心的想法说出来。"

念冰问道："那她接受了吗？"

查极摇了摇头，道："她没有说接受，也没有说不接受。听了我的话以后，她提出一个条件，要和我比一下厨艺。如果我赢了，她就嫁我为妻，如果我输了，就必须退出厨艺界，我所拥有的名誉都归她所有。"

念冰皱了皱眉，英俊的小脸上露出一丝怪异的神情。

"爷爷，我想您是被她利用了吧。她明知道您是最强的厨师还敢提出这样的要求，肯定是有些把握的。何况，她提出这种要求，明显没安好心，怎么会真心嫁给你呢？"

查极笑了。

"真是个聪明的孩子。是的，我确实被她利用了，只不过，那时的我已经被感情冲昏了头脑，根本没有思考太多，就一口答应下来。毕竟，多年站在厨艺界的巅峰，使我有了莫名的傲气。那时，我已经很久没有与人比试过厨艺了，因为根本没有人会来挑战我。即使是厨神大赛，我也只做评委而已。既然她要与我比我最擅长的东西，我也没有理由不答应，于是一场让我到现在也无法忘记的比赛开始了。"

查极顿了顿，才继续说道："为了让她心服口服，我决定做自己最拿手的六样名菜，我们请来了厨艺界最有名的十八名厨师给我们做评判。我的厨艺已经达到了炉火纯青的地步，六道复杂的名菜，我只用了一个小时就完成了。我对自己做出的菜极为满意，它们几乎是有生命的。奇怪的是，那时的她面对一堆材料却没有动。当我完成六道菜，看向她时，她跟我说：'你做这么多，我只做一道菜，精品，有一样就足够了。'一边说，她一边动了，没有华丽的动作，没有熟练的刀功，她拿起肉条，迅速将肉条抛向空中，用奇特的语调吟唱着什么，一道蓝色的火焰冲天而起，将那块肉条吞没，白色的刀光在空中一闪而过。当肉条落在盘子中时，已经变成了金黄色的十三段。直到那时，我才知道，她竟然是一名魔法师，而且还是实力极强的火系魔法师。尽管如此，我还是以为自己赢了，毕竟她只有一道菜，而我却有六道，从色、香两点来看，她远远落于下风。但是，很快我就知道自己错了，当我亲口品尝到那金黄色的肉条时，一种前所未有的感觉充斥我的口腔，那肉条事先并没有经过加工，在制作的过程中也没有添加任何调料，但是，肉条的香气完全释放了出来。十三段肉条有着不同的味道，这十三种味道混合在一起，比任何放了佐料的菜肴都要美味得多。当我品尝了一口时，我就知道，自己输了，而且输得很惨。虽然从味道上来看，我的六道菜绝不会比她的肉条差，但我的厨艺在她面前，已经落了下乘。不光是因为速度不及她，更重要的，是因为缺乏创新。"

"不。"念冰突然道，"爷爷，您错了，其实她只是取巧而已，她做那肉条，一定是将魔法控制做到了极限，再加上不同程度的火系魔法，自然能拥有那种奇特的味道。如果您也会魔法，做出的东西一定比她强多了。"父亲多次对他讲过，魔法力的强弱虽然重要，但对魔法的控制同样非常关键，好的控制力，可以使魔法产生更强的效果。

查极叹息一声，道："是的，后来也有人跟我这么说过。但是，当时那种情形，身为一个男人，输了就是输了。她问我，赌约还算不算数，我说，当然算。于是我当众宣布，将鬼厨的名头送给她，同时，废了自己的手筋，表示彻底退出厨艺界。再后来，我就来到了这里。我已经在这里生活了十年。现在你该明白，为什么我看到你使用魔法会这么激动了吧。如果当初我也会魔法，我的厨艺一定能达到一个新的境界。如果我也会魔法，她恐怕早已是我的妻子了。我记忆最深刻的是，当初我废掉手筋时，她脸上的表情，从她那双美丽的眼眸中，我看出了后悔，但是，那又有什么用呢？鬼厨查极从那一天起消失在厨艺的舞台上，新的鬼厨诞生。在我即将离开的时候，她突然找到我，对我说，其实她只会做那一道菜。之所以向我挑战，是因为我在厨神大赛上赢过她的父亲。她父亲临死前，仍然不忘当初的比赛，希望她有一天能战胜我。父亲的遗言，使她一直向这方面努力着，但是，她是一名魔法师，在那之前，她根本就不会做菜。她很清楚，想在厨艺上超过我，几乎是不可能的事，所以，她才选择了以魔法入厨的方式。我输了，输掉了我的一切。当时，她对我说，她只是想替父亲赢得荣誉，并没有想过伤害我。我笑了，我告诉她，一切都不再重要，我这一生中唯一的一段感情以这种悲剧的方式结束了。之后，我离开了那里，经过一段时间的迷茫，最后才选择这个寂静无人的地方定居。"

念冰被这个故事深深吸引。

"爷爷，那您后悔吗？"

查极摇了摇头，道："不，我并不后悔。虽然我失去了一切，但是，我看到了厨艺一个新的发展方向，那就是以魔法入厨。经过魔法的加工，食物的味道就能提升到另一个境界。可惜，我即便知道了，也做不到，而且很少有人会去尝试。毕竟，身为高贵的魔法师，又有谁愿意成为一个厨子呢？"

念冰点了点头，道："我明白了，您是想让我跟您学厨艺，将魔法与厨艺融合，成为一名魔法厨师，是吗？"

查极收敛自己悲伤的情绪，慈祥地一笑，道："那你愿意吗？"

念冰低下头，此时，他的眼中不断出现各种复杂的情绪。作为一个十岁的孩子，他需要想的确实太多了，只是，查极无法看到他此时的表情而已。

很快，念冰做出了决定，他抬起头，看向查极。

"爷爷，对不起，我不能。"

查极眼中微微一亮，但光芒很快就隐没不见。

"嗯，爷爷不会勉强你。现在，你已经听了爷爷的故事，能不能让爷爷也听听你的故事？你来到这里，究竟是为了什么？"

念冰犹豫了一下，道："爷爷，您救了我的命，我确实不应该再瞒您什么。我的父母都是魔法师，我们本来有一个快乐的家庭。但是，就在不久前，我们路过冰月帝国一个叫塔鲁山的地方时，遇到了许多土匪，他们想劫掠我们的财物，父母不允，就动起手来。您也知道，魔法师虽然有能力，但吟唱魔法咒语的时间过长是最大的弊病。即便父母杀了一些敌人，最后，最后……"说到这里，念冰痛哭失声。

如果在平时，查极一定会发觉，正在痛哭的念冰正偷瞄着自己，但是，查极刚刚讲述完自己身上发生的一切，依旧沉浸在悲伤之中，再加上天色昏暗，所以并没有注意到这个细节。

念冰的这个谎言之中包含着真实的成分，当初他随父亲路过塔鲁山的时候，确实遇到过许多土匪。那些土匪试图抢劫他们，但是，以他父亲的魔法造诣，对付那些土匪太容易了。

塔鲁山是一个著名的土匪窝，出于这个原因，此时查极已经相信了念冰的话，毕竟，一个老人对一个十岁的孩子又能产生多大的戒心呢？

"冰月帝国一向有冰神塔守护着，真不知道冰神塔中的那些魔法师是干什么的，塔鲁山为害四方也不是一天两天了，早就应该将那些土匪彻底剿灭。孩子，别伤心了，不论你愿不愿意随爷爷学习厨艺，都先在这里踏实住下，好吗？"

念冰此时本已无家可归，轻轻地点了点头，他幼小的心灵中充满了仇恨：冰神塔、冰神塔，总有一天我会去的。

查极从一旁拿起一杯水，他的手在颤抖，由于背对念冰，念冰并没有发现，一些白色的粉末在颤抖中滑入了杯子中。

他将水递给念冰，道："孩子，先喝点水吧。爷爷这就给你热菜。"

念冰不疑有他，答应一声，大口大口地将这杯水喝入腹中。

查极的眼神有些复杂，他的内心似乎在因什么而挣扎着，但是，很快他就下定了决心。

念冰喝了水，乖巧地将杯子放在一旁，伸展着自己的身体，道："爷爷，您怎么还不热菜呢？您做的菜一定很好吃的。"

查极叹息一声，道："对不起，念冰，但是，爷爷没有别的选择，你是我唯一的机会。"

念冰愣了一下，突然感觉一阵眩晕，身体顿时一晃。

查极抬头看向念冰，他的声音变得低沉起来。

"看着我，孩子，看着我的眼睛，你现在很困，很困，放松你的身体，放松一切，我是你最信任的人，睡吧，睡吧。"

念冰注视着查极的眼睛，眼神渐渐变得呆滞了，虽然他依旧坐在那里，但是，脸上不再有任何表情。

查极咬破自己的手指，在空中画出一个圆圈。

"以我的鲜血为指引，封印吧，无尽的仇恨。"

红光一闪，笼罩了念冰的身体，他微微一震，就恢复了平静。

查极继续道："念冰，我叫查极，我是你的老师，从现在开始，除了对仰光大陆的认知以及魔法知识，其他一切东西，包括以前发生的事情都将成为泡影，现在，在你的心中只有对魔法和厨艺的执着，追求厨艺的巅峰，将是你这一生最大的目标。"

说到这里，查极停顿下来，而念冰则喃喃地重复着他先前所说的这句话，呆滞的目光变得更加沉迷了。

查极眼中流露出一丝不忍，继续道："除非你的魔法达到了足以消灭仇人的地步，否则，你被封印的记忆将永远无法苏醒。睡吧，孩子，好好睡吧。"

说着，查极将念冰搂入怀中，念冰闭上了眼睛，呼吸很快就变得均匀了。

查极抱着念冰，叹息一声。

"没想到，当初用一顿饭换来的封印催眠术第一次使用，竟然用在了一个孩子身上。念冰，对不起，爷爷没得选择，如果你不肯跟我学习厨艺，恐怕我这一身本事就要失传了，希望你能理解爷爷的苦心，今后，爷爷一定会全心全意地教导你，让你成为最伟大的厨师。或许，将来有一天你的记忆会苏醒，那时，就算你再恨我，我也愿意承受。你将不会是以前的我，不会是鬼厨，而是一名魔厨，会魔法的厨师。你将超越以前的一切厨师，达到厨艺真正的巅峰。或许，我太自私了。可是，如果你的父母还活着，他们一定不会怪我，与其让你永远活在仇恨之中，还不如快乐地追求厨艺。"

查极自言自语，他并没有发现，当他说出最后一句话的时候，念冰垂在身旁的右手处，一丝红光悄然而没。

查极抱起念冰的身体，将他送回房间，为他盖好被子，笑了。

"希望终于来临，我绝不会放弃上天对我的恩赐。孩子，好好地睡吧，从明天开始，你将学习鬼厨的技艺，哈哈，哈哈哈哈。"

对于厨艺的执着，使查极忘记了一切，十年来，他没有一刻比现在更加开心。

门关，查极离去了，或许，今天这一晚他也无法安睡吧。

木屋重新恢复了平静，一切都陷入了黑暗之中。原本应该沉睡的念冰突然坐起来，似乎在思索什么，眼神并不呆滞。

念冰伸手入怀，从中掏出两颗宝石。两颗宝石一蓝一红，红色的是雕刻成火焰形态的宝石，而蓝色的则是菱形宝石，各自散发着与本体颜色一样的光芒。红、蓝两色光芒很淡，彼此间似乎在相互排斥。

"妈妈，谢谢您。如果不是冰雪女神之石始终都在守护我的心灵，或许，现在我真的已经失去记忆了。妈妈，您能不能告诉我，念冰现在该怎么办？真的像查极爷爷说的那样，放弃一切仇恨吗？不，我做不到啊！那些人害得你们那么苦，我，我……"

念冰双手分别攥紧红、蓝两色宝石，灼热的火元素与冰冷的冰元素分别从掌心侵入他的身体，这两种极端的能量没有让念冰有任何不适。他在思考，不断地思考。仰光大陆上，五大帝国魔法师的分级都是一样的，从低到高，分别是初级魔法师、中级魔法师、高级魔法师、大魔法师、魔导士、魔导师和神降师。自己现在只是一个小小的初级魔法师，而冰神塔之所以能成为整个冰月帝国的守护者，正是因为有最强大的魔法师——神降师。自己的父亲是魔导士，在神降师面前都不堪一击，自己就算再恨，又能有什么用呢？

念冰的心有些冷了，对于修炼魔法的人来说，神降师是可望不可即的高峰，那并不是单靠修炼就能达到的境界，不但要有机缘，有悟性，还需要无数高等晶石支持，经过多年苦练，与天地融为一体，才有可能成功。

在整个大陆上，除了冰神塔有一位神降师，传说中还有两位，只不过，没有人能确定他们是否存在。所以，冰月帝国在仰光大陆上始终有着超然的地位。

我想要凭自己的力量与神降师抗衡，那无疑是送死。查极爷爷说得对，除非我的魔法达到足以消灭仇人的地步，否则，仇恨又有什么意义呢？或许，我真的应该把仇恨的记忆封印。父亲在临去冰神塔的时候说过，只有不被仇恨蒙蔽理智，才有可能救出母亲。现在自己最好这样做，暂时放下仇恨，之后才有可能报仇。

想到这里，念冰豁然开朗，露出一丝淡淡的笑容，自言自语道："查极爷爷，虽然您没有成功封印住我内心的仇恨，但是，念冰会自己将它封印，等到有一天，我能与神降师抗衡的时候，我才会将父亲赐予我的融姓冠于自身。爸爸、妈妈，你们真的会因为念冰放下仇恨而高兴吗？你们放心吧，总有一天，总有一天我会替你们讨回公道的。"

念冰双拳用力攥紧，冰雪女神之石与火焰神之石与他的皮肤接触着。一直在思考的念冰并没有发现，他身体周围的冰元素和火元素正在进行一种奇妙的交流。

他平躺在床上，开始了每天必要的冥想。父亲对他说过，修炼魔法没有任何取巧的可能，只有通过冥想，不断与魔法元素交流，才能逐渐拥有更强大的魔法力，然后在魔法力的作用下，跟属性与自己相同的魔法元素产生共振，经过吟唱咒语，释放出更强的魔法。

以前，念冰修炼的只有火系魔法，但在他利用卷轴，转移到那座山峰前，母亲拼尽全力送给了他一件东西，就是他手中的冰雪女神之石，有了冰雪女神之石后，念冰惊讶地发现，自己体内的火系魔法力竟然有一部分转化成了冰系魔法力。体内的魔法力分成了泾渭分明的两派，以自己身体的中轴线为界，分隔在两边，看上去极为怪异，这也是他能在危急关头，通过两颗宝石发出低级魔法的原因。

今天是念冰得到两颗宝石后第一次修炼，他闭着眼睛，心中呼唤着空气中的魔法元素。火系魔法元素被吸入体内后，就会自然地融向右半边身体，而冰系魔法元素被吸入体内后，就会自然地飘到自己的左半边身体。

除了念冰的脑部以外，冰、火两系魔法元素以他的身体正中为分界线，各自在身体两边融合，互不侵犯。

到了此时，念冰才定下心来，思考自己现在的情况，体内的样子让他非常奇怪。以前，融天教导他魔法的时候，曾经告诉他，作为一名魔法师，最好的选择就是修炼一种魔法，只有这样，才有可能达到魔法巅峰。如果分散修炼几种魔法，势必造成精神力分散，达到一定程度后就很难再进步了。而且，在已知的七系魔法中，有两对对头，分别是冰与火、光明与黑暗。冰、水同源，可以算是一种魔法，冰系魔法本身就是水系魔法的变异形态，因此冰与火是完全相对的，没有人能同时拥有这两种极端的魔法。一旦同时修炼，很有可能会因为冰、火相互冲突而受到伤害。

当初，在念冰刚开始学习魔法的时候，融天曾经让他选择，因为他的身体既可以接受火元素，也可以接受冰元素，后来，念冰选择了更容易入门的火系魔法，一直跟随着融天修炼。但是，他本身的冰体质并没有消失。

融天以为，当念冰的火系魔法达到一定程度后，冰体质将可以忽略不计，所以也没有过多地注意。融天也没有发觉，念冰每次冥想的时候，冰体质都在悄悄影响着念冰。

—— 第 3 章 ——
厨师的修炼

　　如果念冰一直修炼火系魔法，当他达到中级魔法师的境界后，或许冰体质真的会由于火元素积聚过多而消失，但是，这个时候，念冰得到了冰雪女神之石。

　　作为顶级魔法宝石，冰雪女神之石中孕育着最纯净的冰元素气息，在无声无息中引动念冰的冰体质，将原本的火魔法力逼迫到身体另一边。

　　原本，念冰修炼的火魔法力就不是很纯净，一直受到冰体质的影响。冰雪女神之石一出现，念冰体内的火魔法力正好将影响自己的冰魔法力分离出来，所以，现在不论是冰魔法力，还是火魔法力，都极为纯净。

　　念冰从五岁开始修炼魔法，到现在已经有五年时间了。仰光大陆上的魔法师不算特别多，其根本原因就是修炼魔法太困难了。如果是一名武者，训练三年便可有成绩，至少能达到小成水平，而作为一名魔法师，如果初期没有冥想十年，几乎不可能达到中级魔法师的程度。就算是中级魔法师，在一对一的战斗中，也未必能打得过一名只修炼了三年的武者，吟唱咒语的时间长是最大的弊病。所以，选择修炼魔法的人极少，而成功与魔法元素沟通，成为中级魔法师的人就更少了。

　　魔法师的存在很有必要，虽然在一对一的战斗中，他们不占优势，但如果是军团级的对决，他们就是必不可少的。尤其是高级魔法师发出的大面积杀伤性魔法，往往能改变整个战局。所以，魔法师就算修炼再难，也始终有他存在的道理。

念冰在去年成功达到初级魔法师的境界，在融天看来已经很快了，但是，他不知道，念冰本身在魔法方面非常有天赋，如果没有冰体质影响，念冰会进步得更快。

而此时，在冰雪女神之石和火焰神之石的作用下，存在多年的弊病终于消失了。由于念冰只是初级魔法师，不论是火元素还是冰元素都不是很浓郁，所以，暂时可以在体内维持平衡状态。以前的弊病虽然消失了，但他还要担心新的问题。冰、火相克，继续冥想下去，会出现什么情况？它们会一直相安无事吗？念冰不知道答案，他也不知道该怎么做。修炼魔法固然困难，放弃体内的一种魔法力却更为困难，除非有比自己高三阶的魔法师帮助，否则根本不可能成功。而此时，他又要上哪里寻找魔法师呢？

念冰平躺在床上，不断思索着这些问题，左冷右热的感觉虽然并不舒服，但也没有使他产生过度的不适。他该怎么办？继续这样冥想下去？冰、火两种魔法力虽然都不多，但感觉比较纯净，或许，这就是两颗宝石的作用吧。现在也没有别的办法，为了报仇，自己必须拥有更强的实力，既然不能放弃修炼魔法，也只能继续下去，走一步看一步。或许，今后等自己的魔法变强了，会有解决的办法。

想到这里，念冰不再犹豫，继续冥想。在两颗宝石的帮助下，冰、火两种魔法元素飞快地向他的身体凝聚，很快，他就进入了入定状态。

清晨，虫鸣鸟叫声充斥着整片桃花林，一夜没睡的查极早早就爬了起来。

"小懒虫，起来了。"查极推开房门。

念冰刚从冥想状态中清醒过来没多久，只觉得神清气爽，前所未有的舒适感不禁让他呻吟出声，下意识地伸了个懒腰。当然，还有一些怪异的感觉——他的身体两边有着不同的温度。

念冰看到查极，微微一笑，道："师傅，您起得好早啊！"

本来查极还怕自己的催眠术不起作用，一听念冰叫"师傅"，他顿时松了口气，微微一笑，道："早吗？不早了，快起来，从今天开始，师傅要正式传授你厨艺了。"

"好。"

念冰见查极并没有怀疑自己，便飞快地起身，趁查极不注意，小心地将两颗宝石收好，简单地整理了一下房间，才跟着查极走出去。

"师傅，我们从什么开始学呢？"念冰好奇地问道。因为想通了关于仇恨的事，现在的他显得比昨天活泼许多。

查极微微一笑，道："我昨天已经想好了，给你安排一个每天学习的程序，至少，在目前这种情况下，你只要按照这个程序学习就可以了。念冰，你知道成为一个好的厨师，首先要经历什么吗？"

念冰疑惑地摇了摇头，道："我以前又没学过，哪里知道？"

查极正色道："要成为一个好的厨师，必须先经历一个过程——熟悉食物，只有完全熟悉了食物的各种味道，懂得鉴赏品尝，才能成为一个合格的厨师。所以，从今天开始，你要品尝我做的每一道菜，来锻炼你的味觉和嗅觉。"

念冰愣了一下，聪明的他很快就反应过来。

"师傅，您的意思，不会是让我每天只是吃吧？这样就能学好厨艺了？"

查极嘿嘿一笑，道："厨艺是一门艺术，吃，同样也是一门艺术。你以为吃就那么容易吗？你不但要吃，还要吃出精华，要告诉我，你都吃了什么，吃出了什么。"

念冰笑了，拍着手道："好啊！这还不简单，那我们什么时候开始吃，师傅，我已经饿了。"昨天因为催眠术的关系，除了一碗粥以外，他并没有再吃过什么东西，又怎会不饿呢？

查极没好气地道："简单吗？以后你就会知道吃简不简单了。吃，需要经历两个过程，在那之后，你才可以真正开始学习厨艺。"

念冰好奇地问道："两个什么过程？"

查极诡异地一笑，道："这两个过程，就是由瘦变胖，再由胖变瘦的过程。"

念冰虽然聪明，但还是没有明白查极的意思。

看着他疑惑的眼神，查极道："你现在不需要明白，之后你会明白这两个过程的道理。好了，早饭我已经给你准备好了，在厨房，自己去吃吧。"

早饭很简单，一大碗粥和几碟小菜，念冰本就饿了，再加上查极的手艺极好，他用最快的速度结束了这顿早饭。

查极坐在念冰身边，看他美美地吃完了，微笑着问道："怎么样？"

念冰满足地道："好好吃哦。师傅，您不愧是鬼厨，做出来的饭菜简直无人能比。"

查极叹息一声，道："可惜我的手筋已经断了，只能做些最简单的菜。不对，臭小子，你一句好吃就打发我了吗？忘记我刚才跟你说了什么？你现在需要告诉我这顿早饭给你的感觉。"

念冰用无辜的眼神看着查极，道："感觉？感觉不就是好吃吗？难道这还不够啊！"

查极在念冰头上敲了一下，道："笨蛋，当然不够。只知道好吃，你和一般人有什么区别，你必须说出好在什么地方才行。"

念冰道："那您不早说，您自己不说清楚，怎么能怪我？吃完饭了，我出去活动活动。"

查极无奈地道："这次就饶了你，我也不给你讲解了，中午你要是再这样回答我，我就不给你吃晚饭。你该去活动活动了，拿着那柄斧子，去砍柴吧。"

念冰顺着查极指的方向看去，只见一柄几乎与自己一般高的大斧子立在墙角处，斧刃足有一尺多宽，虽然上面有些锈迹，但依然能感觉到它的锋利。念冰点了点头，道："师傅，我这就去，要砍多少柴回来？"

查极愣了一下，他本以为念冰看到那巨大的斧子时一定会抱怨，没想到念冰却一口答应下来，于是便下意识地问道："你不觉得这斧子太大了吗？"

念冰无奈地道："大也要砍啊！既然现在有了我，这些粗活就都交给我吧。您的手不方便，多休息休息，说不定，以后手筋还能长上呢。"

说着，念冰向大斧子走去。

听了念冰的话，多年未曾有过的温暖，在查极胸间蔓延，仿佛胸口堵着什么，他的心微微有些颤抖。

斧子确实很沉，念冰要用双手拖着，才能勉强让它离位，这么沉的斧头，用来砍柴确实不算方便。

查极道："念冰，柴只需要砍一点回来，够我们生活就可以了。我需要你做的，是用这斧子来劈柴，劈得越细越好。作为一名厨师，必须有强壮的身体。同时，刀功也需要从拙劲练起，你明白吗？"

念冰会意地点了点头，笑了一下，拖着大斧子向外走去。

"等一下。"查极发现，自己竟然忘记了一件最重要的事，不禁出了一身冷汗。上天好不容易送给自己一个这么好的徒弟，要是徒弟因为自己的大意而送掉了性命，那真是百身莫赎了。

刚走出房门的念冰回头看向追出来的查极，问道："师傅，您还有什么事吗？"

查极拍拍自己的胸口，道："我真是老糊涂了，你刚来这里，我却忘记给你介绍一下这里的情况。这片树林，叫桃花林，因为这里生长的树木大部分都是桃木。"

念冰心道，这不是废话吗，没有桃树又怎么会叫桃花林？

"那又怎么样呢？"

查极道："这里的桃花大多数都是异种，你知道为什么这里没有人吗？正是因为这种桃花能够分泌出一种毒素，随风传播，我称它为桃花瘴。其毒性十分剧烈，人畜闻到，会立刻身体抽搐而亡，所以，这里是冰月帝国的禁地之一，除了一些先天具有抗体的动物以外，再没有其他生物存在，人就更不会来到这里了。因此，你根本不用惧怕追杀。"

念冰愣了一下，道："既然桃花瘴那么毒，您为什么没事？"

查极嘿嘿一笑，道："你忘记我是干什么的了？我是厨师，桃花也是一种食物，而对于食物，没有谁比我的感觉更敏锐。这里的桃花瘴虽然毒，但也不是没有克制的办法，任何剧毒之物附近，都有与它相克的东西存在。这片森林中有一种五叶草，把它做成药粉，服用后，身体逐渐就会有抗性，自然不会有事。给你，你先吃。坚持吃三个月，你的身体自然就能生出抗体，以后就不用怕了。"

说着，查极将一个小瓷瓶递给念冰。

五叶草制成的药粉味道苦涩，念冰吃下后险些吐出来，好不容易才完全吞咽下去？这才拖着大斧子向树林中走去。

念冰走入桃花林，观察着周围的环境，这里的空气非常清新，还带着一丝淡淡的桃花香气，空气很湿润，应该与桃花林旁的天青河有关。一棵棵桃树间只有很小的间隙，虽然他个子不高，但走路时也要小心，才不会碰到桃树。

这里的桃树不高，就算长了很久的桃树也是一样，枝叶向四周伸展，劈它为柴，比劈其他树木要容易得多。但是，现在念冰面临着一个问题，就算那些桃树枝很矮，他也要举起斧子才行。他小小年纪，又如何挥得动大斧子呢？

念冰看着面前的桃树，心中有些犯难。尝试几次之后，除了使自己更疲倦以外，最多只能让斧子稍微离开地面。力量，一向不是魔法师的强项。

"如果现在能凝结出一个冰刀，或许能够将树枝砍下来吧。"念冰自言自语地说着。

虽然他已经拥有了冰系魔法，但之前根本没练习过冰系魔法咒语，没有合适的咒语，就算有魔法力也毫无办法。难道用火系魔法来烧吗？火系魔法咒语他倒是早就背熟了，从一阶到八阶他都会，但那没用，除非他想把面前的桃树烧掉。

大斧子对于一个只有十岁的孩子来说确实太重了。念冰坐在桃树下，想着要不折些树枝回去。不，那样的话，自己将无法劈柴，只有砍些粗的回去才行。但是他连大斧子都拿不动，又怎么砍呢？

突然，念冰灵机一动，自己虽然不会冰系魔法，但是会火系魔法。在火系二阶魔法中有一种火刀术，利用火元素凝聚成一柄火焰刀攻敌，火焰刀的攻击力集中在火上，砍树的话，不仅效果不好，而且很容易引起火灾，要是桃花林着火就麻烦了。如果把火焰刀的咒语改一下，在吟唱的时候将火变成冰，不知道行不行。以自己的魔法力，虽然用二阶魔法勉强了一些，但倒可以试一试，反正又没什么损失。

念冰从地上跳起来，斧子也扔到一旁不管了，从怀里取出自己的宝贝冰雪女神之石，微微一笑，用拇指和食指捏着冰雪女神之石，高举过头，聚精会神地吟唱："冰元素啊！我请求你，凝聚成锋利的巨刃，斩开世间的束缚和枷锁吧。"

他感觉到周围的冰元素在飞快地向自己聚集，与自己体内的冰系魔法力不断产生着共鸣。半空中，一柄接近透明，长约一尺的冰刀飘然出现。

念冰心中大喜，他知道自己成功了，手向前方一根粗如大腿的树枝一指。

"去。"

光芒闪动，冰刀一下砍在那树枝上，化为了碎片，毕竟他的魔法力还不够强大，冰刀的威力有限得很。即便如此，念冰还是非常兴奋，他知道自己已经摸索到了一条捷径，或许中、高级魔法都有特色咒语，但对于低级魔法来说，吟唱的方法应该是差不多的。

在冰刀的砍劈下，那根树枝出现了一道裂痕，念冰并没有再用冰刀去砍，而是跑到树枝前，双手抓住它，用力拉扯，有缺口的树枝一下就被折断了。

念冰不断使用同样的方法，然后发现自己刚拥有不久的冰系魔法力竟然比火系魔法还要多些，接连用了七次冰刀后，冰系魔法力才消耗干净，地上也多了七根树枝。

长时间使用魔法让他的精神有些萎靡，于是他便靠在一旁的树上，开始了短暂的冥想。

冰雪女神之石不愧为顶级的冰系宝石，短短一个小时，就帮助念冰恢复了一些冰系魔法力，再加上昨天晚上的冥想，他的魔法力有了些微进步。

查极刚刚做好午饭，站在木屋前活动着自己有些僵硬的身体。他觉得有些奇怪，为什么念冰去了半天还不回来？难道念冰真的能用那斧子砍柴？不可能吧。自己让念冰带斧子去，只是想看看念冰多长时间才会回来。时间越长，证明念冰思考得越久。一个善于思考的人来当厨师，是比较有好处的，对菜肴的理解会比较深，这也算是查极给念冰的一个简单测试。没想到念冰一去就是两个多小时，太阳早已高高地悬挂在半空之中，这让查极不禁有些着急。

正当查极准备外出寻找念冰的时候，清脆的声音响起。

"师傅，我回来了，您看，这些柴够不够？"

念冰满头大汗地从桃花林中走出来，七八根桃树枝被他用藤蔓拴在大斧子上拖了回来。他显然很累，说话都有些喘息。

"你真的砍了柴？难道你拿得动那斧子？"查极惊讶地道。

念冰小脸一红，道："不是，我用了魔法，才砍回来这些，不过我魔法力比较弱，砍完后再恢复过来，就看到太阳升空，快中午了，所以就先回来，下午我再去好了。"

查极心中一动，问道："你用的什么魔法？火系魔法能砍柴？你不是想把这里烧了吧？"

"当然不是！我用冰刀砍的，您看：冰元素啊！我请求你，凝聚成锋利的巨刃，斩开世间的束缚和枷锁吧。"

光芒闪烁，一柄接近透明的冰刀出现在念冰身前。

"啊！你会两系魔法？"

查极两眼冒光，他不是魔法师，自然不知道冰系魔法与火系魔法是不

039

能同修的，一心只想到自己捡了个宝。

"冰，太好了，冰也可以用在饮食上，看来，我对你的教导还要有所改变，冰与火如果运用得当，做出的菜将……好了，走吧，咱们先吃饭去。"

中餐不算丰盛，只有两个菜和普通的米饭。但是，查极做的菜看又怎么会差呢？这一顿，念冰吃得更香了。自从与父亲在仰光大陆各地漂泊之后，他很少好好吃饭，此刻吃得满足，使他的小脸看上去红扑扑的。

"怎么样？感觉如何？"看念冰吃完了，查极急忙问道。

"好吃，真的很好吃。"念冰发自内心地说道。

查极目瞪口呆。

"又是这句？"

"哇，我忘了，可能是刚才用魔法砍柴，精神力消耗过度吧。师傅，晚上我一定会记得。"

查极无奈地看着念冰，哼了一声，道："这次原谅你，事不过三。"

念冰嘿嘿一笑，道："师傅，您别生气嘛，其实这次我有感觉了。您这两盘菜我虽然不知道是什么，但味道鲜咸，而且回味清香，吃起来脆脆的，感觉很舒服，吃到肚子里还热乎乎的。"

查极没好气地道："就这些？真是白让我费了半天劲。你知道它们为什么会好吃吗？普通人做青菜，无非就是先放油，油热后放葱姜炝锅，再放入青菜炒上一炒，最后放调料出锅。而我炒的菜之所以好吃，第一在用料，我用的是最新鲜的蔬菜，从林中摘下来后立刻入锅；其次，我没有用油，所以，你不会有油腻感。普通人不用油，恐怕菜都没法炒了，但是我可以用水来代替，因为我的水里添加了特殊的东西，有些药物存在。这种水不但可以使菜不粘锅，还可以使青菜变得更加香甜。同时，在翻炒时火候很重要，往往相差一瞬间，出来的味道就完全不同。你要记住，无论是什么食物，想让它好吃，就必须把它的原味展现出来。你明白吗？"

念冰有些茫然地道："老师，您跟我讲这些是不是太早了，应该循序渐进吧。"

查极道："我只是想让你知道，菜好吃自然有好吃的道理。好了，你去睡一会儿，下午开始劈柴吧。厨房左边的墙角中有一把柴刀，那才是你要用的，以后砍柴、劈柴都不许用魔法，知道了吗？那完全是浪费，魔法要在做菜最关键的时候用，才能体现它的价值。要是我会魔法，该多好啊！"

从这一天开始，念冰过上了平淡有序的生活。每天清晨早起，先简单收拾一下卧室和厨房，然后吃早饭，听查极讲一些关于厨艺的知识。查极似乎并不急于教他实际操作，只是将厨师需要掌握的各种知识仔细讲给他听。第二件事，就是去砍柴，砍柴并不困难，困难的是劈柴。在查极的教导下，念冰才知道，劈柴是需要看木材纹路的，纹路不同，劈的方位也不同，想将柴劈得大小差不多，并不是一件容易的事。

中饭与早饭相同，念冰除了要说出对查极所做菜肴的感觉以外，就是听查极讲述。下午同样是劈柴，查极并不要求他劈出多少，而要求他劈的柴要细，越细越好。晚饭后，听过查极的讲述，念冰就回自己房间冥想了。冥想不但是修炼魔法力最好的办法，同时，也是最好的休息方式。

时间一天天过去了，念冰终于体会到了什么叫由瘦变胖的过程。虽然他每天都在劈柴，但运动量并不大，再加上查极换着花样给他做美食，每一餐中都添加了一些从林中采来的黄精、人参等补品，念冰的身体像吹气球一样，从瘦瘦小小的，迅速横向发展，当然，身高也长了不少，但与体重相比，就有些不成比例了。

一年过后，原本英俊的孩童消失，不论从哪个角度看去，念冰的身体都像一个球。当念冰问查极自己是不是太胖时，查极只是告诉他，以后一定会瘦回去的。

"师傅，今天我还要劈柴吗？我现在劈得已经很细了！"念冰跑到查极的房间，有些不满地说道。

"劈，继续劈，你还差得远呢！"

查极没有看念冰，躺在床上翻了个身。自从念冰来了，他轻松了许多，所有粗活都不用自己干，每天只需要给念冰做三顿饭就足够了。

"可是，师傅，我要劈到什么时候才算完啊？"天天劈柴，劈了足足一年，恐怕谁也无法忍受。

"完？想要完很简单啊！你现在劈的确实够细了，不过，大小还不够均匀，什么时候你能劈到所有柴都一样粗，那就算完了。"

查极一点也不急，吧唧了两下嘴，继续睡回笼觉。

均匀，这两个字让念冰想起了自己体内的魔法力。在冰雪女神之石和火焰神之石的帮助下，这一年以来，他的魔法进步极快，现在他才明白，为什么父亲年仅三十七岁，就能成为一名魔导士，恐怕正是由于火焰神之石。

但是，念冰也遇到了问题。最开始时，只是凭借表面的感觉判断，觉得半边身子凉半边身子热，但现在，身体两边的温度明显不一样，左边的身体像浸入水中，甚至是冰水，右边身体则烫得像发高烧。

一冷一热，经常使念冰有眩晕的感觉。尤其是当他使用了魔法，导致两边魔法力不均匀的时候，这种感觉会更加明显。所以，后来再使用魔法时，用一个冰系魔法，就必须再用一个同等的火系魔法，使魔法力的消耗完全一样，才能不受到影响。

念冰并没有将这种情况告诉查极，他明知道这样下去自己恐怕会有危险，还是坚持修炼。他相信，只要自己的魔法力能够保持在均匀状态，就不会出现问题，但事实真的是这样吗？恐怕就算是神降师也无法给他答案。毕竟，现在几乎没人同时修炼两种完全相反的魔法。

念冰无奈地走到院子里，拉过小木凳坐下，拽过柴刀，把柴摆在自己面前。他的眼神变了，精神完全集中在面前的木柴上，木柴的纹理清晰地出现在他脑海中。

他没有动，只是静静地观察着木柴。查极教导过他，只有在最适合的情况下出刀，才能收到最好的效果。最适合的情况，就是他完全掌握了面前木柴的一刻。

手翻，刀动，接连八刀，如同行云流水一般，没有拖拉。木柴依旧立在那里，没有移动，锋利的柴刀在阳光照射下泛着金属光泽。

—— 第 4 章 ——
银羽骑士团

噗！

念冰向木柴吹了口气，木柴外围的树皮分别向两旁倒去，整根木柴从正上方看完全变成了一个八边形，刚才那八刀只是为了去皮，并让面前的木柴变成一个规则的形状，只有这样，劈出的柴才有可能均匀。

左手不用扶柴，念冰对自己一刀断木很有信心，胖了虽然会影响到身体的灵活性，但是对稳定性和力量有很大的帮助。念冰脸上圆嘟嘟的，脸颊肉动了一下，手中的柴刀又一次动了，柴刀在他手中，如同清风一般，直接扫向木柴。在柴刀的作用下，一条木丝与木柴分离，静静地躺在树皮旁。

这次劈柴，念冰极为认真，每一刀在下手时都经过精密的计算，木丝一条条出现，竟然真的非常均匀，至少用肉眼很难分辨出它们的区别。

劈一根柴，不需要多长时间，平时，念冰只需要快速地挥刀上百次。但是，今天这根柴，他足足用了半天的时间才劈完。

查极不知道什么时候已经站在了念冰的身后，他没有吭声。精神力高度集中的念冰也没有注意到他，全部注意力都放在了木柴上，每一刀劈出，都经过深思熟虑。

查极笑了，满意地笑了。劈柴不但是锻炼力量的好方法，同时，也是锻炼刀功的好方法。或许普通厨师会觉得厚重的柴刀不够灵活，但是，就是这种不好控制的拙朴柴刀，对手的要求才最高。想用柴刀练出刀功，那需要心、眼、手完全合一。比起单纯锻炼手，柴刀劈丝的功夫更加精妙。

最后一刀挥出，带起一道寒光。掌声从背后响起，念冰用衣袖抹了一把头上的汗渍，回头向自己的师傅看去。

"老师，我这一次劈得算是均匀了吧。"

查极点了点头，道："还算不错，当初我练这柴刀劈丝的功夫，足足练了三年才有小成。你能劈成这样，证明你已经达到了小成境界。"

念冰欣喜地道："那我以后是不是不用劈了？"

查极脸色一变，严肃地道："你还差得远呢。虽然劈得还算均匀，但还不够，你可以劈得更细。何况，你自己看看用了多少时间。什么时候，你能在三分钟内劈完一根直径三十厘米的柴，才算你完全过关。"

念冰颓然道："那要练到什么时候啊！师傅，您天天给我讲做菜的道理、做菜的方法，却不让我实际操作，我什么时候才能出师？"

查极微微一笑，道："孩子，你要知道，打基础才是最重要的，没有一个好的基础，就急于求成，你永远也无法达到厨艺的最高境界。劈柴确实枯燥，但是，会锻炼你的手、眼、心，等你完成了劈柴的任务，再学习其他东西时，就能起到事半功倍的效果。"

说到这里，他眼含深意地将目光投在那些如同发丝般的木柴上。

"观察木柴的方法，同样可以用来观察做菜的材料。任何材料都与木柴一样，有着自己的特点和纹理。"

念冰心中一动，似乎明白了些什么。其实，他内心也不排斥劈柴。坚持劈柴三个月后，他发现，自己的精神力增长速度非常惊人，对魔法的控制比以前强了不知多少倍，也就是魔控力强了许多。普通的初级魔法在他手中也能变得华丽。精神力与魔法力和魔控力是相辅相成的，精神力越强，就可以更好更快地吸收魔法元素，就可以更巧妙地控制魔法。谁又能想到，劈柴竟然能带来这么多好处呢？

查极看着目光有些呆滞的念冰，心中暗想，自己是不是对这个弟子太苛刻了？要知道，念冰的悟性比他强了不知道多少。单是这柴刀劈丝，他就练了三年才有小成，直到十年出师时才完全大成。当然，那也与他同时学习厨艺有关系。

单从悟性上来看，他可要比念冰差多了。其实，他早就在传授念冰真正的厨艺了。每天的讲述是在传授念冰理论知识，每天的饭菜是在锻炼念冰的嗅觉、味觉，而柴刀劈丝则是对力量的训练，当这些都完成后，念冰学习的速度将变得飞快。

"好了，去把木屋后面的车推出来，我们这就出发。"

念冰一愣，问道："出发？去哪里？"

自从来了桃花林以后，他没有离开过，也没见查极离开过。

查极道："都很久没出去过了，虽然我们吃的菜可以从桃花林中采摘，但必要的调料还是要买些的，米也不多了。你来了一年，出去走走对你有好处。"

"太好了，终于可以出去了。"

虽然念冰的内心比较成熟，但他毕竟只有十一岁，每天在这里过着有规律的生活，他早已有些厌烦了，能够出去走走，又如何能不兴奋呢？念冰把柴刀扔在一旁，三步并作两步地向木屋后面跑去。

当初，为了不被打扰，查极将木屋建在整个桃花林的中央。因为有桃花瘴，这片林子虽然不小，但并不存在毒蛇猛兽，所以他连篱笆都没做。

对于一个断了手筋的人来说，能够造出这么一座房子已经非常不容易了。

所谓的车，就是一辆完全由木头制作而成的简易推车，幸好两个轮子还算圆，推起来并不算费劲。一年来，念冰从一个英俊的小男孩变成了一个可爱的小胖子，同时他的体力也比以前强了许多，补品并没有白吃，再加上砍柴、劈柴，一直在锻炼，他推起推车来倒是一点也不困难。

"师傅，您要是累，就坐在车上我推着您吧。"念冰心中兴奋，不禁向一旁的查极显摆自己的力量。

查极嘿嘿一笑，道："我还没老到那个程度，你还是省些力气，回来的时候，恐怕你要推不少东西。到时别跟我叫苦才是。一年才出来一次，你想想，我们需要买多少东西呢？"

念冰眼珠一转，道："师傅啊！最近我修炼魔法有点不顺利，尤其是火系魔法，似乎不太稳定，一旦我太疲倦，体内的火系魔法力就会出现问题，您要是不怕我把所有东西都烧了，多买些东西也无所谓。"

查极没好气地道："臭小子，你是在威胁我吗？"

"没有啊，我哪里敢威胁您。"

念冰嘴上虽这么说，但眼中的笑意怎么也无法掩饰。

查极拿自己这个会魔法的徒弟一点办法也没有，哼了一声，道："到时候再说吧。"

桃花林中虽然没有人来，但也不至于没有路。平时砍柴的时候，查极特意开辟出了一条小路通向外边。后来，念冰开始砍柴后，开辟小路的工作就交给念冰了，因此他们离开桃花林时，并不困难。

当他们走出桃花林时，已经接近正午。虽然冰月帝国地处仰光大陆北方，温度相对较低，但在日光直射的情况下，还是会带来些微暑意。念冰倒没什么，他怀中有冰雪女神之石，可帮助他降温。查极的身体一向不算好，此时已经有些气喘吁吁了。

"小子，你不累吗？我们休息一会儿。"查极叫住念冰。

"哦。"念冰将推车推到一棵大树下，扶着查极坐到阴凉处，"师傅，要不要我给您施展一点小魔法驱暑？"

"算了。"查极连连摇手，"你那魔法太极端，我可受不了。"

查极现在还记得，上一次念冰想把房间内的空气弄凉些时，险些把他冻成冰棍的情景。

其实，念冰自己也不知道，他现在已经进入了中级魔法师的境界，不论是火系还是冰系，一到三阶的魔法他都可以使用。拥有两颗极品宝石的他，施展的魔法的效果确实比普通人强得多。

"师傅，我有点饿了。"念冰拍拍自己圆圆的肚子。

查极瞥了他一眼，道："再忍耐一会儿吧，等到了冰雪城自然有东西吃。"

"冰雪城？"念冰眼中流露出好奇。

"是的，正是冰雪城。在冰月帝国，所有的城市都以冰为名，像冰月帝国的都城，就叫冰月城。而这冰雪城则是冰月帝国第二大城市，你看到前面那条大路了吗？顺着路一直向西南方向走，大约走个几十里路就到了。"

查极刚说到这里，清脆的马蹄声响起，声音并不大，由远而近，渐渐变得清晰。

查极和念冰顺着声音传来的方向看去，只见一个马队正向西南方而行。马队最前面是四名骑士，他们都骑着神骏的高头大马，穿着同样的银色轻甲，看上去甚是威武，每人腰间都悬挂着一柄长约三尺的阔剑，虽然在向前而行，但是他们的目光始终扫着道路两旁，似乎很警惕的样子。

四名骑士身后是一辆马车，马车看上去宽大华丽，由四匹毫无杂毛的白色高头大马拉着，看马车的大小，里面恐怕坐七八个人也不会觉得拥挤，帷幔上用银色丝线绣着一些纹路，隐隐散发出一丝威严的气息。

那名车夫看上去年纪和查极差不多，手握缰绳，悠闲地操控着四匹骏马，使马车保持平稳前行之势。马车两旁各有两名身穿银甲的骑士守护，后面还跟着一个十人的骑士小队，一共十八名骑士，整齐的着装看上去极为醒目。一行人离查极和念冰虽然还有些距离，但是已能清晰辨认。

"师傅，那些是什么人啊？看上去很威风的样子。"念冰问道。

查极眼睛一亮，道："看上去应该是某个大官的家眷吧。不过，似乎不是冰月帝国的。"

念冰疑惑地道："您怎么这么清楚？"

查极哼了一声，道："姜自然是老的辣。你看他们那马车上面绣的纹路，其实是一种艺术体字——奥兰语，从这一点就可以看出这个马队是从奥兰帝国来的。这些骑士明显不是普通佣兵可比的，经历过血与火的考验，是真正上过战场的军人，否则，他们身上怎么可能有如此重的杀气。能驱使这么多真正的军人，不是达官显贵是什么？所以，我判断，他们应该是奥兰帝国某个显贵和他的家眷。"

听了这些，念冰不禁有一丝钦佩查极，仅从外表就判断出这么多，自己这位师傅确实称得上是"老姜"。

正在这时，急促的马蹄声突然从另一面响起，引得念冰向相反的方向看去，只见一队骑士如同闪电般向马队的方向而来。

整个马队同时停了下来，但他们并没有警惕什么，前面的四名骑士反而从马上跳了下来。

怒马长嘶，那快速而来的骑士眼看就要与马队前面的骑士相撞，整匹马突然高高扬起两只前蹄，落向一旁，前冲之势骤然停止，骑术之精只能用"神乎其技"来形容。马上同样是一名骑士，穿着与那十八名骑士同样的银色铠甲，不同的是，他的头盔上多一根长长的白色羽毛。

查极轻啊一声，道："我知道他们是谁了。这似乎是奥兰帝国的王牌骑兵团——银羽骑士团的成员，能让他们亲自护送，看来，这马车里的人物绝非一般。"

"银羽骑士团？那是什么？"

念冰就像一个求知的学子，不停发出疑问。查极也没有不耐烦之意，他显然想让念冰多知道一些大陆上各个国家的情况，低声道："银羽骑士团在整个仰光大陆都非常有名，是奥兰帝国王牌中的王牌，有彩羽银甲震天下之说。根据等级，头盔上插相应颜色的羽毛。从武技上来分，武士的等级从低到高，分别是战士、高级战士、剑师、大剑师、武斗家、武圣和神师。从等级上来说，武士与你们魔法师几乎是相对应的。不过你也知道，在一对一近距离的情况下，魔法师很难赢得了武士。当然，这不是绝对的。据我所知，如果魔法师达到了魔导士的程度，同等的武士就很难对魔法师造成伤害了。在武士中，神师是与魔法师中的神降师同级别的存在，他们厉害到什么程度很难有人知道，因为神师就现在来说只是传说而已，冰神塔至少还有一位神降师，而我却始终没听说有神师级别的武士。或许，只有在几十年前的战争年代才有吧，现在早都死光了。而面前这些银羽骑士团的武士，每一个至少都有剑师以上的实力，尤其是那头盔上插白羽的，应该是一名小队长，恐怕有接近大剑师的实力了。他们虽然是轻骑兵，但攻击力丝毫不比重骑兵弱，而且在速度和灵活性上都要占优势，再加上整体配合的战阵，在仰光大陆上，能与他们抗衡的骑士团简直少得可怜。”

念冰吐了吐舌头，道："这么厉害啊！一万个剑师级别的武士，岂不是可以与一万名高级魔法师相比？"

查极瞪了他一眼，道："真没见识，别跟人说你是我徒弟。"

念冰哼了一声，道："做您徒弟很有面子吗？我看不见得吧。我当然知道，在真正的战争中，一万名高级魔法师的实力代表着什么。他们组合起来同时施展魔法，恐怕再厉害的骑士团也冲不过来。魔法师又不会傻到自己与骑士正面拼斗，我说的，只是实力对比而已。"

查极没好气地哼了一声："臭小子，你跟我装傻是不是？看样子，你懂的东西还不少嘛。"

念冰嘿嘿一笑，道："那当然啦，各大帝国之间的战争不就是那些老形式，前面是武士拼着，后面是魔法师轰击，拼实力消耗而已，有什么意思。"

查极摇了摇头，正色道："不，你错了。战争，同样也是一门艺术，铁与血的艺术。如果真像你说的那么容易，那些所谓的名帅也就不用混了。不过，这些和咱们没关系，你以后只需要学好你的厨艺就足够了。"

飞奔而来的银羽骑士甩镫下马，几步走到马车前，恭敬地道："夫人、小姐，前面还有几十里就到冰雪城了，我已经在那里订好客栈，我们是先休息一下，还是赶一程到冰雪城去用午饭？"

一个有些慵懒的如同天籁的声音从马车中传出："风队长，这里环境不错，我们就先休息一下吧，赶了这么远的路，大家应该也都累了。"

风队长恭敬地道："是，夫人。"

说完，他向旁边的骑士们使了个眼色，众骑士立刻一一下马，向路边走来。他们正好朝着查极和念冰而来，说来也巧，查极他们休息的地方正好是一片空地，几株大树挡住阳光，树影婆娑，带来些许阴凉之感。

这些骑士显然早已看到查极二人，其中一名骑士大步而来，声音冷硬地道："请你们立刻离开。"

说着，那名骑士随手扔出几枚银币，向查极抛去。

在仰光大陆上，各国货币通用，最贵重的是紫金币，一紫金币等于十金币等于一百银币等于一千铜币，几枚银币已经够一个普通的家庭生活半个月了。这些骑士倒也算得上出手阔绰。

查极曾为鬼厨，不论在什么地方，都会受到礼遇，此刻，眼看几枚银币抛来，他冷哼一声，道："当我们是乞丐吗？官道两旁，又不是你们家。"

那名骑士向前踏出一步，脸上神色不变，散发出淡淡的威压，重复着先前的话。

"请你们立刻离开。"

"你们凭什么这么霸道？"

念冰愤怒地挡在师傅身前，明知道对方有着剑师的实力，却丝毫不惧。

看着面前的小胖子，那名骑士不禁皱了皱眉，手按腰间剑柄，第三次重复："请你们立刻离开。"

很显然，如果再遭到拒绝，他就会立刻动手。

此时，马车上走下来两个人，两个女性天籁般的声音再次响起："算了，这里又不是我们的地方，出门在外，何必为难人家。"

动听的声音吸引了念冰的目光，当他看清那两个优美的身影时，不禁呆住了。

前面一名女子，看上去二十七八岁，身穿淡蓝色长裙，裙上用银线绣着一个个美丽的花纹，柳眉瑶鼻，肤如凝脂，一头墨绿色的长发披散在背后，只用一银环束着，蓝色的眼眸清澈见底，脸上挂着一丝淡淡的微笑，正看着自己。

念冰的目光完全呆滞了。查极看到这名女子，也不禁心中暗赞，纵横仰光大陆多年，像这种相貌的美女，他也没见过几个。

"谁让你这么看我妈妈的？"

美妇身旁的小女孩儿突然跳了出来，双手叉腰，不满地看着念冰。她看上去十二三岁，穿着一套白色的连衣裙，样貌与那美妇有七分相像，墨绿色的短发刚刚过耳，稚气十足，虽然她处于愤怒中，但依然十分可爱，双手叉腰，更显其娇憨。

"妈妈，妈妈。"念冰的眼中闪烁着朦胧的泪光，他突然大喊道，"妈——妈——"查极一把没拉住，他飞快地朝那美妇冲去。

原本在他们身前的骑士动作极快，横跨一步，拦在念冰前进的必经之路上。此时，念冰眼中除了那美妇，再无其他，看上去胖墩墩的身体快速侧身，右手下意识地从那名骑士腰间抽出长剑，剑作刀使，飞快地一连朝那名骑士砍去七剑，同时左手手指连弹，两枚冰锥骤然而出，直袭骑士的眼睛。

作为一名银羽骑士团的骑士，必然要经过血与火的考验，只不过，面对一个身高只及自己腰的孩子，又能有多少防备呢？

那柄跟随了他多年的长剑在念冰手中犹如活了一般，接连七剑没有任何华丽的招数，只一个"快"字。

为求自保，骑士下意识地将身体向后一仰，闪躲着袭向自己的冰锥和长剑。他确实躲过了冰锥，但接连七剑，很难躲闪。

念冰锻炼了一年，柴刀劈丝，他的腕力已经接近成人，长剑顿时在骑士身上的银甲上带起一串火花，虽然并没有真正伤害到那名骑士，但也逼得他异常狼狈。

对于念冰来说，时间已经足够了，绕过那名骑士，他飞快地朝美妇冲去，泪水滑过他那胖乎乎的小脸，全身都散发着一股悲伤之气。

对于一名骑士来说，剑就是他的生命，配剑被夺，绝对是奇耻大辱。更何况，夺走他配剑的还只是一个孩子。那名原本冷静的骑士怒喝一声，一个箭步，从后面追上念冰，淡蓝色的光芒向右手凝聚，右手直接拍向念冰头顶。

"小心！"查极惊呼出声。

此时，念冰眼中、心中，都只有那名美妇，任何声音在他耳中都被自然过滤，他手中依然握着那名骑士的剑，依旧飞快地向前跑着，浑然不知背后足以杀死自己几次的愤怒一掌正代表着死神朝自己招手。

"他只是个孩子。"

悠然的叹息声响起，身影一闪，一只纤细的手散发着银色的光泽，挡住了死神的召唤。骑士一个趔趄，脸上升起一团红色，向一旁趔出数步才站稳。

救了念冰的正是那名美妇，她的身体突然从念冰眼中消失，使他顿时停顿了一下，发现美妇就在自己身旁，他立刻扔掉手中长剑，悲呼道："妈妈。"

念冰如同乳燕回巢一般，扑入了美妇怀中。当然，如果乳燕胖到他这种程度，恐怕就飞不起来了。

美妇愕然揽着念冰的肩膀，一时间有些无所适从。她在嫁人之前，脾气是出名的火暴，嫁人后虽然有所收敛，但知道她名头的人见到她，无不退避三舍。除了丈夫以外，别的男性胆敢碰她一下，立刻就会被斩成十块八块。

此时，充满悲伤的念冰冲入她怀中，她却不由自主地生出一种母性，不但没有抗拒，反而下意识地将念冰搂入自己怀中。

"孩子，别哭，告诉阿姨，你这是怎么了？"美妇柔声问道。

"妈妈，妈妈，别离开我，别离开我。"

念冰心中对母亲的思念在这一刻澎湃而出，他紧紧地抓住美妇的裙子放声大哭。

那随美妇一同下车的小女孩儿眼看自己的妈妈被别人霸占，顿时不干了，几步跑过来，双手一推念冰。

"你干什么，不许你抱我妈妈。"

小女孩儿力气大得惊人，念冰就算有所防备，也比不上她的力气，一个踉跄，顿时跌向一旁，但他手中还拽着美妇的裙子，破帛之声响起。美妇惊呼一声，裙子顿时被念冰撕开了一些。粉嫩的肌肤若隐若现，她的俏脸顿时涨得通红，赶忙抓住裙摆，阻止春光外泄。

随她而来的骑士们一个个慌忙转过身，心中暗暗祈祷着，我什么都没看到，我什么都没看到。要是被侯爵大人知道了，自己就完蛋了。

"晨晨，你干什么？"美妇掩住裙子后，怒斥女儿。

晨晨委屈地道："妈妈，他为什么叫您妈妈啊！您只是我一个人的妈妈。"

美妇宠溺地看了女儿一眼，无奈地摇了摇头，银色的光芒出现，破裂的裙子竟然合在了一起，虽然看上去有些别扭，但至少恢复完整了。

念冰摔了这么一下，反而清醒了一些。查极也跑了过来，将他从地上扶起。

"念冰，你这是怎么了？"

查极眼中流露出担忧，现在，他最怕的就是自己下在念冰身上的封印被破解。

念冰站起身，任由查极拍打着自己身上的尘土，目光依旧痴痴地看着那名美妇，喃喃地道："你，你不是妈妈，妈妈的头发是蓝色的。"

美妇已经处理好自己的裙子，温和地走到念冰面前，道："小朋友，难道阿姨和你妈妈长得很像吗？"

念冰用力地点了点头。

美妇看着他那张胖嘟嘟的小脸，眼神怜爱。

"那你妈妈呢？"

念冰此时已经清醒，低下头，轻轻地摇了摇头，道："我不知道，我只有师傅。"

听了这句话，查极顿时松了口气，赶忙道："夫人，对不起。我这徒弟父母双亡，他可能是太思念自己的母亲了吧，得罪之处，还望包涵。"

美妇微微一笑，道："没关系，这孩子真可爱。"

晨晨从一旁凑过来，不满地噘起小嘴道："那也没我可爱，他都胖得像个球了。"

平心而论，虽然念冰胖了些，但他毕竟年纪还小，加上原本英俊的面孔，真算不上难看。晨晨嘴上这样说，心中却在想，这个小胖子倒像很好玩儿的样子。

—— 第 5 章 ——
蓝田日暖玉生烟

念冰的大脑此时已经活络起来，不理晨晨对自己的攻击，向美妇道："阿姨，您真的好像我妈妈，我，我……"

说到这里，他的眼圈不禁又红了。

美妇安慰道："孩子，别哭。如果你愿意，阿姨就做你的妈妈吧，好吗？"

母性的光辉使她下意识地说出了这句话，话出口，她才意识到自己有些莽撞。毕竟，面前这一老一少她毫不熟悉，但是，以她的身份，出口的话又怎么能收回呢？

念冰看了一眼旁边面色不善的晨晨，突然摇了摇头，道："不用了。谢谢您。您毕竟不是我的妈妈，我不需要怜悯。"

念冰的眼中流露出一丝坚毅，在这一刻，他的身躯竟然显得高大了几分。

美妇心中暗惊，这孩子这么小就有如此气度，长大之后必非池中之物，她心中一动，从怀中摸出一块玉牌塞到念冰手中，微笑着道："没关系，我们见面也是有缘，这块玉牌是阿姨的信物，上面有阿姨的名字，将来你如果在奥兰帝国遇到什么麻烦，出示它多少会有些用处。"

"妈，您怎么能把天华牌给他，我管您要那么多次您都没给我呢。"

晨晨狠狠地瞪着念冰，如果不是母亲在侧，她恐怕就要过来抢夺了。

玉牌入手十分温润，似乎有一股温和的气流顺着掌心传入体内，使自己的身体非常舒服。念冰十分感激，也不推辞。

"谢谢您，阿姨，您真是个好人。"

查极怕面前这美妇无意中破解催眠念冰的封印，于是拉着他向美妇道："夫人，我们还要赶路，就先走了，谢谢您对这孩子的关心。"

说完，查极拉着念冰，走到一旁的大树下，推起木车顺着大道朝冰雪城方向而去。

看着他们离去的背影，风队长走到美妇身旁，低声道："夫人，天华牌给这种普通人，似乎有些不妥。我怕爵爷会……"

美妇哼了一声，道："你懂什么，你见过一个十几岁就能瞬发低级魔法的普通孩子吗？我有预感，将来这孩子一定能在仰光大陆上闯出名头。眼光要放得长远。风队长，我建议你管好自己的手下，吃些东西就准备上路吧。晨晨，我们回马车上休息。"

说着，美妇拉起女儿的手，消失在马车的车帘后。

风队长碰了个钉子，却丝毫没有不满之色，看向先前失了剑的属下，几步走到他面前，淡然道："交出你的翎羽。"

骑士全身一震，有些惶恐地道："队长，我……"

风队长的眼神多了几分冷意，重复道："交出你的翎羽，我不想说第三遍。"

骑士仿佛失去了所有力气，珍重地从胸铠中取出一根长约三十厘米的青色羽毛，递给了风队长。

风队长冷声道："被一个孩子夺走自己的配剑，你已经失去做银羽骑士的资格，我宣布，从现在开始，贬你为见习骑士，收回青羽，回团里后再做处罚，你服不服？"

骑士低着头，看着自己的银甲被配剑划出的淡淡痕迹。

"是，队长。"

风队长目光冷厉地扫过其他骑士，沉声道："你们都应该知道自己是做什么的，维护骑士的尊严要胜过维护自己的生命，从现在开始，每个人都给我打起一百二十分的精神，再有同样的事发生，惩罚将更为严厉。"

……

与美妇交谈使念冰心中生出了对母亲强烈的思念，整个人比平时沉默了不少。查极担心他想起什么，一边走着，一边给他讲些以前自己经历的趣事。念冰毕竟是个孩子，一会儿就在查极的讲述中恢复过来，重现活泼的一面。

"师傅，刚才那个阿姨还给了我一块玉牌呢。"

先前离开时，为了推车，他顺手将玉牌揣入了自己怀中，玉牌上有一股气息，感觉温温的，这也是他心情很快平静的原因之一。

念冰用一只手推车，另一只手入怀将玉牌掏了出来。

玉牌不大，呈长方形，长边约和念冰小指的长度相同，通体呈乳白色，入手温润，正面雕刻着一只栩栩如生的凤凰，凤凰的眼睛那里镶嵌着一颗红色的小宝石，对整个玉牌起到了画龙点睛的作用，玉牌上方有一个小孔，孔小而边缘光滑，似乎只可穿过丝线。整块玉牌上浮现出一层淡淡的白色雾气，如果不是在阳光照射下仔细分辨，很难看出。

查极的目光也落在念冰手上，先前为了尽快离开那些人，他没有注意到美妇送了念冰什么。此时一看到玉牌，他不禁大吃一惊，曾经的鬼厨是见过世面的人，念冰不识得其中奥妙，他又怎么会看不出呢？

"'沧海月明珠有泪，蓝田日暖玉生烟。'天啊！氤氲宝气如此明显，这分明是有名的和田宝玉。那女人出手也太阔绰了吧。"

念冰一愣，道："师傅，和田宝玉很珍贵吗？"

查极从念冰手中接过玉牌，仔细看了看，赞叹道："当然珍贵，而且，这不是普通的和田宝玉，而是最珍稀的羊脂玉。我以前有一个朋友是做玉石生意的，他跟我说过，羊脂玉是玉石中的极品，有益于人。你看这玉牌有着如此精湛的雕刻技术，确实是一件宝贝，佩戴着它，可以使人内心平静，嗯，确实是好东西，心境平和对于一个厨师来说非常重要。"

说着，他看向玉牌背面，只见后面雕刻着三个古字。

"玉如烟。这应该是刚才那个女人的名字吧。果然人如其名，不过，她似乎太大方了。"

念冰笑道："那阿姨真是好人，等我以后学好了厨艺，一定做最好吃的东西给她。"

查极思索了一下，将玉牌递还给念冰，道："走吧，到了冰雪城后，我给你买根红绳，你把玉牌贴着皮肤戴好，它的功用就会逐渐发挥出来。"

两人继续前行，刚走出不远，后面就传来了急促而整齐的马蹄声，他们转身一看，正是先前玉如烟所在的马队，只不过，这一次马队并没有停顿，而是飞快地从他们身边奔腾而过。

念冰将目光投向马车，只见车帘轻挑，晨晨挑衅似的瞪了他一眼，念冰想回瞪时，马队已经跑出了百米。

查极见念冰脸色不满，哈哈一笑，道："怎么？看上人家小姑娘了？虽然身份悬殊，但是以后未必没有机会，等你长大了再说吧。"

念冰哼了一声，道："才不是，她那么刁蛮的脾气，看了就让人讨厌。"

查极微笑着道："大路相遇，也算是缘分，或许，以后你游历到奥兰帝国时，还真的会遇到她呢。天色不早了，我们赶快走吧，看来，今晚无论如何也要在城里住一宿了。"

冰雪城，冰月帝国第二大城市。远远望去，城墙高达数十米，虽说不上气势逼人，但整座大城屹立在那里，给人一种非常沉稳的感觉。

天青河从冰雪城西边流过，整座大城依河而建，取其水利，虽然不如冰月帝国都城——冰月城那样有名，但绝对是冰月帝国的经济中心之一，不少大商会都以冰雪城为自己的根基，整座城市人口数百万，数十年的和平时光，使这里空前繁荣。

念冰和查极从冰雪城北门而入，他们一副普通百姓打扮，看上去毫不起眼，守门的数十名士兵根本不会过来盘问，因此两人轻易就进入了城中。

一进城，立刻就是一种不同的感觉。桃花林犹如世外桃源，而冰雪城则是一派熙熙攘攘的繁华景象，大道由青石铺成，道路两旁，各种店铺林立，吆喝声不绝于耳。虽然念冰一年多以前来过这里，但过惯了清净的日子，刚进城还真有些不习惯。

"师傅，我们现在买些什么去？"念冰问道。

查极微微一笑，道："这次我们要买的东西可不少，米要多买几袋，也省得老出来，再就是一些好的调料。哦，对了，还要给你买一把上好的刀。过些日子，你也该开始正式学习烹调了。厨师的刀和武士的刀一样，都是最重要的东西，只有拥有一柄好刀，才能将你的厨艺完全发挥出来。最好能买一柄带有魔法宝石的好刀，这样，你就能更好地利用魔法来切材料。别的厨师我不知道，反正对我来说，最重要的厨具就是刀。"

一听查极要给自己买刀，念冰顿时兴奋起来："太好了，师傅，我终于可以不用柴刀了。您可一定要给我买一把好的。不过，您有钱吗？"

查极哼了一声，道："把'吗'字去了，你师傅我当初也是堂堂鬼厨，积蓄就算用上个几辈子也花不完，要不，我凭什么在桃花林中颐养天年？选择那里，只是因为我喜欢清净而已。"

念冰嘿嘿一笑，道："那这么说，师傅还是一位大财主。那您用什么菜刀，平时那把，我也没看出什么奇特的地方啊！"

查极叹息一声，道："我自己的刀早封了。既然已经不是当年的鬼厨，我又怎么能让宝刀跟我蒙尘呢？如果将来你的厨艺能达到我的要求，或许，我会把它传给你吧。走啦，别老想着刀。就算是好刀，你现在拿着也没什么用处，先去买米再说。"

当下，查极带着念冰开始采购，一会儿的工夫，念冰推着的木车上就堆满了东西。

一些必要的食物、调料以及生活用品，查极一买就是一堆，甚至还给自己和念冰买了几套普通的粗布衣服，当然，他也不会忘记答应念冰的红绳，现在，玉牌已经贴身戴在念冰的脖子上了，温润的玉石正贴着念冰胸口，那淡淡的温暖使念冰感觉分外舒服。

念冰推着越来越沉的车，抱怨道："师傅，我早就饿了，咱们是不是先吃点东西再买啊！"

查极看着自己这个胖徒弟，笑道："你都这么多肥肉了，少吃一顿没什么。好了，该买的差不多也买齐了，走吧，我们先找家客栈住下来，吃顿饭，晚上我带你出去看看有没有合适的刀。"

念冰长出一口气，指着前面一家店面不大的客栈道："师傅，就那里吧，我真的走不动了。"

查极点了点头。

"好吧。那里我住过，虽然环境一般，但也还算干净。"

客栈名为众生，一老一小推着车走到客栈门口，一名服务员顿时迎了出来，赔笑道："二位，要住店吗？我们这里设施一应俱全，还提供全天的热水，价格公道。"

查极有些不耐烦地道："行了，别废话，先把车弄到院子里去，我们就住这里了。"

走进客栈，查极带着念冰来到柜台前。

"给我们来一个标准间，两张床的那种。"

柜台后的服务员相貌普通，看上去十八九岁的样子，微微一笑，道："一天的价格是一银币，请您先付款。"

"等一下，要两间吧。"念冰有些急切地道。

查极奇怪地道："干什么要两间？"

念冰向他吐了吐舌头，道："师傅啊，平时您在我隔壁住，呼噜声还经常震到我，要是在一间房，我就不用睡了。明天我可还要推车回去，您就可怜可怜我这身需要休息的肥肉吧。"

查极老脸一红，从怀中取出两枚银币递给服务员。

"那就两间好了，我的呼噜真有那么响吗？"

服务员接过银币，强忍着不让自己笑出来，给这一老一小安排了两个相邻的房间。

查极接过服务员递来的房门钥匙，向念冰道："你不是饿了吗？我们就在这里随便吃点东西吧。"

客栈餐厅不大，只有一百多平方米，里面整齐地摆放着十几张桌子，正如查极所说，虽环境一般，但也还算得上干净。此时不是饭点，餐厅内很清静，查极带着念冰来到餐厅临街的一张桌子处坐了下来，从这里，可以看到外面街道上繁华的景象。

"两位，吃点什么？"一名服务员走到他们面前，懒洋洋地问道。念冰和查极装束普通，自然无法引起她的重视。

查极道："四个馒头，一盆白粥，再来点咸菜就行了。"

服务员目光鄙夷，连记都懒得记了。

"等着，一会儿就来。"

念冰目瞪口呆，看着服务员离开，怪叫一声，道："师傅，您不是吧，您刚才不是还说自己多么多么有钱吗，怎么现在这么抠门？光吃馒头，营养怎么够啊！"

查极没好气地道："笨蛋，你以为外面这些东西我能吃得惯吗？吃过我做的菜，再吃这种普通小餐厅的菜，保证你立刻吐出来。"

念冰疑惑地道："师傅，我知道您是堂堂鬼厨，那也不用这么贬低别人吧。就算没您做得好吃，也不会差太多，否则，人家怎么当上的厨师？"

查极怪异地一笑，道："不信是吧，那好，我们就要两个青菜，你试试就知道了。如果和普通厨师没有巨大的差距，我又凭什么得到连续五届厨神大赛的冠军！"当下，他叫过服务员，加了两个青菜。

服务员虽然态度不太好，但青菜好做，馒头和粥又是现成的，一会儿就端了上来。念冰早就饿了，立刻不信邪地夹了一大筷子青菜送入自己口中。

"哇，呸，呸，呸。"还没咀嚼两下，他就将青菜全吐了出来，"这什么东西啊！难吃死了，都是生油味，炒的时候油肯定没热，火候不够，都没熟，菜本身的清香一点也没发挥出来，盐和味精还放那么多，简直难吃得要命。"

查极并没有嘲笑念冰，反倒满意地点了点头："嗯，不错，看来这一年你没白跟我学习。这菜的缺点你基本上都说出来了。看在你还有些天赋的分上，今天师傅就给你露上一手。服务员。"

一旁的服务员听念冰说菜难吃，早就不耐烦了，没好气地道："干什么？我们这里的菜就这个味道，要吃好的，你们可以去城里的大成轩或者清风斋，那里好吃，但就怕你们吃不起。"

查极冷冷地扫了她一眼，随手扔出一个金币。

"少废话，带我们去厨房，只用你们的材料，我们自己做个菜吃，只是一道菜。"

看着手中亮闪闪的金币，服务员的眼睛顿时亮了起来。

"先生，您，您这边请。"

花一枚金币可以吃一桌酒席了，而查极只做一道菜，哪怕用好些的材料，餐厅也绝对有很大赚头。

厨房与餐厅之间只有一墙之隔，看到那些明显用了很久的厨具，查极不禁皱了皱眉。厨房里只有两名厨师，显然刚才查级与念冰所吃的东西就是他们做的。

服务员走到其中一名厨师身旁，在他耳边低语几句，那名厨师皱了皱眉，有些好奇地看了查极一眼，不耐烦地道："随便吧，材料都在这里，我们也乐得清闲。兄弟，走，咱们去休息会儿。"

说着，那名厨师和另一名厨师一起离开厨房，到后院乘凉去了。

查极看向念冰，低头在他耳边问道："今天我就教你做第一道菜，你的火焰术能支撑多久？"

念冰想了想，道："如果只用火焰术，一个小时都没问题。"

"好，那我们现在开始，拿一个铁锅刷干净。"

念冰答应一声，他虽然不知道查极要干什么，但还是立刻从旁边取出一个铁锅，洗刷干净。查极已经走到放材料的地方，这些材料显然都是洗干净的，眼睛一扫，从中取出一些，放到案板上，再辨别了一下案板上各种调料。

　　"切菜，除了番茄以外，一律切成条状。"

　　"是，师傅。"念冰随手拿起一柄菜刀，刀一入手，他的神情顿时变得专注了，一年的时间并没有白费，人刀合一的感觉令他眼神顿时变得犀利起来。各种材料在他眼中，与柴并没有太大区别，只是大小不同而已。胖乎乎的小手将材料一一拿到自己面前，刀光闪烁，那名服务员根本没有看清念冰是如何出手的，不论是土豆、胡萝卜还是洋葱，就都变得整整齐齐。

　　眨眼的工夫，念冰就已完成。

　　查极微微一笑，将一个空的调料盒递给念冰："在做菜的时候，调料是非常重要的组成部分之一。这道菜对工艺的要求并不高，就全都交给你了。番茄、虾、牡蛎，分别剁成酱，都放在这个调料盒里。"

　　"哦。"

　　念冰答应一声，按照查极的吩咐，挥刀如飞，刀落在案板上面的声音，十分有节奏。

　　查极也没有闲着，将不同的调料放入另一个调料盒，随手搅拌均匀。当念冰完成自己的工作时，他已经做好了一切，将调好的料汁倒入混合着番茄、虾和牡蛎的酱中，扔给念冰一双筷子。

　　"搅拌均匀了。"

　　查极做好一切，微微一笑，道："下面就要正式开始了。"

　　他取过一个小刷子扔给念冰，眼神专注，语速骤然加快："三分之一酱汁铺底，切好的东西放在上面，将三分之一酱汁刷上去。"

念冰虽然是第一次做菜，但经过耳濡目染，对这些厨师的工作并不陌生，很快就完成了一切。

查极取过一盘切好的鱼段，放在已经铺好酱汁的锅中。

"服务员，请你先出去。"

他可不愿意被服务员发现念冰会魔法。

服务员愣了一下："可是……"

查极不耐烦地道："放心，我们不会烧了这厨房的。"

由于先前查极给了一枚金币，服务员也不敢多说什么，只得退出厨房，厨房中只剩下念冰和查极二人。

查极微微一笑，道："剩余的酱汁都刷上去，火焰热锅。"

"热情的火元素啊，请求你们，凝聚成火焰的光芒，给世间带来温暖吧。火焰术。"

红色的火焰从念冰右手处燃起，念冰左手端锅，让火焰在锅下燃烧。

查极微微一笑，道："你这魔法火焰比普通火焰的温度要高，而且热量更均匀，我们也能快些吃上。记清楚我刚才教你的步骤了吧，这是最简单的一道菜，就叫三汁焖鱼。由于这里的材料一般，味道恐怕会差些，不过也能将就。"

念冰一边维持着火焰，一边向查极道："师傅，您就不怕被刚才那服务员学去吗？"

查极微微一笑，道："调料都是我自己做的，一共用了十多种，她能记得住吗？何况，每一种调料放多少也非常讲究，想学可没那么容易。稳住你的火，最多有半炷香的时间我们就可以吃了。这道菜的关键在于调汁，所谓三汁，就是酱汁、海鲜汁和番茄汁，再以土豆、胡萝卜和洋葱铺底，三层三汁同时入味，加上鱼本身的鲜味，才能体现出这道菜的精髓，至于三汁具体的调配方法，回去我再详细教你。"

说着，他从旁边拿出一个锅盖，盖在铁锅上。

念冰用一个低阶的冰系魔法护住自己的左手，以免被热锅烫到，在火焰的灼烧下，一会儿工夫，香味便渐渐从铁锅中飘出，令念冰不禁大咽口水。

半炷香的时间后。

"好香啊！这是什么味道？"

"是啊！太香了，我从来没闻过这么香的菜，难道是那老头做的？"

先前出去乘凉的两名厨师跑了回来，一进门，就看到念冰双手端着铁锅，香味正是从其中飘出来的。查极瞥了那两名厨师一眼，淡然道："不用品菜，看其人就已经足够了。"

两名厨师似乎并没有听到查极的话，目光都落在那铁锅上，就像先前念冰一样，大咽口水，其中一名厨师道："喂，你们做的这是什么？真香啊！"

念冰刚要回答，却被查极阻止了，他看着念冰，道："记住，做菜也要看对象，不是每一个人都有吃的资格。厨师有厨师的尊严，我们做出的东西，不能随便给人吃。走吧。"

三汁焖鱼好不好吃，从念冰的吃相就可以看出来了，整整一大锅，他至少清扫了八成，再加上两个馒头，吃得不亦乐乎。奋战结束时，他身上多处被酱汁沾染，除了鱼刺以外，锅里也只剩下一些残汁了，看得旁边的服务员都瞪大了眼睛。

"师傅，我越来越佩服您了，这简直太好吃了。真不知道以后离了您我该怎么办。"念冰满足地拍着自己凸起的小腹，舒服地叫着。

查极嘿嘿一笑，道："不用急，很快你就会知道该怎么办了。想一辈子有好东西吃，靠别人是没用的，只能依靠你自己。"

念冰隐隐感到几分不妙，熟悉查极的他知道，自己问了，师傅也不会说，看来，回去以后自己的日子恐怕不太好过。

看着脏兮兮的宝贝徒弟，查极没好气地道："你是现在回去睡觉，还是跟我去武器店转转，给你找把合适的刀？"

念冰眼睛一亮，道："去，当然去。师傅，咱们现在就走吧。"

查极故作深沉地道："吃饭前好像有人说自己累得走不动道了，怎么现在又有精神了？"

念冰嘿嘿笑道："师傅，我知道您最好了。我这不是有动力了吗？早点得到属于我自己的宝贝刀，我也可以多熟悉刀性啊！"

查极站起身，道："那你就快回去换衣服，这样出去还不够给我丢人现眼的吗？"

"是，是，我现在就去。"

念冰飞快地跑去后院拿衣服。

当查极和念冰出现在冰雪城的大街上时，天渐渐黑了，只剩远方一片云霞。

走了一会儿，念冰指着前面一间很大的店铺，道："师傅，那家是武器店吧，我们进去看看！"

武器店门口的剑形牌子非常醒目，上面写着"宝器轩"三个大字，虽然天色渐黑，但来往客人依旧络绎不绝，生意红火。

查极随手捏了一下念冰脸上的肥肉。

"笨蛋，你到这种地方买菜刀，不被打出来才怪。"

念冰揉着自己胖乎乎的小脸。

"我怎么知道，您不是说要去武器店吗？"

查极辨别了一下方向，道："跟我来吧，武器店是要去，但不是这里。"

说着，他拉着念冰拐进旁边的一个小胡同。他对这里似乎很熟悉，带着念冰穿街绕巷，大约走了一顿饭的工夫，当天完全黑下来时，查极终于气喘吁吁地停了下来，指着前面道："就是这里。"

第 6 章
冰雪女神的叹息

"这……里？师傅，您没搞错吧？"念冰揉了揉自己的眼睛，确认自己并没有看错。

难怪念冰如此惊讶，呈现在他眼前的是两扇门，准确地说，是两扇有些破败的木门，门上的把手只剩下一个，门楣上的油漆早已剥落，旁边斜斜地放着一块牌子，依稀可以看出，上面歪歪斜斜地写着五个字——水货铁器铺。

就冲这个名字，恐怕也没人会来光顾吧，更别说这个铺面还在旮旯之中，恐怕一天也不会有几个人经过，如此破败的样子，使念冰产生了转身就走的念头。

查极看着面前的招牌，脸上露出一丝会心的微笑。

"老伙计，我又来看你了。一年不见，不知道你死了没有。"

念冰惊讶地道："师傅，您认识这里的主人吗？"

查极道："当然认识，否则，我又怎么会带你来这里。念冰，你要记住，不论接触什么，都不要被对方的外表所迷惑。这里虽然门面不怎么好看，但实力很强。除了我，又有谁知道，这所谓的水货铁器铺中，竟然藏着一位铸造大师，且是天下第一的铸造大师呢？"

"天下第一的铸造大师？师傅啊，您不是开玩笑吧，天下第一的铸造大师怎么会住在这种地方？"

查极微微一笑，道："为什么不会呢？鬼厨能住在鸟不生蛋的桃花林，为什么神铸就不能住在破败的院落中呢？走吧，我们先进去再说。"

说着，他拉着念冰走到门前，也不敲门，冲着那破败不堪的木门就是一脚。砰的一声闷响，木门缓缓向里开启，露出了黑洞洞的小院落。没想到，木门看上去破，在查极的一脚之下，竟然并无损伤。

"小破刀，你死了没有？"查极大声喊着。

一个苍老的声音从院子深处传出："我说谁这么没礼貌，原来是你这个老鬼又来了。"一个蹒跚的身影从院内走出，手中提着一盏昏黄的油灯，不用看相貌，他也给人一种风烛残年的感觉。

念冰心中暗想，这就是所谓的天下第一铸造大师？师傅没有搞错吧？

查极拉着念冰走入院子。借着油灯昏黄的光芒，念冰依稀看清，那是一名老人，穿着一件黑色的长袍，身体已经有些佝偻了，头发雪白，满脸皱纹，看上去比查极还要老至少十岁。

"老鬼，怎么还带了人过来，这小胖子是谁？"黑衣老人看着念冰，有些不满地道。

"小破刀，这是我新收不久的徒弟，我看，你也应该找一个孩子继承你的衣钵了，难道，你真要把所有东西都带到地下去吗？"

黑衣老人哼了一声，道："你懂什么，一切都是要看缘分的，你以为徒弟说收就收啊！看你这徒弟，倒是一副吃相，跟你正合适。"

听了这话，念冰虽然心中不满，但毕竟是长辈间的对话，他也不好插嘴，于是向周围看去，他发现这个不大的院子几乎是空的，连一个想象中的兵器架子都没有，只在角落中有一个看上去像大炉子的东西。

查极哈哈一笑，道："你这老家伙，几年不见，依旧是那副阴阳怪气的样子，行了，别啰唆了，你也知道，我到这里来找你肯定有事。"

黑衣老人道："那就进来吧。"

说着，黑衣老人引查极走向后面的房间。刚一进屋，念冰突然感觉到全身一冷，冰雪女神之石莫名躁动了一下，脑海中似乎有些眩晕，体内的两种魔法力不稳定地波动了一下。念冰心中一惊，暗想，一定是因为自己使用了火焰术后，没有用相等的冰系魔法来平衡体内魔法力，但是，现在也不适合用冰系魔法，更何况，魔法力因为相互对抗而有些混乱，他也不知道自己该用多少冰系魔法，才能让两种魔法力保持平衡。他只能凭借自己的意念，强行控制着两股魔法力，尽量将它们分离。

正在这时，玉如烟送给他的天华牌散发出一股温热的气流融入他体内，使他舒服了许多，冷、热交战的感觉顿时消减了不少。

黑衣老人用油灯点燃了桌子上的灯火，房间顿时亮了起来，这是外屋，房间中央是一个高高的柜台，柜台后面似乎还有一道门。黑衣老人走到柜台后面，向查极搓了搓手指，道："给钱吧。要多少钱的东西，就给多少钱。"

查极没好气地道："小破刀，这么多年不见，你还是那么爱钱。"

黑衣老人哼了一声，道："朋友归朋友，生意归生意，既然你现在不能做出珍馐美味，那就只有拿钱换了。生意面前，人人平等。"

查极走到柜台前，贴近黑衣老人，道："别跟我装模作样的，给我这宝贝徒弟弄把好刀，等他学成出师了，你不就又可以吃到珍馐美味了？"

黑衣老人眼中一亮，但很快又变得暗淡了。

"说得好听，等你这宝贝徒弟学成出师，恐怕我这条老命也升天了。"

查极嘿嘿笑道："那也不一定啊！几年前我见你时你就这副德行，现在还是这样，我看，你再活个十年、二十年的也没什么问题。"

黑衣老人叹息一声，道："自己的身体自己知道，我这一生，罪孽太多，你这徒弟十年之内要是能出师，或许我还吃得上。"

查极笑道："死就死吧，连我都不知道能不能活过十年呢。别废话了，快给我这徒弟弄把刀，多少钱你说好了。"

黑衣老人看了念冰一眼，道："不行。"

查极眉头微皱，道："小破刀，你不会这点面子都不给我吧？"

黑衣老人哼了一声，道："不是不给你面子，你懂不懂，不论是菜刀还是杀人的战刀，都必须符合使用者自身的条件，你这胖徒弟还没长成，不论是身体还是持刀的手，今后都可能有很大的变化。现在给他打造一把刀，根本没有任何意义，等他长大后，就不适用了。"

念冰一听黑衣老人不肯给自己打造，顿时大急，道："那您按照大人的样子给我打造一把不就行了，我肯定能用的。"

黑衣老人看了他一眼，道："真是有其师必有其徒，你以为我打造的刀和那些庸才的一样吗？如果刀不与人合，要之何用？自己的刀就像内裤一样，只有完全合适，才能发挥出最大的作用。如果你买了一条不合适的内裤，穿些日子或许也会感觉到舒服，那不是因为内裤有多好，而是因为你适应了它。适应出来的合适，与直接的吻合，有着天壤之别。等你长到十八岁以后，体形差不多定下来再来吧，希望那时我还没死。"

查极思索了一会儿，道："看来，是我大意了。老伙计，那就以后再说吧。让我参观一下你的兵器库怎么样，最近有什么好作品吗？"

黑衣老人有些无奈地道："我已经老了，虽然技艺随着经验增加而更加精湛，但体力已经不行，没有精力再去采集好的材料，能打造出什么好东西？说起来，我这一生中最得意的作品，就是给你的那柄附着有火魔法力的正阳了。可惜，这一生，我也只铸了那一柄满意的刀而已。既然你要看，那就跟着来吧，随便给你这胖徒弟选一柄先凑合用着也没什么。"说着，他转身向柜台后的房间走去。

念冰和查极绕过柜台，跟着黑衣老人走入里间，刚一进门，念冰的大脑再次出现了眩晕的感觉，冰雪女神之石这次的波动更为强烈了。连他都有些无法承受冰冷的寒气，下意识地摸了摸怀中的宝石。

查极赞叹道："好浓厚的杀气，不愧是仰光大陆第一铸造大师。"

黑衣老人走向旁边的柜子，打开柜门，道："我留下的就这七把刀了，你看着挑选吧。价钱都给你算一百好了。"

柜子内悬挂着七柄无鞘刀，每一柄的样式都不相同，在油灯的照射下，寒光四射，淡淡的冷意席卷而来。七把刀样式古朴，刀锋处隐隐闪烁着蓝光，骤然看去，竟然找不出一丝瑕疵。柜门一开，念冰的目光下意识地落在最左侧的刀上。

他毫不眨眼地盯着，那把刀是七把刀中最不起眼的，也是最短的。在油灯的照射下，刀身光芒暗淡，长约一尺二寸，其中柄长五寸，通体黑色，刀身的流线型极为优美，刀身挺直，尖端处微微翘起，刃宽两寸，刀背看上去很厚。

念冰之所以被它吸引，完全是因为气息，那是一种发自内心的感觉，仿佛这把刀本来就应该是他的，冰雪女神之石的寒意也变得更加强烈了，仿佛在召唤着什么。

念冰目光呆滞，一步步向柜子走去。查极刚要拉住他，却被黑衣老人阻止了。

"毕竟是他用的刀，让他自己选吧。嗯，看样子这小子的刀性不错，已经有了自己的决定。"黑衣老人刚说到这里，突然发现，念冰探手去够柜子中最左侧的那柄短刀，不禁轻咦一声。

查极很清楚，这七把刀必然有好有坏，在价格一样的情况下，挑选极为重要。眼看自己的胖徒弟竟然选了那最不起眼的一柄，查极不禁心中暗骂，扭头看向黑衣老人。在他想来，自己这位老朋友此时一定会是一脸幸灾乐祸之色。但是，当他看到老朋友脸上的表情时，不禁一愣。此时的老朋友正瞪大了眼睛看着念冰的手，嘴唇翕动，想说什么，却又说不出来。

念冰个子不高，捏住刀尖向上一挑，将这柄毫不起眼的短刀摘了下来。刀入手，立刻传来一股冷流，使他身心舒畅，体内的魔法力波动似乎更为强烈了。

念冰握住螺纹刀柄仔细看去，只见刀柄处有一个菱形的孔，刀柄一入手，他顿时感觉自己体内的冰系魔法力与这把刀完全相连，刀成了左臂的延伸，不用催动冰系魔法力，冰系魔法力就能自然地流入刀中，使得整个刀身散发出一层淡淡的蓝光。

"师傅，我就要这个了。"念冰随手挥动着短刀，带起一道道淡蓝色的光芒，整个房间中的温度似乎都随之下降了几分。

查极一看到刀身散发出光芒，再联想到老朋友脸上的表情，不禁哈哈一笑，道："你这胖小子，似乎歪打正着，找到好东西了。小破刀，就要这个。"

黑衣老人惊讶地看着念冰，突然，他一闪身，速度飞快，眨眼间来到念冰身前，探手抓向他手中的短刃。

念冰吓了一跳，本能做出反应，左手刀一翻，将刀刃朝向黑衣老人，冰冷的气息散出。可惜，左手毕竟不是久经训练的右手，他只觉得手中一轻，刀顿时落入了黑衣老人手中。

念冰一呆，问道："前辈，您干什么？"

查极走到念冰身旁，按住他的肩膀道："小破刀，你不会舍不得了吧。这到底是一柄什么刀？"

黑衣老人轻抚刀身，无奈地叹息一声，道："坦白说，我怎么也没想到，你这胖徒弟会选这一把，这是七把刀中最差的一把啊！"

查极皱眉道："刀出异光，怎么会差？你要是不舍得就算了，我也不会强人所难。"

黑衣老人没好气地道："你以为我是不舍得吗？我神铸华天说出的话还没有不算数过，既然说过让你们自己挑选，选了什么就是什么。这把刀确实是七把刀中最差的。而且，它也不是我造的。之所以会有光芒发出，那是你徒弟的原因。如果我没看错，你徒弟应该修炼了冰系魔法才对，否则，不可能引出刀光。老鬼啊！没想到你竟然真的培养出了一个魔法师身份的传人。"

查极嘿嘿一笑，道："缘分而已。差就差吧，反正你说念冰也还小，以后再换就是了。"

华天道："我话还没说完。虽然这把刀是七把刀中最差的，但是，它也可以说是最好的。因为，连我都摸不清它的刀性。当初，这把寒刀是我从一名落魄书生手中收购而来的，只花了一个金币而已。它的刀身是用一种特殊的矿石打造而成，非常坚韧。最为奇特的，就是它本身的寒性，如果有冰系魔法或者寒性斗气激发它，就会发出先前那样的光芒。你知道为什么我说它是最差的吗？因为这把刀无魂。"

"无魂？"念冰和查极异口同声地道。两人眼中都充满了疑惑。

华天道："不错，此刀无魂。小胖子，你看我今年有多大岁数？"

念冰原本等待着华天解释，一听他转移了话题，下意识地道："您？您应该比我师傅大一点吧。"

华天哈哈大笑起来，道："小胖子，你倒厚道，如果换了别人，恐怕会说我比你师傅大了十岁也不止。其实，我比你师傅还要小三岁。我从小修炼斗气，按照正常情况，应该比普通人衰老得慢很多，但是，现在的我比实际年龄看上去老了足足二十岁。这是为什么？因为我在铸造的时候，以精血为魂，融入兵器之中。这夺天之法，使我精元大损，变成了现在这样。而这柄寒刀无精血所引的刀魂，无魂之刀，就算材料再好，终究无法达到极品境界。所以，它的材质虽然最好，但品质最差。"

查极道："以你的技术，将这把刀重新打造一下就可以，赋予它灵魂，不就又成就了一柄极品之刀吗？"

华天苦笑道："你都能想到，我又怎么会想不到？但我试过多次，即使用了九离天火，都无法将这把刀烧化，你让我怎么重新铸造？以我对金属的了解，都无法辨别出它出自何处，也只有先收藏着。无魂就无魂吧，反正你们也只是拿它当菜刀而已。此刀十分锋利，斩铁如泥，切菜自然不在话下，不过，小心别把案板切断。"

说着，他将刀重新递给念冰。

念冰接过刀，与身体合一的感觉再次出现。

"前辈，难道就没有赋予它刀魂的办法吗？"

华天道："办法也不是没有。如果能找到一颗具有灵性的宝石镶嵌在刀柄上的孔中，以石为魂，也不是不行，那样的效果或许会更好。只是，如果宝石非极品，镶嵌上去，反而会起反作用。"

念冰心中一动，冰雪女神之石不就是菱形的吗？大小似乎也与刀柄上的孔相似，他犹豫了一下，从怀中摸出冰雪女神之石，道："前辈，您看这个行吗？"

冰雪女神之石一出，整个房间顿时亮起一团淡蓝色的光，寒刀发出叮的一声轻响，竟然如活了一般，在念冰手中微微颤抖起来。

冰雪女神之石平时虽然也有光散出，但绝对没有今天这么明亮，宝石发出的光与刀光交相辉映，似乎在相互呼唤。

"这是，这是……"华天的脸上露出激动之色，一把从念冰手中抢过冰雪女神之石，感受着其中散发的强烈寒意，不禁惊喜地大呼，"好一颗极品冰石啊！小胖子，你这是从哪里得来的？"

念冰看了查极一眼，道："好像是以前就有的，我也不知道从何而来。"

查极有些惊讶地看着他，道："原来就在你身上吗？我怎么没听你说过？"

念冰道："师傅，我只知道用这块宝石修炼魔法速度比较快，您也没问过我，我自然就没说。前辈，这个能镶嵌吗？"

华天缓缓闭上眼睛，感受着冰雪女神之石。他的声音有些颤抖。

"能，当然能。它们相互之间的呼唤已经证明了一切。上天啊！你真的要成全我吗？有了如此好的材料，我终于可以炼制出一柄夺天之刃。想我华天，一生致力于铸造，终于等到了这一天。你们跟我来。"

华天快速从里间冲出。查极看了念冰一眼，念冰也有些茫然地看着他，查极道："走吧，看来，你小子运气不错。"

他们来到院子中时，原本在角落的炉子已经被搬到了院子正中。华天不知道从什么地方拿出一个风箱，与炉子下方相连，将一袋粉状的东西倒入炉子之中，扭头向念冰道："小胖子，你过来帮我拉风箱。九离天火虽然无法熔化寒刀，但可以使它的质地变软，那就是镶嵌的时机。九离斗气，升。"

华天全身散发出热气，幸好念冰在炉子的另一边，才不会被华天身上的热气影响。淡淡的红色光芒出现在华天身体周围，他手向前一指，一道红光顿时射入炉子之中。炉火轰然腾起，却不是普通的红色火焰，焰呈白色，将整个院子照亮。

"拉风箱！"

华天大喝一声，左手捏住寒刀刀尖，将刀柄伸向炉火之上，右手对准炉火，一股股灼热的九离斗气，不断注入其中。

念冰还是第一次看到斗气这种东西，顿时兴趣大增，一边用力地拉着风箱，一边看着华天施威。

这炉子不知道用什么制成，虽然炉中火焰明显温度极高，但是外围感觉不到太多热度。只见那火焰由白色渐渐变成了青色，寒刀刀柄却依旧是本来的颜色，并没有发生变化。

华天额头上开始出现细密的汗珠，身体周围的红色气流也渐渐朝青色转变。炉火越来越青，当华天身体周围的斗气完全变成青色时，火焰已经转化成了墨绿色，看上去极为诡异。在这墨绿色的火焰中，寒刀刀柄终于出现了变化，微微有些发红，火焰从刀柄尾部的空洞中冲出，在华天的刻意施为下，空洞处受热最均匀。

"以血为引，九离天火。"

华天猛地向炉火喷出一口鲜血，墨绿色的火焰骤然收敛，紧接着，墨绿瞬间转变成艳红，火焰重新升腾而起。这一刻，整个寒刀刀柄也变成了与火焰相同的红色。

华天手腕一抖，冰雪女神之石电射而出，准确地出现在空洞处，软化的刀柄发出哧的一声，水汽弥漫而起，炉火瞬间暗淡，一层青蓝色的光芒飘浮而上，氤氲之气冲天而起。

华天手捏刀尖，突然闪到念冰旁边，他身上的九离斗气已经收敛，左手猛地将念冰从地上抓了起来，念冰只觉得一股大力传来，手腕一热，似乎有什么东西流淌出来。一旁的查极看到念冰的血直接落在冰雪女神之石与寒刀的镶嵌之处，迅速被刀柄吸收，冰雪女神之石完美地镶嵌在刀柄之上。红色消失了，寒刀由原本的黑色变成了青蓝色，寒气四射，刀光冲天而起，直入九霄。刹那间，天空都为之一亮，虽然只是一瞬间，但是代表一柄绝世宝刀出现。

……

冰雪城武技公会分会，一名腰悬长剑的华服老者在公会的屋顶上负手而立，身体如同磐石般稳定，遥望远方，似乎在想着什么。正在这时，他惊讶地发现，不远处一道青蓝光芒冲天而起，青蓝之气中似乎夹杂着一丝淡淡的红线，那锋锐之气带出的冰冷之感是如此清晰，他心中不禁大惊，目光再寻找时，已经失去了青蓝光芒的踪迹，令他倒吸一口凉气。

"神兵出世血光现，难道仰光大陆又要不太平了吗？"

腰间那绿鲨鱼皮鞘中的长剑嗡地一响，随即恢复平静，华服老者拍了拍它，道："老伙计，你似乎在害怕，究竟是什么神兵出世，竟然能让你心生恐惧？你我心神合一，以我武圣之能，难道还怕一件神兵吗？即使是神兵，也要看在何人之手啊！"

……

冰神塔。

直径超过十米的蓝色六芒星中央，蓝光升腾，一名女子猛地睁开了双眼，她虽然头发雪白，但那绝美俏脸如二八丽人一般，一双蓝色的眼眸中充满了清冷之气，身上的白色镶金边长袍显示出她尊贵的地位。右手一引，一颗透明的水晶球出现在其掌中。

"这是女神的呻吟之声，难道镇塔之石并没有陨灭于天青河中？以冰雪女神的名义，接引吧，女神的气息。”

白光骤然大放，水晶球上浮现出一层雾气，雾气中突然亮起一道青蓝色光芒。叮的一声轻响，那女子手上一用力，水晶球竟然化为碎片，跌落在她面前。

“好凌厉的气息，确实是冰雪女神之石。哼，来人。”

她的声音并不大，却有着一种摄人心魄的威力。巨大的门敞开，两名身穿白色长袍的女子从外面走了进来，她们看上去足有六七十岁，脸上满是皱纹，甚是苍老。

“伟大的冰雪女神祭祀，您有什么吩咐？”

白发女子淡然道：“我感受到了冰雪女神之石的方位，立刻派遣塔中十二名冰雪祭祀，由你们二人亲自带队前往冰雪城，务必要将冰雪女神之石取回，女神的尊严，不容任何人亵渎。”

“是，伟大的冰雪女神祭祀。”

两名老妇躬身行礼后，退出了房间。冰雪女神祭祀眼神冰冷，全身腾起一层蓝色的雾气。

“灵儿，你这又是何苦呢？难道爱情对你来说就那么重要吗？以你的资质，如果肯放下一切接受我的教导，不出二十年，神降师之位必将非你莫属。这又是何苦呢？”

冰雪女神祭祀长叹一声，周围的气息随之波动，房间内的墙壁上竟然凝结出了一层厚达一尺的坚冰。

……

水货铁器铺。

华天坐在地上大口大口地喘息，脸色煞白，显然已经非常疲倦。他那双浑浊老眼中充满了兴奋和喜悦的光芒。他看着短刀上那一抹白雾凝结成的露珠，声音颤抖着道："成功了，成功了。秋水白露，好一柄绝世神刃。没想到这冰石比我想象中还要有灵性，我终于制造出了一柄绝世神刃，终于追上了历史中的神铸师，哈哈，哈哈哈哈。"

念冰捂着自己的手腕，喃喃地念叨着："温柔之水，请您用柔和的微笑抚平创伤吧，治疗术。"淡淡的蓝光盖住他手腕处的伤口，伤口瞬间愈合，虽然伤疤依然存在，但血已经止住了。水与冰同源，一个一阶的治疗术还难不倒念冰。

华天颤抖着从地上站了起来，看着手中之刃，目光落在念冰身上。

"小胖子，我以你的鲜血为此刀开光，今后，只有你能将它的全部威力发挥出来，你一定要善待此刀。坦白说，我真舍不得把它给你，让如此神刃成为一把菜刀，真是明珠蒙尘啊！"

查极哈哈一笑，道："蒙你个头，那宝石还不是我徒弟的，没有冰石，你本事再大也炼制不出如此好刀，别废话了，一百个紫金币是吧，给你。"说着，他从怀中摸出一个钱袋，扔给华天。

华天哼了一声，将钱袋掷还给查极，道："如此宝刀出世，又岂能被铜臭沾染？这次算便宜你们了。不过，我建议你徒弟最好用布把刀柄缠上，别让宝石外露，所谓匹夫无罪，怀璧其罪。要是被人抢了，就白费我这一番辛苦了。"

—❦ 第 7 章 ❦—

冰火同源

查极走到华天面前，将冰冷的宝刀拿过来递给念冰。

"那就不谢了。不过，你是不是应该给我们个刀鞘？"

华天恋恋不舍地看了宝刀一眼，转身回屋，一会儿的工夫，拿出一个锈迹斑斑的刀鞘扔给念冰。

"这刀鞘乃寒铁所制，经过我的特殊加工，与寒刀相合，刀入鞘，不会触及鞘身，刀鞘还能掩盖刀本身的寒意，这次我真是亏大了。"

寒刀入鞘，果然，青蓝色光芒尽敛，寒气随之不见，只有刀柄处的冰雪女神之石依旧散发着淡淡的蓝光。

念冰看着手中的刀，恭敬地向华天深鞠一躬，道："谢谢前辈赐刀，前辈，这刀镶嵌上宝石，便已与以前不同了，就请您给它起个名字吧。"

华天便道："秋水白露，寒天冻地，就叫它晨露刀吧。"

查极赞叹道："晨露，真是好名字。"

念冰紧握晨露刀，心中暗暗地呼唤，妈妈，您给我的冰雪女神之石被镶嵌在这把刀上，您会怪我吗？我现在还记得，在离开之时，您那充满不甘的叹息声。这把刀是以冰雪女神之石为魂的，也可叫作冰雪女神的叹息。

冰雪女神的叹息——晨露刀。一柄绝世神刃，就这样出现了。

华天看向查极，道："我累了，你们走吧。刚才刀光冲天，恐怕已经被武人注意到了，回去的时候小心一些。菜刀，可叹啊！竟然是菜刀。"华天心中不满，步履蹒跚地向他那小黑屋走去。

查极拉起念冰的小手，道："小破刀说得对，咱们快走，别被人注意到才好，真是便宜你这小子了。"

说着，他从衣服下摆撕下一块布料，缠绕在刀柄上，掩盖住冰雪女神之石的光华，将刀放入念冰怀中，拉着他匆匆而去。

冰雪城的人们大多数已经入睡了，街道上显得有些冷清，一边走着，念冰一边低声向查极问道："师傅，刚才那个华天前辈是修炼武技的吗？"

查极微微一笑，道："可以说是，也可以说不是。他虽然修炼斗气，但本身并不会什么武技，以他九离斗气的程度，应该已经超过了武士中的大剑师，甚至有可能进入了武斗家的境界。只不过，他不会武术技巧，他的九离斗气，完全是为了铸造东西而修炼的。你也看到了，作为火属性斗气的极品，还有什么比那更适合炼制兵刃的呢？"

"师傅，那用斗气做菜不行吗？斗气也可以有各种属性啊！"念冰道出心中疑惑。

查极摇了摇头，道："不行的，斗气过于霸道，讲究的是爆发性，魔法却可以随心所欲。别多说了，快点走，先回旅店再说。明日一早，我们就回桃花林。在回去之前，你千万不要让晨露刀离鞘，一旦被人觊觎，我们可保不住这宝贝。"

当他们回到旅店时，已近深夜。查极走了一天的路，早已疲倦，将念冰送回房间后，自己就到隔壁休息了。

念冰虽然也累了，但新得了宝贝，少年心性的他一时竟然毫无睡意，从怀中摸出晨露刀反复把玩着。如果不是有查极的叮嘱，他肯定会抽刀离鞘，再次看看那青蓝色的光芒。隔壁的呼噜声若隐若现，显然查极已经睡熟了。

念冰吐了吐舌头，自言自语道："幸亏要了两间房，否则，我今天晚上就不用睡了。师傅的呼噜威力还真是大啊！"

念冰怀抱冰雪女神的叹息，缓缓闭上双眼，开始了每天的必修课——冥想。一会儿的工夫，他就进入了入定状态。在精神力的引导下，火元素和冰元素缓缓向念冰的身体凝聚着。

今天实在有些疲倦，再加上得到晨露刀的兴奋，使他忘记了冰、火两种魔法力此时处于不平衡状态。他并没有如何控制，任由魔法元素向自己的身体凝聚。

冰雪女神之石和火焰神之石像往常一样加快着念冰凝聚魔法元素的速度，没用多长时间，他白天消耗的魔法力就已经完全恢复。

只不过，这一刻冰与火两种魔法元素处于一个微妙状态。一年多以来，念冰每天都在两颗极品宝石的帮助下修炼，他的魔法力早已积蓄到了一定程度，量的积蓄必然会引起质的变化。如果是普通魔法师，继续修炼下去，自身的魔法力就能突破瓶颈，达到更高的境界，然而，念冰不一样，他有着两种属性完全相克的魔法力，此时虽已达到瓶颈，但发生了特殊的变化。冰、火两种元素在充满了各自所属的半边身体后，为了得到更大的空间，开始相互攻击，冰魔法力循着经脉由左向右攻，火魔法力则循着经脉由右向左攻。

在这种情况下，念冰的身体发生了明显的变化，以身体中央为分界线，左半边身体完全变成了蓝色，而右半边身体则完全变成了红色。一时间，红、蓝两色光芒不断闪着，斗争变得越来越激烈。由极寒到极热，强烈的刺激，使念冰从入定中清醒过来。

念冰立刻发现了身上的不妥，此时，不论是冰魔法力还是火魔法力，都达到了前所未有的狂暴状态，两种魔法力相互攻击，互不相让。

冰雪女神之石和火焰神之石同时散发着淡淡的光芒，将自身蕴含的魔法力注入念冰体内，似乎都想协助同源的魔力将另一方压倒。

冰、火交替，刺痛感令念冰全身不断痉挛，但此时事态已经超出了他的控制，即使他想痛呼出声，也无法做到，只能眼睁睁地看着自己的身体忽蓝忽红。

随着两种魔法力越来越狂暴，念冰左半边身体已经覆盖上一层冰霜，而右半边身体则奇烫无比，身上的衣服发出了淡淡的煳味。

在极寒、极热的两种魔法力冲击下，念冰的神志渐渐有些模糊了。他想起了父亲，想起了母亲，想起了当初在冰神塔时发生的一切。

"妈妈、爸爸，我就要死了吗？我就要死了吗？不，冰儿不想死啊！爸爸，您不是说过，冰与火之间并不是完全对立的吗？为什么我会如此难受呢？您是火，妈妈是冰，你们都可以结合，为什么我的魔法力却不可以？爸爸、妈妈，你们教教冰儿，现在应该怎么做？"

人的体质、出生时的情况，以及遗传，导致每个人所具有的属性不同。拥有什么属性，就适合修炼什么属性的魔法或者斗气。

如果一个火属性的人想修炼冰系魔法或者冰系斗气，那几乎是不可能的，即使强行修炼，也不会有什么好效果，穷其一生也难有小成。而念冰之所以能同时拥有两种魔法力，固然是因为有冰雪女神之石与火焰神之石，可也和他自身的属性分不开。

一般来说，如果夫妻双方属性不同，孩子只会继承其中一方的属性。但念冰的父母本身属性都极强，可以说是两个极端，所以，念冰出生之时，就同时拥有了两种属性，这样双属性的人，万中无一。如果属性不相克，这样的孩子修炼魔法，成为一名双系魔法师，必然名震大陆。但是，念冰的双属性偏偏是相克的两种，冰与火互不相容，念冰这一年以来，在无人指导的情况下，同时修炼两种相克魔法，因为一直保持着平衡状态，而且他的魔法力又不强，才没有出乱子。

经过一年的修炼，在两颗极品宝石的帮助下，他的魔法力已经达到了瓶颈，终于因为今天白天魔法力不平衡而诱发了现在这种冰火互攻的现象。

冰与火于体内肆虐，要是普通人早已经脉寸裂而亡，即使念冰本身就拥有两种极端属性，在这种情况下，依旧岌岌可危，一个不好，不是引火烧身就是冰灭全身。

红、蓝两色光芒依旧交替闪耀着，念冰身体的痉挛也变得越来越强烈，强烈的痛楚刺激着他体内的经脉，毛孔渐渐渗出鲜血。

冰雪女神之石与火焰神之石似乎也进入了狂暴状态，冰元素和火元素疯狂地向念冰的身体发起冲击，两种魔法力变得越来越狂暴。

眼看念冰的生命就要在两种魔法力的相互攻击中结束，突然，一股柔和的青光从胸口处蔓延而出，同时融入冰魔法力与火魔法力。此时，念冰的身体已经不是半蓝半红了，两种魔法力在相互攻击的过程中，早已游遍全身，处于混合状态。

在那柔和青光的影响下，念冰啊的一声叫了出来，体内的冰、火两种元素竟然开始缓慢地旋转起来，虽然依旧在相互攻击，但不似先前那么狂暴了。

趁着这个机会，念冰赶忙调动自己的精神力，试图控制那两种相克的魔法力，令他吃惊的是，体内所有的魔法元素都开始形成旋涡，与青光融合。融合虽然速度很慢，但是无法阻止。

青光只出现了一瞬间就消失了，念冰体内的魔法力进入这奇异的状态后，冷热交替所产生的疼痛感已经消失，旋转着的冰、火两种能量开始融合，在旋转中，冰与火似乎完全分离，又似乎完全融合在一起，彼此间的争斗变得越来越微弱。

红、蓝两色旋涡缓慢地旋转着，旋涡看起来很漂亮，一圈蓝、一圈红，魔法力在旋转中凝聚，冰雪女神之石和火焰神之石依旧以平时几倍的速度输送着魔法元素，原本散于四肢百骸中的魔法力渐渐被旋涡收拢。旋涡并不大，随着两种魔法力聚集，蓝、红两色光芒逐渐变得晶莹了。

……

融天微笑着抚摩儿子的头发，道："冰，可以灭火，但是，当火达到一定程度时，同样可以灭冰，它们彼此相克。在四种普通的魔法元素中，只有水与火之间的关系最为密切，冰也一样，它们都充满了活性。有前辈魔法师说过，当火与水达到一个微妙的层次时，它们之间是可以相互转化的。世间万物并非绝对，只要元素力的大小不变，火元素与水元素也不过是一线之隔。这个说法曾在魔法界产生很大影响，认同者少，而反对者多，本来，我属于反对的一方，但是，当我与你妈妈结合后，我发现，水火交融并不是没有存在的可能。只不过，作为一名火系魔法师，我对冰的了解实在太少了，根本不可能将火转化成冰。唉，如果你妈妈没有被抓回去，说不定，让我们在一起多研究一些时间，就能摸索出真正的冰火同源吧。"

年幼的念冰好奇地问道："爸爸，水火交融是什么情况呢？您是怎么发现的呢？"

融天有些尴尬地咳嗽两声，敷衍道："你还小，等你长大了爸爸再告诉你吧。"

水元素与火元素是关系最密切的两种魔法元素，难道，现在自己的这种情况，就是爸爸所说的"水火交融"吗？冰与水同源，难道冰与火也能同源不成？体内巨大的变化令念冰很不适应，但他隐约明白，自己现在必须保持这种状况，让冰、火两种魔法元素继续保持现在的运转趋势，只有这样，自己才不会被毁灭。

一年来，念冰的身体第一次回到了常温状态，不再有半冷半热的情况。他重新进入了入定状态，慢慢放松自己的意识。苦尽甘来，他并不知道，从这一刻起，他已经成为一位冰火同源的魔法师。虽然只是进入了冰火同源的初期，但是，今后他施展的奇特魔法，远远不是普通魔法师所能相比的。

清晨，当第一缕阳光从窗外射入房间之时，念冰从冥想状态中清醒过来，体内原本泾渭分明的两种魔法力消失了，取而代之的，是一个旋涡，拳头大小的红、蓝两色旋涡。

两种不同的魔法力缓缓旋转着，谁也没有侵犯对方，晶莹的蓝与晶莹的红看上去是那么绚丽，念冰清晰地感觉到，自己对魔法元素的感知似乎比以前强得多了。他摸了摸悬挂于胸前的玉牌，喃喃地道："阿姨，谢谢您，如果不是这块天华牌及时帮我稳定住魔法力，恐怕……您的恩情，念冰总有一天会报答。"

危急关头，那青色光芒正是天华牌发出的，"蓝田日暖玉生烟"，这块由羊脂白玉雕琢而成的玉牌，功效比想象中的还要好得多。

念冰抬起持着晨露刀的手，轻声吟唱道："冰元素啊！我请求你，凝聚成锋利的巨刃，斩开世间的束缚和枷锁吧。"

蓝光从冰雪女神之石处亮起，冰元素凝聚成形，一柄蓝色冰刀出现在他面前，体内的旋涡依旧不断旋转着，冰刃术的使用并没有影响到它，甚至感觉不出冰系魔法力的减少，旋涡依旧在平衡状态中旋转。

念冰心跳加快，下意识地从怀中摸出火焰神之石再次吟唱："火元素啊！我请求你，凝聚成锋利的巨刃，斩开世间的束缚和枷锁吧。"

火光闪烁，一柄火焰刀出现在他面前，同样是右手，不再有冰与火的区分。念冰的心颤抖了，冰与火的巧妙结合使他真正拥有了使用两种相克魔法的能力。

光芒一闪，在精神力的催动下，冰刀与火焰刀在空中碰撞，哧的一声，水汽冒起，两个二阶魔法同时消失。

"成功了，太好了，我终于可以使用两种魔法了。"

念冰兴奋地从床上一跃而下，冰火同源使他拥有了特殊的能力。

敲门声响起，查极的声音从外面传来："一大早就鬼叫什么？开门。"

念冰赶忙将火焰神之石收好，上前将门打开。查极刚一看到他，顿时捂住鼻子，喊道："哇，臭死了，你小子不是在房间中拉屎了吧？"

念冰愣了一下，低头看向自己，这才发现，自己身上不知道什么时候变得黏糊糊的，衣服都沾上了浆状的物质，感觉极不舒服。

查极上下打量着念冰，心中不禁微微一惊，才一晚不见，念冰似乎长高了一点，变化最大的是他的眼神，原本童稚的眼神竟然显得深邃了许多，感觉就像一个成人。

"念冰，昨晚发生了什么？"查极惊讶地问道。

念冰挠了挠头，道："师傅，我的魔法力似乎有所突破，达到了另一个境界。我也不知道为什么身上会出这么多汗。"

他当然不知道，这是因为冰与火的相互攻击过于狂暴，将他体内的杂质完全逼出，使他经历了脱胎换骨的过程，身体才会出现这些变化。

查极皱了皱眉，道："魔法我不懂，但进步了总是好事，赶快去冲洗一下，我们要回桃花林了。这身衣服就不要了，我看洗也洗不干净。"

念冰答应一声，转身回卫生间洗漱去了。看着他那胖乎乎的身影，查极若有所思，叹息道："一切随缘吧。"

念冰推着木车，跟在查极身旁，两人缓缓向城外走去，今天的天气非常晴朗，碧空如洗，万里无云，清晨空气凉爽，格外舒服。

眼看走到了北城门，马蹄声突然从城门外响起，守城的冰月帝国士兵整齐地排列在两旁，其中一部分士兵将街道上准备进城和出城的人赶到一旁。三辆马车快速驶入城中，马车通体白色，两旁各自用银色丝线绣着一个巨大的六芒星。六芒星正中是一朵精细的冰花。看到这样的标志，冰雪城中的平民不禁肃然起敬，有些甚至恭敬地向马车行礼。当然，这其中并不包括查极和念冰。

冰花的符号，念冰再熟悉不过。他的双拳早已攥紧，心中充满仇恨，就是他们，就是他们夺走了自己的幸福啊！

马车很快驶过，查极咳嗽一声，道："咱们走了。"

念冰神情一松，他暗暗告诉自己，自己现在的能力还差得远，忍耐，一定要忍耐。

从冰雪城到桃花林的路途虽然不算远，但也要花一定时间，他们直到中午才回到木屋，处理好买回来的东西，查极让念冰回房休息，明天再继续学习厨艺。

念冰刚刚进入冰火同源的境界，正想多冥想一会儿，借此巩固自己的魔法力，吃过查极所做的美味午餐后直接回房间休息了。

时间一天一天过去，念冰在查极的教导中逐渐长大。从冰雪城回来的第二天，他就明白了为什么当初查极对他说，想学好厨艺，必须经历一个由瘦到胖，再由胖到瘦的过程。由瘦到胖，自然就是每天品尝查极所做的饭菜，并辨别其中的味道。补充了大量的营养，他自然会变成一个小胖子。

而由胖到瘦的过程相对来说痛苦得多。查极的方法很简单，他让念冰负责每天做饭，自己做的东西自己吃。他只是在理论上指点，其余的都让念冰自己摸索。

如是一年，念冰瘦了，又变回了当初那个清秀的少年。一个新手做出的饭菜是什么味道，恐怕谁都想得出来。在品尝过美味之后，他做出的东西，自己能吃下去的实在少，想不瘦都不可能。

两年的时间，念冰打下了坚实的基础。从第三年开始，他算是正式入门了，查极对他要求非常严格，每天的练习总会让念冰疲惫不堪。晚上冥想是他最好的休息方式，不但可以使身体从疲倦中恢复过来，同时，还会锻炼他的精神力和魔法力。

学习的时间越长，念冰越能体会到厨艺的神奇，查极知道的各种烹调方法，如同大海般深不可测。念冰似乎已经忘记了仇恨，全身心地投入厨艺学习之中。在查极的指导下，他的悟性渐渐显现出来，经常会提出一些新奇的见解与查极相互探讨。

到了第五年，念冰已经不完全是向查极学习了，而是在与查极的探讨中，渐渐将魔法与厨艺结合在一起，这样不但提升了他的厨艺，而且也锻炼了他对魔法的控制力。各种由魔法入厨做的美食一次又一次出现在念冰的手中，鬼厨的技艺得到了传承。

"师傅，今天中午您想吃什么？最近您身体状况不太好，我给您去抓两条鱼来，做羹吃吧，前些天我研究出来的明焰鱼羹一定会让您胃口大开。"

念冰完成了今天的必修课——劈柴后，来到查极房门前询问。

查极坐在房间中的躺椅里，脸上的皱纹比几年前深了许多。

"念冰，你进来坐下，师傅有话对你说。"

念冰愣了一下，大步走入房间，拉过一张椅子坐在查极身旁。

"师傅，您今天是怎么了？我那柴刀劈丝的功夫已经大成了呢，您不想看看吗？该做饭了，您胃不好，如果不准时吃饭，老胃病又该犯了。"

查极看着念冰关切的目光，微笑着道："八年了，你到我这里也八年了。八年的时间，你从一个孩子长成翩翩少年，师傅也没有什么过多的东西教你。你现在的技艺，完全达到了青出于蓝的境界。傻小子，其实师傅一直在骗你，柴刀劈丝只要做到丝如发就已经大成，根本不用做到虚悬而不倒，丝长而不断的程度。你的刀功已经远超为师当年。没想到，我理论上的想法，竟然真的被你做到了。神乎其技也不过如此。我已经没什么可教你的了，所以，你也该走了。"

十八岁的念冰看上去异常英俊，虽然穿着一身布衣，但是依旧无法掩盖他的光华。高大的身材、宽阔的肩膀、金色的长发，他几乎是完美的。

念冰愣愣地看着查极，问道："师傅，您是说我可以出师了吗？"

刚开始跟随查极学习厨艺之时，他无时无刻不想着能够早日学会查极的技艺离开这里。但是，人都是有感情的，相处八年，他与查极之间有了深厚的感情。此时一听查极让他走，他心中生出一股莫名的失落感，看着比八年前老迈了许多的师傅，道："师傅，您这么大年纪了，我要是走了，谁来照顾您呢？"

查极微笑着道："傻孩子，你来之前我不也是一个人吗？放心吧，难道我堂堂鬼厨还会饿死不成。你的厨艺就像我当年，已经到了瓶颈期，再继续待在这里，也不会有什么提升了。只有多走多看，才能有更深刻的体悟，也不枉我教导你一场。"

念冰道："师傅，我舍不得您啊！"

查极拉起念冰的大手，轻叹道："痴儿，难道你要永远留在这里陪我吗？就算你陪伴着我，总有一天我还是会死的。当初，我收你为徒完全是出于自私，只是想将自己的技艺传下去，你不但没有怪我，还一心一意地随我学习厨艺，这么多年，也难为你了。"

念冰全身一震，道："师傅，您已经知道了？"

查极微笑着道："当我看到你拿出那块宝石，还有你看到冰神塔的马车流露出仇恨时，我就已经明白，催眠术并没有起作用。你知道吗？当时我心里有些害怕。那时，你只是一个十岁的孩子，却有如此深沉的心机，是我万万没有想到的。我真不知道是该高兴自己有一个聪明而沉稳的徒弟，还是该害怕你的心机。不过，现在一切都不重要了，我相信，你是一个好孩子，在你心中，一定隐藏着一个故事，关于你父母的故事。"

"师傅，我、我全都告诉您。"念冰的声音有些颤抖了，看着查极慈祥的面庞，他突然有种不祥的预感。

查极摇了摇头，道："不，留在你心底吧。我想，你的父母应该与冰神塔有关，所以你在看见那马车时才会那么恨。孩子，仇恨并没有错，但是，正如当初我试图催眠你时说的，在你拥有足够的力量之前，这仇恨一定要隐藏于自己心底。君子报仇十年不晚。"

念冰坚定地点了点头，道："师傅，我答应您，在我拥有足够的能力之前，一定不会试图前往冰神塔报仇。"

查极微微一笑，道："那就好。念冰，当初我师傅对我说过，十年练厨，十年悟厨，这八个字，我记了一生。当我来到桃花林时，我在后面又加了八个字，那就是孤独一生，一败陨灭。"

第 8 章

正阳刀

"十年练厨，十年悟厨，孤独一生，一败陨灭。"念冰重复着查极的话，"师傅，我明白，您放心，我一定会替您拿回鬼厨的称号。"

查极轻轻摇头，道："不用了。鬼厨是我，而不是你。你学会了我的技艺，但是不能满足于现状，只有不断进步才能让你达到厨艺的巅峰。厨师，在仰光大陆上是一个很普通的职业。你要努力修炼魔法，这个职业正好是你最好的遮掩。我并不恨当初那个女人，你也不需要去寻找她。过去的都已经过去了，如果不是她，或许我还无法悟出魔法与厨艺结合的奥妙，更收不到你这么好的徒弟。"

说着，他从旁边拿出一个长形布包，递给念冰，道："这是我的老伙计，以后就交给你了。拿出来看看吧。"

念冰打开布包，当缠绕着的布一点点消失时，一把刀出现在他面前，菜刀一般没有刀鞘，但这一把有，就像他的晨露刀。刀身与晨露刀差不多长，只不过刀刃宽得多，足有四寸，刀背极厚，达半寸，入手后，重量相当于三柄晨露刀。刀鞘是朱红色的，上面有花纹。

念冰握住刀柄，缓缓将刀抽出。

淡淡的灼热气息顺着暗红色的刀刃散出，念冰手一颤，怀中的火焰神之石发出一声低沉的咆哮，体内冰火同源魔力旋转的速度因为火焰神之石而明显加快了几分。当全刀离鞘时，原本不协调的宽刃厚背刀竟然出现了异常的美感，整把刀闪着暗红色的光泽，刀刃上棱角分明，犹如鲨鱼鳍一般，线条优美。念冰将它握在手中，不禁有种热血沸腾的感觉。

"这是我成名后才得到的宝刀，它是我的老伙计，就像兄弟一般，始终伴在我身边。还记得华天吗？这是他除了晨露刀以外最得意的一件作品。这柄正阳刀并不是用金属打造而成的，准确地说，它应该是雕刻出来的才对。它的基本材质，是火龙角。"

"火龙角？师傅，真的有火龙吗？"念冰看着正阳刀那优美的线条，好奇地问道。

"这个问题我无法回答你，只能说在传说中有吧。即使有，数量也非常稀少。当初的火龙角是我在一个山谷中发现的，由于角身奇热，我知道，这必然是一件宝物，于是我找到了华天，让他看了看。他当时就对我说，这角他要了，多少钱任我开。你师傅我多精明啊！我对他说，角给你也行，不过，你必须给我打造出你这一生中最得意的刀，当我的菜刀。华天答应了，于是就有了正阳刀。他也确实够朋友，直接用火龙角雕刻出了这柄宝刀，由于是雕刻出来的，所以刀身上没有缝隙，而且，它还拥有着火龙的气息，本身就是火属性。当初，如果比赛时我没有托大，使用了正阳刀，就算她有魔法入厨，也不可能赢得了我，鬼厨之名，又岂是虚传？"

说到这里，查极接连咳嗽几声，眼中的自豪却分毫不减。

"师傅，您先休息会儿吧，别说了。"念冰关切地帮查极轻拍着后背。

查极微笑着道："我没事，我只是太高兴了。我的徒弟都要出师了，我终究没有将自己的技艺带入棺材之中。念冰，离开这里以后你有什么打算？"

念冰一愣，道："师傅，我从来没想过这个问题。"

查极道："那你就听我给你的建议吧。离开这里后，你先去冰雪城，不知道华天那老家伙死了没有，代我去拜会他一下吧。身为仰光大陆第一铸造师，他的宝贝可不少，绝对不止那天你看到的那些，说不定，你还能得些好处。"

念冰突然眼圈一红，紧握住查极的手，道："师傅，我不想走，我真的不想走。"

查极眼中浮现出一丝异色，道："傻孩子，我不是说了，你不可能永远都在我的庇护之下啊！该走的总归要走。冰雪城里的大成轩和清风斋都是冰月帝国中有名的饭店，那里将是你的第一站，你可以随便选择一个，想办法进入厨房，观察那里厨师的厨艺，或许对你有些好处。不过，你要记住，一旦你暴露了自己的厨技，就必须离开，否则，以你现在的能力，很容易被别人注意到，到时候会有很多麻烦。"

念冰含泪点头，道："师傅，我记住了，我一定会学习您当初的样子，走遍仰光大陆每一个角落，学习烹制各种菜肴，我一定不会让您失望的。"

查极擦掉念冰流下的泪水，慈祥地道："傻孩子，哭什么，记住这些就足够了。厨房的灶台左边，墙壁是中空的，里面有我的一些积蓄，你可以先带走一部分，够路上花费就行了。虽然钱不是什么好东西，但没有它万事皆难，多带些没坏处。至于其他的一切，就都要靠你自己摸索了。哦，对了，我觉得你只是修炼魔法力还不行，有机会的话，应该找一个修为高深的魔法高手指点一下。遇事要学会变通，只要人家有东西能教导你，无妨拜其为师。活到老，学到老，是每一名高级厨师必须做到的。"

念冰点了点头，看着脸上红光隐现的查极，心中的不安更加强烈了。

查极笑了，他的笑容很平静。

"孩子，你的悟性比师傅高得多，虽然只有八年时间，但你比我当初十年学的东西还多。八年练厨，八年悟厨，我却不希望你孤独一生，如果今后有合适的姑娘，千万不要放过，放手去追，幸福是要靠自己争取的。"

念冰对男女之事可谓一窍不通，闻言便道："师傅，这些以后再说吧。"

查极正色道："不，这件事你一定要答应我，也是你必须做的，我可不希望我身上的悲剧在你身上重演。有一个稳定的家庭对你只有好处，今后继续探索厨艺时，也能让你的心更加稳定。哦，对了，你不是说要做鱼羹给我吃吗？现在就去吧，师傅真的有些饿了。这几年，一直吃你做的东西，连我自己做的都有些食之无味了呢。"

念冰用力地点了点头，道："师傅，您放心，我一定做出最美味的明焰鱼羹给您品尝。"

查极微微一笑，向他挥了挥手，道："去吧，去吧，师傅等着你。"

念冰答应一声，集中精神，站起身，快步跑了出去。看着念冰的背影，查极十分欣慰。

"孩子，师傅并没有看错，虽然你心思比较深，但依旧是至情至性之人，得徒如此，我还有什么好留恋的呢？"

查极颤抖地拿起正阳刀，轻叹一声，在地上划起来，虽然字迹歪曲，但也还算能够辨认。

念冰飞快地跑到河边，为了能让师傅更快地吃到自己所做的鱼羹，他直接下水捞鱼，这些年来，他早已在河中练成了一身好水性，一会儿的工夫，就抓了两条肥大的青鱼回到岸边。他看着手中活蹦乱跳的游鱼，也不管自己身上的水，自言自语道："今天这鱼好新鲜，师傅，我一定会做出让您满意的好鱼羹。"

念冰兴冲冲地跑回桃花林，几个箭步，来到木屋前，道："师傅，师傅，您看，我抓了两条大鱼，今天光吃鱼恐怕您就能吃饱了，师傅……"

当念冰重新来到查极的房间时，他突然呆住了，全身如被冰封，保持僵硬。查极依旧躺在那里，但是，他的眼睛已经闭合，神态安详，看上去好像睡着了。念冰知道，查极绝对不是睡着了，况且，查极睡觉时没有一天不打呼噜，而现在，却……

"师——傅——"

鱼落地乱蹦，挣扎着，试图寻找生存之路，但是，离开了水的鱼，怎么能继续生存呢？

念冰飞身扑到躺椅前，紧紧地抓住查极的手，他自己的手在颤抖，同样的，心也在颤抖。

查极的手有些冰凉，胸口没有一丝起伏。念冰将手指送到查极鼻子下方，他期待着，希冀着，但是，一切都那么残酷，一切的希望都化为了泡影。

查极已经去了，带着满足的笑意去了。

泪水不受控制地流下，念冰极度悲痛，竟然哭不出声音，身体不断地耸动着，脑海中，过往的情景不断闪过。查极救了他，带他来到桃花林，将自己一身技艺倾囊相授，这些年，查极就像自己的父亲一样，无微不至地关怀着自己。八年，为什么只有短短八年？师傅啊！念冰还等您看着我走到厨艺的巅峰啊！您怎么能就这么去了，难道您不想看到念冰成为顶级厨师吗？师傅，您为什么要死，为什么？

念冰的心在滴血，有生以来，除了当初在冰神塔，这是他最悲伤的一刻。他低着头，泪水滑落地面。他看到了正阳刀，淡淡的热流随刀身游走，那是师傅的最爱。地面上有些歪斜的小字。

"念冰，师傅恐怕等不到你做的鱼羹了，其实，早在我手筋断掉之后，我的心就死了。作为一个厨师，不能做出自己会的菜，这是比死还痛苦的事，我之所以苟延残喘地活着，就是不想让我这一身技艺随我而去。念冰，师傅是自私的，在这里，我向你说句对不起。师傅走了，但是，师傅的技艺留了下来，我相信，你一定会将所学的技艺不断传下去，将厨艺发扬光大，成为最伟大的厨师。师傅也不想这么快就走，只不过，我的身体早已支持不住了。每一次，我都告诉自己，一定要坚持下去，坚持到你超越我的时刻。上天待我不薄，他让我坚持到了这一天，念冰，你知道，当我看到你的厨艺远超我时，我有多么兴奋吗？比我自己能重新做饭还要兴奋得多。不要难过，那没有任何意义，将你所有的情绪，都投入厨艺和魔法中。最后，师傅要叮嘱你，报仇是可以的，但是，一定要量力而为，慎之，慎之。我要去了，你回来看到后，拿走该拿的东西，不要动我的身体，我喜欢这张躺椅。将这里一把火烧掉吧，能在你的火系魔法中化为灰烬，师傅也算死得其所。"

写到最后一些字时，字迹已经非常模糊了，如果不是念冰对查极的字体非常熟悉，恐怕很难辨认出，尤其是最后一个"所"字，查极只写了半边。

"师傅，您真的就这么去了吗？"

念冰的泪水沾湿了查极胸前的衣襟。他小心翼翼地将查极的头发梳理整齐，站起身，后退几步，扑通一声跪倒在地，重重地向查极连磕九个响头。

"师傅，我知道，您不愿意看到懦弱的念冰。您放心，我一定会坚强起来，从当初离开冰神塔的那一刻开始，我就告诉自己，一定要坚强，泪水只能从敌人的眼睛流出，但是，我今天还是哭了。师傅，您放心吧，只要念冰还有一口气在，就一定会完成您的遗愿，将厨艺发扬光大。这是我对您的承诺。"

念冰站起身，将正阳刀归鞘，擦掉脸上的泪水，最后看了查极的遗容一眼，毅然走出房间。

风轻云淡，阳光投射在桃花林中，使地面上出现了婆娑的树影。微风轻抚，带来阵阵桃花的香气，念冰深吸一口气，强压心中的悲意，按照查极所说，从厨房内空的墙壁中取出一些紫金币，简单地打了个包袱背在身上。

一步，一步，向前走。当念冰走到第十七步的时候，他骤然转身，道："师傅啊！弟子去了。待我学有所成，一定回此祭奠您的亡灵。火啊！燃烧吧，灼热的火焰，以吾之名，我命令你，奔腾汹涌的火焰，随着我的指引，将一切化为灰烬吧。火海燎原！"

正阳刀出鞘，红光骤然亮起，红色的光点清晰可见地向着念冰聚集，灼热的气息将念冰的身体染得如同一尊火焰战神一般。念冰将正阳刀前指，奔腾的火焰骤然大放，顷刻间吞噬了除厨房外的两间木屋。

看着熊熊大火，念冰仿佛又看到了师傅的音容笑貌，眼前一片模糊，但他强忍着不让自己的泪水滴落，心中暗暗发誓，从今天开始，自己要变得更加坚强，只有坚强的人，才能活得更久，才能更好地完成自己和师傅的心愿。

火海燎原，四阶大范围火系魔法，虽然同样是四阶魔法，但由于它的覆盖面积很大，所以一般要高级魔法师才能发出。灼热的火焰很快就将念冰生活了八年的木屋化为了灰烬，同样的，他的师傅鬼厨查极也随之跌落黄土。

一切都消失了，念冰眼含热泪，踏上了查极为他安排好的征程。他不知道前面有什么等待着他，但是，他很清楚，无论什么样的艰难险阻，也不可能阻挡他前进的步伐。

桃花林中重新恢复了平静，木屋废墟还在飘着青烟。

念冰离开一个时辰后，原本的灰烬突然动了一下，几声断木碰撞声响起，吱呀一声，一块木板从下面翻了起来。蹒跚的身影从地下爬出，全身沾满了灰尘。

"好小子，还真是够狠啊！要不是我动作快，就真的化为灰烬了。"这突然从废墟中爬出的，竟然正是先前已"死"的查极。

查极掸了掸身上的灰尘，显得神采奕奕，哪还有一点病重的样子。看着念冰离开的方向，查极笑了。

"傻小子，师傅不得不再骗你一次，不让你以为我死了，你又怎么能全身心地追求厨艺的巅峰呢？这龟息术真害人，还好我练的时间长，闭气够久。唉，烧得这么干净，看来我不走都不行了。要去找她吗？去吧，既然已经了无牵挂，就做我心中一直想做的事吧，只要能再见她一面，就算是死，我也心甘情愿了。念冰，你走好，或许有一天，我们师徒还会再见面的，哈哈哈哈哈哈。"

念冰走在大道上，他的心还沉浸在先前查极死时的悲痛之中，浑然不知，自己又被师傅耍了一次。正阳刀和晨露刀都在他怀中，冷热气流不断刺激着他的身体。由于体内的冰系魔法力不断运转，此时虽是艳阳高照，但他丝毫没有感觉到热。

冰雪城，师傅让我去冰雪城，那就先到那里吧。

不用推车，不用跟随查极的步伐，念冰走得很快，他突然很想离开这里，离开这伤心的地方。但是，他知道，总有一天自己会回来的，那时，回来的将是无比强大的融念冰。

"伟大的冰元素啊！请借我您的愤怒，送我们到达迷失的彼岸。暴风雪。"

大道无人，念冰念起了大范围冰系法术的咒语，周围的空气顿时变得寒冷起来。在冰雪女神之石和冰魔法力的作用下，风雪交加，魔法力覆盖范围内的地方变成了一片冰雪的海洋。念冰微微一笑，身体飞快地动了。晨露刀不知道什么时候被他握在手中，淡淡的蓝色光芒包裹着他的身体，跟随暴风雪而动，飘飞而起，飞得虽然不高，但速度奇快无比，眨眼间，便消失在大道的尽头。

······

冰神塔。

"又是冰雪女神之石的气息吗？这么多年了，终于再次出现，这一次，我不会再让你逃脱，不论是谁拿着冰雪女神之石，都已经触犯了冰雪女神的尊严，结果只能有一个，那就是死。"

伟大的冰雪女神祭祀、神降师冰雪神女，悄然离开冰神塔，独自一人踏上寻找冰雪女神之石的道路。

······

念冰使用了一次暴风雪，大大缩短前进的时间，当他脚踏大地之时，悲伤的心情就已经缓解了一些。远远的，高大的冰雪城城墙在望。虽然这些年，念冰每年都要来这里采购一些东西，但除了第一次来拜会过神铸师华天以外，每次他和查极都只在北城门附近活动，采购完必要的东西就会立刻返回桃花林。

这次不一样了，念冰已经没有可以回去的路。他深吸一口气，坚定地一步步向冰雪城走去。

入城依旧很简单，很快他就走入了城中，两旁的景物依旧未变，只有几家店铺换了主人。师傅说过，让他先去找华天前辈，既然如此，他就先到那里去吧。新得了正阳刀，它是火属性的，说不定他的火焰神之石还可以镶嵌上去呢，如果是那样，自己就将拥有两柄绝世神刃，将来做菜时，也更好施展身手一些。

一边想着，念冰一边凭借当初的记忆，朝水货铁器铺的方向走去。上一次来是好几年前，而且有查极带着在黑暗中穿街绕巷，现在让他一个人寻找，可太为难他了。他足足找了一上午，都没有找到准确的位置。

突然，他心中一动，想起上次来时曾经看到一个很大的武器店，名字似乎叫什么宝器轩，只要找到那里，说不定自己就能找到水货铁器铺。水货铁器铺或许没人认得，但那个大的武器店宝器轩总会有人知道。想到这里，他立刻行动，如他所料，询问了几人后，终于找到了宝器轩。当他来到宝器轩时，脑海中的方位顿时清晰起来，他加快步伐，七转八绕，很快就找到了自己的目的地。

门依旧那么破，与七年前相比，一点变化也没有，那块牌子也还在那里，只是上面的尘土似乎又多了几分。念冰想起当初华天的样子，不禁微微一笑，上前在门上敲了几下，朗声道："华天前辈，您在吗？"

门内并没有响动，念冰等了一会儿，才再次呼唤，正当他以为房内没人时，门突然开了，一张俏脸从门后探了出来。

"你、你找我师傅吗？"

念冰可以发誓，这是他有生以来听过的最美妙的声音。那是一个女孩子，看样子和自己年纪相差不大，因为身体外探，粉红色的长发飘散下垂，一双蓝色大眼睛中充满疑惑。她看着他，似乎有些害怕。

第 9 章
离天剑

念冰毕竟修炼了多年魔法，精神力强大到了一定程度，他咳嗽一声，以掩饰自己的尴尬，道："姑娘，你好。我是来找华天前辈的，他在吗？"

少女上下打量了念冰几眼，有些疑惑地道："你是什么人？找他干什么？"

念冰听了少女的问话，不禁想起了自己的师傅，轻叹道："我奉我师傅的遗命，特地来拜会华天前辈。"

少女依旧不相信念冰，追问道："你师傅是谁？"

念冰眉头微皱，道："徒弟不应提师傅名讳，我师傅以前有个外号，叫鬼厨。"

听了"鬼厨"二字，少女"啊"了一声，将门打开，从里面走了出来。念冰此时才能完全看清她的样子。她穿着一身蓝色的衣裤，衣领很高，护住脖子，身材凹凸有致，一双漂亮的蓝色大眼睛直勾勾地看着自己，她那双眼睛的蓝与自己的不同，自己的眼睛是深邃的大海之蓝，而她则是清澈的碧空之蓝，没有半点杂质。

念冰惊讶地发现，少女极高，只比自己矮小半个头。

少女看出念冰在打量自己，有些羞涩，试探着问道："你，你是查前辈的弟子吗？你刚才说遗命，难道，难道查前辈已经……"

念冰黯然颔首，道："我师傅刚刚去世了，姑娘，华天前辈在吗？"

少女有些疑惑地看着念冰，道："你说的华天前辈是我师傅。我听我师傅说过，查前辈只有一名弟子，是个胖子，可是，你并不胖啊！而且我师傅说过，查前辈身体很好，怎么会轻易死了呢？"

念冰看着少女认真的样子，因为查极之死而产生的悲伤竟然淡了几分，失笑道："人有旦夕祸福，谁又能说自己肯定能活多久呢？怎么，你以为我是骗子吗？上一次华天前辈见到我的时候我只有十一岁，那已经是七年以前了，那时候胖，不代表长大以后胖，我就是你口中的那个胖子没错。"

少女眼神转冷，坚持道："除非你取出能够证明你身份的东西，否则，我不会让你见我师傅的。"

念冰无奈地道："记得上回来时，华天前辈好像还没有收徒弟。既然你要证明，那就看看这个吧。"

说着，他伸手入怀，取出了当初由华天加工而成的晨露刀。

少女看到晨露刀，眼睛亮了起来，一把接过刀，轻轻地抚摸着那似乎满是锈迹的刀鞘，感受着刀鞘内的阵阵寒意，喃喃地道："没错，没错，就是它，就是它啊！晨露刀。"

她的手移到刀柄的宝石处，摸到散发着冰凉气息的菱形宝石，已经信了几分。

念冰看着少女手中的宝刀，道："我叫它冰雪女神的叹息。"

少女一愣，道："好美的名字，不过听起来有些凄凉，为什么要这么叫呢？"

念冰微微一笑，道："这个我不能告诉你，算是我自己的秘密。美丽的小姐，现在你可以带我去见华天前辈了吧。"

少女点了点头，紧握晨露刀向里走去。

"跟我来吧。"

念冰跟随少女走入水货铁器铺，这里依旧像之前一样空荡，炉子在院子中央摆放着，旁边还有些其他东西，看上去似乎是助燃之物。

少女带着念冰向里面的房间走去，这次是白天，念冰能更清楚地看到那两间破败的平房，似乎随时都有倒塌的危险。少女走到房门口突然停了下来，扭头看向念冰，道："请进吧。"

说完，她将门推开，冲念冰做了一个"请"的手势。

念冰看着少女清澈的蓝眸，不知道为什么，心中生出一丝强烈的信任，没有任何怀疑，大步走入了房间。

"啊！"

念冰惊呼一声，刚进入房间，他的脚步就停住了。房间中只有一扇窗户，天光透过窗户，给阴暗的房屋带来几分亮光。念冰看到的，是在柜台上摆着的一块牌子，那分明是一块灵牌，上面写着"恩师华天之灵位"。

念冰猛地转过身，看向少女，问道："华天前辈死了？"

少女眼中蓄满泪水，道："是的，两年前，师傅就已弃我而去。"

念冰闭了下眼睛，心中再次生出一股悲伤，重新面对华天的牌位，走上前，双手垂于身体两旁，恭敬地向那灵位接连三鞠躬。

"前辈，没想到当日一别，竟无再见之日，愿前辈在天之灵早些安息吧。我师傅也去了天堂，或许，您见到他时，还能让他为您做些美食。"

少女一直在背后看着念冰，见念冰对华天如此尊重，心中不禁增加了几分好感，她走到念冰身旁，道："师傅人虽已经去了，但他的精神还在。他永远都活在我心中。五年教导之恩，我永不敢忘，可惜，师傅连让我多侍奉他些时日的机会都没有给。"

念冰深深一叹，道："人总有一死，谁也控制不了自己的寿命，华天前辈如此，我师傅也是如此，不知道什么时候就会轮到我。"

少女看着念冰如此老成，接着问道："我还不知道你叫什么名字呢。"

念冰从思索中清醒过来，道："啊！那是我失礼了，我叫念冰。姑娘，你呢？"

少女喃喃地道："念冰，念冰，这个名字听起来很好，我叫凤女。"

念冰赞道："果然如人间彩凤，姑娘人如其名。七年前第一次来此时，师傅和华天前辈还相互取笑，真没想到，如今一切却都变了，他们已经不在，只剩下你与我。男女共处一室有些不妥，既然华天前辈已经去了，那我就告辞了。凤女姑娘，以后有缘再见吧。"

凤女看着念冰从自己手中拿过晨露刀向外走去，她突然叫道："等一下。"

念冰转头看去，问道："凤女姑娘，还有什么事吗？"

凤女脸上出现一丝淡淡的红晕，幸好房间内光线并不充足，所以不容易发觉："我，我只是想问你，这次来找我师傅，是不是有什么事？"

念冰心想，凤女既然是华天的徒弟，说不定也能帮上自己。想到这里，他从怀中取出正阳刀递了过去。

"这把刀姑娘应该也听华天前辈讲过，这曾经是华天前辈最得意的作品。"

凤女还没看刀身，手一搭上刀柄，眼神瞬间变得明亮，甚至比刚才拿着晨露刀时还要明亮几分："正阳，是正阳刀吗？"

念冰点了点头，道："正是正阳刀，师傅在临终之前，将他最心爱的伙伴传给了我。我一直将它带在身上。这次我来找华天前辈，除了来看看前辈，还有一件事就是为了正阳刀。正阳刀虽好，但与晨露刀相比始终有差距，而这差距就在于它没有真正属于自己的灵魂。我想给这柄正阳刀附上一个灵魂，那样的话，它一定能够成为不逊色于晨露刀的宝刀。"

凤女目光灼灼地看着念冰，问道："你的意思是，你手上还有一颗不次于之前那颗宝石的火属性宝石吗？"

念冰微微一笑，探手入怀，将火焰神之石掏了出来。那火焰形态的宝石散发着淡淡红光，它一出现，房间内的空气似乎都有些躁动了。

凤女惊呼一声，从念冰手中拿过火焰神之石，她的身体竟然在微微地颤抖着。突然，一团火光从她身上腾起，原本粉红色的长发瞬间变成了艳丽的正红色，连蓝色的眼眸也染上一层淡淡的红芒，灼热的气流扑面而来。念冰不得不竖起手中的晨露刀，拇指轻挑，让晨露刀微微出鞘，青蓝色的光芒流转而出，淡淡的寒意护在念冰身前，使他不至于被灼热的气流伤到。红光渐渐收敛，凤女恢复常态，她眼神复杂，不由得赞道："好一块极品火石，如果将它镶嵌在正阳刀上，确实可以将刀的品质大大提升。师傅虽然不在了，但如果你信得过我，我愿意尝试帮你将它镶嵌在正阳刀上。"

看着凤女清澈的目光，念冰心头莫名一跳，险些冲口答应，但是，他马上就冷静下来，因为先前的火光让他感觉到，面前这个美丽的女孩子不像表面上那么简单。

念冰犹豫了一下，道："凤女姑娘，我想知道华天前辈是怎么死的。你能告诉我吗？"

火焰神之石是父亲留给他的，绝不能出现任何问题。当初，正是为了这颗宝石，父亲才与家族闹翻，自己一定要小心行事。

凤女深深地看了念冰一眼，道："我今年十七岁，出生于朗木帝国，我的父母只是平民而已。那年，家乡发生大瘟疫，夺去了他们的生命，从那以后，我只能流落街头。五年前，我在乞讨中来到冰雪城，遇到了师傅，师傅说我是天生天火体质，就将我收入门下，并将他一生所学教给我。之后，师傅自感身体无法坚持，却并不愿意屈服于命运，于是他开炉炼剑。当剑成之时，他投入炉火之中，将自身灵魂注入剑内，成就了一柄绝世神剑。只不过，他自己却尸骨无存，甚至连灰烬都没有留下。他没有死，因为，他的灵魂已经完全融入剑中。此剑以九离天火为引，以师傅为魂，所以，我将此剑取名为离天剑。它的材质你应该听查极前辈说过，与正阳刀相同，就是火龙角。"

说着，凤女将火焰神之石和正阳刀都递还给念冰，径自走入里间。念冰心中微动，凤女在讲到华天以身炼剑之时，眼眸深处那浓浓的悲伤是无法假装的，对她的身份不由得信了几分。

一会儿的工夫，凤女从里间走了出来，双手捧着一柄长剑，剑鞘与正阳刀相似，也是朱红色的，上面雕刻着一条栩栩如生的五爪火龙。火龙口中衔着一颗白色的珠子，散发着柔和的光芒，使整个剑鞘看上去异常华丽，剑柄呈螺纹状，尾部镶嵌着一块白色的玉石。念冰太熟悉这种玉石了，正是与自己的天华牌相同的羊脂白玉啊！

凤女看着念冰，道："这就是师傅最后留下的离天剑，剑长三尺七寸，宽一寸半，刃长两尺八寸，柄九寸。"

噌的一声轻响过后，龙吟般的声音响彻整个房间，剑出鞘，火红色的光芒散出，灼热的气息骤然散发，凤女手腕轻颤，离天剑顿时带出一片火红色的光幕。

"好剑！"

念冰脱口而出，看着气息内敛的红色剑刃，他感觉到，这是一柄品质不在晨露刀之下的好剑。

凤女微微一笑，看着剑刃，眼中充满了感情。

"是的，它是一柄好剑，虽然没有镶嵌极品宝石，不像你的晨露刀可以当作魔法杖来使用，但是，它有着师傅的魂魄。作为一名武者使用的长剑，它绝对是极品中的极品。我想，现在我们应该没必要再彼此怀疑了吧。"

念冰脸微微一红，道："凤女姑娘，我不是要怀疑你什么，只是这块火焰石是我父亲留给我的，所以，我不得不谨慎啊！"

凤女眼神柔和，道："我并没有怪你，但现在我已经向你解释清楚了。作为一名铸造师，还有什么事比亲手打造出一柄绝世神刃更幸福的呢？请允许我帮你将正阳刀变得完美，好吗？雕刻需要一段时间，在这段时间里，你可以带走我的离天剑，等雕刻完毕后，你再带着离天剑和火焰石来此，我想，真正镶嵌的时候还需要你的帮助。"

念冰摇了摇头，道："不，不用了，凤女，我能直接这么叫你吗？正阳刀就留在这里吧，我也不用带走离天剑。我师傅与华天前辈是好朋友，我希望我们也能成为朋友。我信你。"

说着，他将正阳刀递给凤女。

凤女微微一愣，手腕一翻，离天剑归鞘，接过正阳刀。当她握上那宽厚的刀柄时，她那白玉般纤细的手指无意中与念冰相碰，两人同时身体一震，脸色微红。凤女低下头，看着正阳刀："你为什么这么快就信我了？"

念冰微微一笑，道："因为我相信我自己的直觉。"真的是直觉吗？或许有一部分是，但绝不是全部，念冰之所以快速做出决定，是因为他想通了一件事。就在凤女抽出离天剑的时候，她身上散发的斗气之强，比当初的华天也差不了多少，凭借这种强度的斗气，在如此狭小的空间中，她如果想对自己不利，是一件非常容易的事。既然人家没有这么做，就已经证明了许多事，信任正是由此而来。

凤女笑了，似乎因为念冰信任自己而很开心。

"谢谢。我们已经是朋友了，不是吗？雕刻至少需要一个月的时间，一个月后，你带着火焰石再来这里，希望能有一柄新的神刃出现在我手中。如果你有事要远离的话，我雕刻好后会一直在这里等你，至少一两年内我不会离开。"

念冰道："我也会在冰雪城中逗留一段时间，那就一个月后再见吧。我先走了。"

凤女看着念冰，突然道："吃了饭再走吧。我想，你一定还没吃。"

念冰愣了一下，心中升起一丝异样，点了点头，道："确实还没有吃。"

查极的"去世"使他悲痛欲绝，虽然很好地控制住了自己的情绪，但一整天他都没有吃饭，此时听凤女问起，这才感觉到自己的肚子空荡荡的，确实有些饿了。

"那我就为姑娘做顿饭吧，也算是先谢过姑娘了。"

凤女清澈的眼眸一亮，惊喜地道："对啊！我怎么忘了，你是鬼厨的传人，做的饭一定很好吃，看来，这次我有口福了。你刚才不是直接叫我的名字了吗？就不用再加'姑娘'二字了。"她那么雀跃，哪还有先前沉稳的样子，就像一个小女孩。

当念冰跟随凤女来到水货铁器铺的厨房时，他脸上只有苦笑，所谓巧妇难为无米之炊，再好的厨师，没有材料也是白搭。这间只有四五平方米的小厨房，别说没什么新鲜的蔬菜和肉食，就连调料也只有盐。除了米以外，似乎没什么东西能吃。

"凤女，你每天吃什么？怎么只有米？"念冰疑惑地问道。

凤女低着头，有些不好意思地道："我每天都喝粥啊！师傅在时也是这样。师傅说，粥是最好消化的。有的时候，我们也会买些菜，撕碎以后放在粥里煮。菜我昨天吃完了，现在去买吧。你需要什么？"

"只喝粥？"念冰目瞪口呆，看着凤女，苦笑道，"你们的生活还真是简朴。不用去买了，我们先出去。"

两人重新走到院子中，凤女看着念冰，难为情地道："本来想留你吃饭的，没想到忘记了没有菜，对不起。"

念冰微笑着摇头，心中生出一丝莫名的怜惜。

"没关系，我有办法的。如果连这都克服不了，我也不配当鬼厨的弟子了。"

说着，他目光四下一扫，朝空中看去，很快，他就在墙头找到了自己的目标。眼中蓝光一闪，手腕向墙头轻指，两道蓝光一闪而没，顿时，正在墙头玩耍的两只鸽子就掉在了院内的地面上。

凤女吃惊地看着念冰，道："你也会武技吗？干什么杀了那两只鸽子，它们多可怜啊！"

念冰道："我不会武技，那只不过是低级的冰系魔法冰箭术而已。人是杀不了，但杀个鸽子问题不大。凤女，你要知道，在一名厨师眼中，大部分能吃的东西都是材料，你这里既然没材料，我也只好自己弄了。"

凤女不满地看着念冰："没想到，你竟然是一个这么残忍的人。"

念冰微微一笑，道："我残忍吗？那待会儿你不要吃好了。"

说着，他走到墙角处，将两只鸽子拎了起来，经过八年修炼，他的精神力达到了很高的层次，先前发出的冰箭直接将两只鸽子的头部击碎，并没有让它们承受多少折磨。

念冰拿着两只鸽子从凤女身旁走过，看着她有些呆滞的目光，微笑着道："鸽子的营养价值非常高，有强身益肾之功效。你既然说我残忍，就不要看我怎么处理了。"

说着，他直接走向厨房。

"不，我要看。"凤女倔强地瞪了念冰一眼，跟着他一起进了厨房。

念冰取过一个盆，倒了些水，回到院子里，动作极快地将鸽子身上的毛全部去掉，再将其五脏取出，把鸽肉洗干净。

看着面前的场面，凤女连连皱眉，勉强留在念冰身旁继续观看。念冰微微一笑，手腕一翻，从怀中取出晨露刀，利用魔法力，轻易地将盆中的东西凝结成冰，将盆倒转轻磕，冰从盆中掉出，念冰一手抓着两只洗好的鸽子，轻声吟唱道："灼热之火，迸发你们内心的热情，爆发于天地之间，爆炎术。"一颗直径达五寸的火球出现在他面前，念冰眼中精光一闪，爆炎之球轰然而去，砰的一声，整块冰完全消失了，除了一股淡淡的水汽以外，没有留下任何痕迹。

凤女呆呆地看着念冰，问道："你、你会两种魔法？冰与火，这怎么可能？"

念冰微笑着道："世间本没有什么不可能的，只要敢想敢做，幻想就有可能成为现实。我跟着师傅学习厨艺的时候，也经常用这种方法来消除垃圾，怎么样，没留下痕迹吧。冰遇到烈火，会化为水汽，在爆炎的轰击下，我先前冻住的那些东西自然会消失。"

爆炎术，三阶魔法，需要中级魔法师的实力才能施展，爆炸力极强。

念冰拿着鸽子回到厨房之中，抓住鸽子的一条腿，将其提了起来，凤女由于念冰对鸽子的残忍，对他的印象此时已经没那么好了，靠在厨房门上，看着他到底要做什么。她惊讶地发现，念冰整个人仿佛变了，他站在那里，左手抓着鸽子，竟然如同磐石一般稳定，犀利的目光完全落在鸽子上，似乎在观察什么。

突然，念冰动了。凤女只看到一道青蓝色的光华飘然而出，如此绚丽。念冰的右手竟然如同幻影一般，不断翻转，一条条几乎一样粗细的肉丝在案板上堆积。

凤女看不清刀影，却吃惊地发现，念冰手中的鸽子渐渐变成了一个骨架。不过几次眨眼的工夫，念冰就又换了一只鸽子，青蓝色的光华依旧在闪烁着，当两个骨架出现在案板上时，旁边多了一堆大小均匀的肉丝。念冰从怀中摸出一块白色的手帕，裹住刀身，晨露刀上霜雾流转，没有留下一丝痕迹。

念冰微微一笑，走到灶台前，左手一指，一团火球撞击在柴火上，火焰燃起，炉上的锅还算干净。念冰将两只鸽子的骨架直接扔入锅中，注入清水，没过骨架，盖好锅盖，微笑着道："原汤化原食，才能将营养完全吸收。"

凤女目瞪口呆，看着念冰，喃喃地问道："你真的不是学习武技的吗？你的刀好快。"她很清楚，虽然自己修炼斗气，但手的速度绝对没有念冰那么快。

念冰笑道："我这刀法只能切菜切肉，而且这只是单纯的菜刀而已，可不像你，修炼了华天前辈的九离斗气。可惜，我想专注于修炼魔法，否则，有可能会向你讨教一些斗气的知识呢。你这里只有盐，所以我就不做炖鸽子了，简单做一个鸽肉饭给你吃吧。"

说着，他从腰间摸出一个方形的小布囊，在案板上摊开。布囊里面是一个个小布袋，每一个布袋都套着一样东西，大小粗细不同，最大的是一柄小刀，而最小的，则是一根长针。一共十余样，大多是针形物品。

凤女好奇地道："这些东西是干什么的，你怎么像是行医的郎中？难道你还会针灸吗？"

念冰微微一笑，道："针不仅可以用于针灸，用来做饭也是不错的。"

说着，他从旁边拿出一个盆，舀了些米，用清水简单过了一遍，放在身旁，左手捏起一粒米，右手从布袋中拈出倒数第二细的针，针一入手，针头处顿时变成了红色，散发着丝丝热气。念冰手腕一震，被火系魔法烧红的针直接扎向生米粒，同时左手小指一挑，一根肉丝从针尾处的孔中穿过，如同丝线一般。针从米的另一端而出，米粒竟然被肉丝穿好。

紧接着，念冰的动作开始快了起来，一颗又一颗米粒不断地随针穿插，竟然在一根肉丝上巧妙地穿成一串。

凤女越来越惊讶，这哪里是在做饭啊，分明就像是在做一件完美的工艺品。

念冰双手如同幻影一般，没有一丝迟疑，没有一丝错漏。不过，即使他的速度极快，所有肉丝完全穿上米粒时，也已经过去了小半个时辰。

看着一排排的米粒，念冰笑了，这种肉丝穿米的技术，结合了魔法才能完成，若非灼热的火针，根本不可能穿过每一粒米。米粒如同珠帘一般，被平放在案板上，念冰回过身，打开锅盖，鸽骨熬成的汤在腾腾热气中散发出淡淡的清香。他从一旁拿过一个勺子，小心地将两具鸽骨从锅中挑出，看着那乳白色的汤汁，微微犹豫了一下，这才转过身，念叨了几句什么，淡淡的蓝光包裹住案板上的米粒，竟然将那些肉丝穿好的米冻到了一起。晨露刀出，轻轻一挑，冰冻成块的米便落入锅中。

念冰在冰块上均匀地撒下一层薄盐，盖上锅盖，将晨露刀收回鞘中，转身朝呆滞的凤女道："好了，再煮大约半个时辰，就可以吃了。鸽肉饭虽然味道不错，但是比较费时，还要麻烦你再等一会儿。"

凤女惊异地看着念冰，道："你，你这是在做饭吗？这要是普通厨师做，恐怕一天也做不完。"

念冰失笑道："一天？要是用一天，鸽肉丝早就不能吃了。光是做得好看没有什么实际意义，等你品尝之后再下结论吧。"

两人走出厨房，凤女先前那一丝不快早已烟消云散。两人搬来两张木凳，就在院子中坐下，念冰显得有些疲倦，微眯着眼睛，看着院墙外那棵高大的古树，肉丝穿米需要精神完全集中，一下做那么多，就像施展了一个大魔法。

他自己也说不清，为什么会为凤女做如此烦琐的鸽肉饭，听起来虽然简单，但做起来很麻烦。

═ 第 10 章 ═
清风斋

　　凤女从侧面看着念冰，先前并没有注意，此时她才发现，这身材高大的金发青年竟然如此英俊，虽然穿着一身粗布衣，但高贵气质并没有被掩盖。

　　凤女心跳似乎漏了一拍，知道自己永远也无法忘记念冰做饭时专注的神情，轻声问道："念冰，吃完饭后你准备去哪里？"

　　念冰没有看凤女，他正在放松精神，便道："我会在冰雪城待一段时间，师傅说这里有两家饭店的厨师技艺不错，我想去那里看看，说不定能学到些什么。"

　　凤女恍然大悟道："你说的是大成轩和清风斋吧。那里吃饭贵得吓死人，我也只是听说过，从来没进去过。不过，我相信他们一定做不出你那种神奇的鸽肉饭。你准备在这里逗留多久，今后去哪里？"

　　念冰听到凤女详细的问话，扭头看了她一眼，凤女俏脸微红，赶忙道："我没别的意思，我们既然是朋友，我想知道今后能在哪里找到你。"

　　念冰微笑着道："我至少会在冰雪城待到你将正阳刀做好，至于今后，我应该会走遍仰光大陆的每一个角落吧。八年练厨，八年悟厨，'练'已结束，现在我需要的是'悟'。连我自己也不知道八年能否走完整个大陆。"

凤女似乎想到了什么，道："其实，成名也未必是好事，就像我师傅，当年神铸华天是多么有名啊！现在各国的将军们都以拥有一柄师傅铸造的兵器为自豪，但最后结果又怎么样？各个帝国都想将师傅限制在自己的国家，让师傅帮他们打造兵器。如果不是因为太有名，师傅也不会沦落到在这个地方度过晚年。师傅在炼制离天剑前，曾经对我说，不论是什么行业，如果想追求巅峰，就必须有强大的实力做后盾，否则，根本不可能随心所欲地做自己想做的事。"

"强大的实力做后盾？"念冰心中一动，接着深以为然地点了点头，道，"华天前辈说得对，如果能有强大的实力做后盾，就能更好地追求自己想要的东西。怪不得感觉你的斗气很强大，看来，华天前辈一定没少在你身上费心。"

凤女微微一笑，道："你的魔法也不错啊！又是冰系又是火系的，真不知道你是怎么练的，难道两种魔法不会冲突吗？"

念冰并不想谈论这个问题，站起身，道："或许有吧，反正我也只是使用低级魔法，影响不大。"

冰火同源是他最大的秘密之一，自然不能轻易让别人知道。即使他已经对面前的这个女孩子有了几分好感，也要谨慎一些。

两人天南地北地继续聊天，大多数话题都围绕着自己与师傅学习时的一些趣事，当念冰想起鸽肉饭熟了时，两人都有种未尽兴的感觉。

"哇，太好吃了，好香哦。"

凤女品尝第一口时，就发出了惊叹。念冰并不是很了解女孩子，当他看到凤女疯狂"扫荡"时，不禁目瞪口呆。

"念冰，你怎么不吃啊？你再不动手，我可就要吃光了。为什么你这鸽肉饭如此美味？我看你只放了盐啊！"凤女一边吃着，一边招呼念冰。

念冰苦笑道："我吃。鸽肉饭之所以美味，是因为将鸽子的营养充分与米饭结合，内有鸽肉，外有鸽骨汤，使米饭中充满了鸽肉的香气，再加一些盐来提味，自然更好吃。"说着，他也开动了，再不动手，他真怕自己吃不上了。

整整一锅饭，两人全都吃掉了，算起来，念冰只吃了三成，其余七成全进了凤女的肚子，凤女靠在椅背上，微微有些喘息，嘴唇看上去更加红润了，脸上起了薄汗。

"念冰，这太好吃了，我还是第一次吃到如此美味的米饭。怪不得查前辈曾经名动天下。"

念冰苦笑道："我的惊讶一点也不比你少，凤女，难道女孩子都这么能吃吗？要知道，我做的饭可是算上了你的晚饭的。没想到，我们竟然全都吃掉了。"

凤女俏脸大红，瞪了念冰一眼，委屈地道："人家天天喝粥，难道吃顿饱饭都不行吗？谁让你不早说这里面有我的晚饭。"

念冰微微一笑，道："只要你爱吃就好。厨师做的菜被全部吃掉，这是对厨师最大的鼓励。你是除了师傅外，第一个吃我做的东西的人。我要走了，天色不早了，如果我再不到此行的目的地去，恐怕晚上就要睡旅店了。吃了这么多，你好好休息一会儿吧。"

"念冰。"凤女突然叫住他。念冰刚刚站起，面露询问之色。

"你今后能不能经常到这里来看我？师傅走了，我一个人真的很孤单。最重要的是，吃过你做的饭，恐怕以后我再也忍受不了只喝粥了。"

看着凤女的眼睛，念冰心头一软，微笑着道："放心吧，我没事的时候就过来看你，给你做饭吃。"

风女开心地笑了，道："你可要说话算数哦，我等着你来。"

念冰心中大呼上当，看来，美色的威力确实强大，怪不得当初师傅会失手。不过，既然他已经答应了就一定要做到，反正也只是一个月左右的时间，等正阳刀做好后，他就会离开这里。以后，还是离女人远一些好。

终于离开了水货铁器铺，念冰长出一口气，摸了摸怀中属于自己的东西，除了正阳刀留给风女以外，其他的都带齐了。大成轩、清风斋，自己应该选择哪一个呢？看看再说吧。师傅既然说过，一旦显露厨艺就必须立刻离开，那么，自己就从最基础的做起好了。

大成轩和清风斋坐落在冰雪城最繁华的地段，两家酒楼隔街而立，一直都是彼此最大的竞争对手。

大成轩，装潢极为华丽，从宽阔的冰雪城中央大街看去，它是街道左侧最为显眼的建筑，高达四层，占地面积数万平方米，整个建筑以暗红色和金色为主，彰显其奢华。红色的地毯一直从里面大厅铺到门口。门前两侧，各立一只高约三米的大石狮，宽达五米的大门上方，高悬一金色匾额，上有三个大字——大成轩。门口有一副对联，左侧写：金华玉露美佳肴，右侧写：银贵甘泉妙珍馐。门两侧各有四名年轻貌美的少女，穿着红色长裙负责接待，引着一拨拨衣着华贵的客人向内走去。这是达官显贵最喜欢光顾的地方，似乎只有在这里，才能彰显他们的身份。

大成轩对面，就是古色古香的清风斋了，这里虽然没有大成轩那么豪华，但是显得雅致许多，三层楼以青色装潢为主，每一处都显得别致幽雅，匾额上的"清风斋"三个字苍劲有力，一看就出自名家之手，两旁的柱子上同样有着一副对联，左侧写：谈笑鸿儒品青茗，右侧写：往来墨客尝雅斋。此处多接待文人墨客，之所以能与大成轩竞争，是因为这里是魔法师协会集会之所。作为最高贵的职业之一，魔法师在任何国家都有着超然的地位，魔法师协会更是备受各大帝国皇家的推崇，每个帝国的魔法师协会彼此独立，在各自的国家中，都有着举足轻重的地位。

念冰站在中央大街上，看看左边的大成轩，再看看右边的清风斋，一时间心中不禁有些犯难，到底去哪一边呢？以他自己的喜好来看，他更喜欢清风斋那典雅的风格，但是，人家门上的对联已经写了，谈笑鸿儒、往来墨客，自己虽然算不上白丁，但也只是幼时随父亲学过写字而已。看来，也只有去大成轩了。想到这里，他转身向街道左侧的大成轩走去。

大成轩门口的八名少女正在接待客人，当念冰走到她们面前时，少女们顿时被他英俊的面容所吸引，目光集中在他身上，让他有些不适应。

其中一名少女看着念冰尴尬的样子，不禁扑哧一笑，道："哪里来的土包子，长得倒还真不错。"

另一名少女也开口了，只不过她的话也有些尖酸。

"是啊！长得真不错，肯定有不少人喜欢，可惜啊！"

能到大成轩吃饭的，无不是达官显贵，衣着华丽，门前的这些少女早已学会察言观色，一看念冰青涩的样子，再加上他这身打扮，就知道他不是什么贵人，开口取笑起来。

念冰心头微怒，但他来此不是斗气的，于是强压心中怒火，道："请问，大成轩招不招厨师，我可以做配菜的。"所谓配菜，就是将菜切好，搭配出必备的各种材料，再给大厨，由大厨烹制成菜肴。

第一个少女笑了，道："原来还是位厨师啊！不知道你是哪所厨艺学校毕业的呢？"

"厨艺学校？"念冰还是第一次听到这个词，现在连厨师都有学校了吗？听师傅说，应该是都叫学徒才对啊！

少女不屑地看了他一眼，道："连厨艺学校都不知道，还想进大成轩吗？我看你还是赶快走吧。这里不是谁都能进来的。"

念冰正不知道该如何是好之时，大成轩内走出一人，此人身材高大，看上去四十多岁的样子，一脸横肉，给人一种凶蛮的感觉，身穿紫色缎面长袍，右手拿着一把扇子，敲打着左手心，扇子很大，竟然有一尺五寸长，从他敲击的样子可以看出，扇子不轻，绝不是木制的。刚出门，他就看到了念冰，几步走过来，问道："怎么回事？"

原本还一脸笑容的八名少女一见这中年人，立刻在自己的位置站好，脸上的笑容也不见了，先前与念冰说话的少女道："三掌柜，这个人想到我们这里打工，但他连厨艺学校都不知道，我正让他走呢。"

中年人横了念冰一眼，不耐烦地道："快滚快滚，别碍了老爷的眼。你这样的穷鬼，给我擦鞋都不配。"

念冰眼中寒光大放，刚要发作，却听背后响起一个清脆的声音，道："哟，廖三掌柜又开始发威了，不知道什么时候廖癞皮狗都开始穿鞋了呢。"

念冰回头看去，只见一名少女骑在高头大马上，不知什么时候来到自己背后不远处。那匹马极为高大，就像当初银羽骑士团那些骑士的战马，通体雪白，没有一根杂毛。马上的少女穿着一身红色的衣裤，身材修长，眉宇间英气十足，腰间悬挂着一柄红鞘长剑，虽然相貌比不上凤女，但给人一种活泼健美的感觉，一头褐色长发卷曲着披散在背后。红衣白马，顿时成了中央大街上的一道亮丽的风景。

那廖三掌柜一听少女讥讽，顿时大怒，站在原地恨声道："雪静，你不要以为有你老爹给你撑腰，我就不敢把你怎么样。"

雪静从马背上一跃而下，走到念冰身旁看着廖三掌柜，微笑着道："是吗？那你来啊！我倒想看看，你能把我怎么样。也不知道上回是谁择了个狗吃屎。大成轩，哼，我呸。"那廖三掌柜显然对雪静很顾忌，虽然脸已被气得通红，但怎么也不敢发作，目光一转，怒气顿时有了宣泄对象，手中扇子骤然抽向念冰的肩膀。

"小杂碎，还不赶快滚蛋。"

念冰本来就气，听见廖三掌柜这一扇带出的风声，很清楚，这一扇要是打实了，恐怕自己的肩胛骨都要碎裂。但是，他并没有发作，只是哎哟一声，一个踉跄跌退到雪静背后，雪静手腕一震，一道红色的斗气骤然而出，砰的一声，廖三掌柜跌退几步，险些摔倒在地。红衣女雪静不屑地哼了一声，道："癞皮狗又想咬人，今天我不给你点厉害，我就不叫雪静。"

"雪姑娘，看在我的面子上就算了吧。"一个洪亮的声音突然响起，从大成轩中又走出一人，此人看上去五十多岁的样子，身材矮胖，穿着金色长袍，袍上绣着金色团花，脸上被肥肉堆满，一双小眼睛炯炯有神。

"老大，雪静又到我们门前闹事，你一定要教训教训她。"廖三掌柜急着向那人求助。

那人眉头一皱，一巴掌将廖三掌柜打了个趔趄，寒声道："给我滚回去，丢人还丢得不够吗？"廖三脸色微微一变，却再也不敢说什么，灰溜溜地回了大成轩。他一走，那人脸上顿时堆满了笑容，脸上的肥肉不断颤抖。

"雪姑娘，我们大成轩与你们清风斋一向井水不犯河水，还是和气生财吧。"

雪静冷笑一声，道："原来是大掌柜出来了。好，打狗也要给主人几分面子，这次就算了，你让廖三给我记住，再看到他欺负人，哼，就要他好看。"

雪静转过身刚要离开，正好看到背后的念冰，看着他脸上慌张的神色，没好气地道："亏你还长了这么大的个子，真够废物的。现在的男人啊！"

念冰本来对雪静有几分好感，一听她这话，好感顿时少了几分，刚想说什么，却听雪静继续道："找工作是吧，跟我来吧，我们清风斋正少一个劈柴的。"

说完，她便过去牵好自己的白马，向清风斋一旁的侧门走去。

劈柴？不会吧，劈了这么多年，怎么出来了还要劈柴？念冰脸上不禁露出一丝苦笑，虽然他早已厌烦劈柴，但想在不暴露厨艺的情况下进入清风斋，恐怕也只能这样了。无奈之下，他跟着雪静一起从清风斋侧门走入。

一进侧门，念冰顿时闻到一股淡淡的清香，那是属于植物的味道，空气仿佛都清新了许多，放眼看去，除了一条石子铺成的小路以外，周围尽是一片绿色，前方有一个小湖，湖不大，只有三四百平方米，上面长廊蜿蜒，四个亭子交叉坐落，别致典雅。

"喂，看什么呢？赶快走。"雪静不耐烦地向念冰道，此时她才看清念冰的相貌，心中暗道，"英俊倒是英俊，只是一点本事都没有。上天白白赐予他这样的样貌，真是糟蹋了。"

两名身穿青衣的下人走了过来，其中一人接过雪静手中的缰绳，恭敬地道："小姐，您回来了。龙灵大魔法师等您半天了。"

"灵儿姐姐来了？太好了，我正想找她呢，她在哪里呢？"雪静瞬间变兴奋了。

下人道："龙灵大魔法师就在揽月阁。"

"好，我现在就去。哦，对了，这个人是我从街上救回来的，让他到柴房劈柴吧，我记得那里缺个人。"

"是，小姐。"

雪静飞快地跑了，穿过走廊眨眼不见。一名下人牵着她的马离去，而另一名下人则向念冰道："跟我来吧。"

念冰答应一声，跟着这名下人顺着石子小路，向清风斋深处走去，越向里走，他越被这里的典雅气息所震撼，每一处都显示出了主人的别具匠心，亭台楼阁无不给人一种淡雅的美感。

下人带着念冰出了前院，来到侧面一排房子处，走到最里面的一个房间门前，恭敬地道："总管，您在吗？"

一个清朗的声音响起："进来吧。"

下人向念冰使了个眼色，带着他推门而入，房间内很干净，有里外两间套房，里面的看不到，外面这间充满了书卷气，墙上挂着几张字画，宽阔的花雕木桌上摆放着各种文具，桌子后面坐着一名看上去三十多岁的男子，他穿着一身白色长袍，正低着头写些什么。虽然只能看到侧脸，但念冰惊讶地发现，这个人有着一种特殊的气质。这就是清风斋的总管吗？

下人向中年人道："总管，小姐带这个人进来，说让他到柴房帮忙，我就带过来让您登记了。"

白衣人抬起头，向念冰看去，四目相对，念冰心中暗道，这个人绝不好应付。

白衣人看到英俊高大的念冰也是微微一愣，问道："你叫什么名字，是哪里人？都会些什么？"

念冰道："我叫念冰，祖籍，祖籍在华融帝国，我学过一段时间做菜。"

白衣人微微一笑，道："那你上过厨艺学校吗？"

又是厨艺学校，有机会倒真要去看看厨艺学校中都教些什么。念冰摇了摇头，实话实说，道："我没上过。"

白衣人道："小四，带他去领套衣服，就依小姐所说，让他先在柴房干活吧，如果干得好，可以考虑培养成为低级厨师。"

小四恭敬地道："是，总管。你跟我来吧。"

念冰换上小四给他找来的青色衣裤后，被带到后院的一个独立小院，小院中堆放着不少木材，有些是已经劈好的柴火，整齐地堆在一起，堆柴的地方上面还有个棚子，显然是怕柴被雨水淋湿。小四一进小院就喊道："李叔，李叔，我给你带了个新人来。"

洪亮的声音响起："新人来了啊！也好，我这把老骨头也可以轻松一些了。"

随后，一个同样身穿青色衣裤的人走了出来。那是一名五十多岁的老者，脸上皱纹不多，身材高大，手中正拎着一柄斧子，相貌普通，脸上带着笑容，一看就很好相处的样子。

李叔的目光落在念冰身上，上下打量了他几眼，开口道："嗯，看身体还算不错，就是不知道吃不吃得了苦。整个清风斋用的柴都是我这里劈出来的。小子，要是干不完活儿，可是要加班的。"

念冰微笑着道："李叔您好，我是穷苦出身，干活没问题，您放心吧。"

李叔笑道："那就好，小四，你回去吧，他就交给我了。这下来了新人，以后也省得我再找其他人来帮忙了，咱们两个一起努力，劈的柴应该供得上厨房使用。来吧，我先带你去住的地方。"

小四走了，念冰在李叔的带领下来到小院一角的房子前，这里有三间房，李叔道："本来劈柴这工作应该是三个人来完成的，但大成轩开了

128

以后，分走了我们部分生意，所以就我一个人顶着，忙不过来时才找人帮忙，你住右边那间吧，中间的房子比较脏乱，不好打扫。"

连一个劈柴的都有自己的房间，这清风斋经营得还真是不错，念冰一边想着，一边走到右边的房间里，将自己的包袱放下后立刻走了出来。

李叔正在门口等着他，问道："小子，以前劈过柴没有？"

念冰点了点头，要说劈柴，他也算是行家了。

李叔微笑着道："放心，我不会欺负新人的，以后的工作咱们就一人一半，咱们清风斋对劈柴也是有讲究的，木料有人送来，劈的时候要尽量劈得均匀一些，你看，就像那样的。"

说着，他指了指一旁的木堆。

"今天的工作就还是我来完成吧，你可以在一边看看，从明天开始，你就要帮我分担了。哦，对了，你叫什么名字，是谁招进来的？"

念冰将先前在大街上发生的一切简单说了一遍，听完他的叙述，李叔笑道："小姐虽然脾气暴躁些，但心地极好。你放心，即便我们只是劈柴的，待遇也不错，管吃管住，每月还有一个金币的收入，可以说是最幸福的劈柴工了。而且我们的时间也算自由，只要劈完每天需要的柴，就可以自由活动，还可以从后门出去转转。"

念冰一边听着李叔介绍清风斋，一边观察周围的景物，在李叔的介绍下，他渐渐对这里有了大概的印象，清风斋占地面积不比大成轩小，但这里比较雅致，容纳客人的空间就要比大成轩少些。在柴房前面不远，就是厨房，每天厨房都有专人到这里取柴，只有吃饭的时候才能看到那些厨师，据李叔说，清风斋的伙食很好，下人们吃的，虽然是低级厨师所做，但也有菜有肉，非常不错。

"李叔，我来劈吧，你休息一会儿。"念冰从李叔手中拿过斧子，取过一块木头，斧落木开，他尽量放慢速度，接连几下，八块大小相同的整齐柴火就出现了。

李叔赞道："果然是干过的，念冰，看你手法这么熟练，应该是劈过不少时间吧。小姐这回真是给我找了个好帮手。"有念冰帮忙，他也乐得清闲，话更多了。

念冰苦笑道："算起来，我也劈过八年柴。李叔，刚才我听小四他们对小姐说，有一个叫什么龙灵的大魔法师来找她，大魔法师很厉害吧。"

李叔由衷地点了点头，道："当然厉害了。咱们冰月帝国的魔法师公会总会就设立在冰雪城，听说，龙灵小姐就是公会会长的女儿，小小年纪就成了大魔法师，和咱们小姐是最要好的闺中密友。"

冰月帝国的魔法师公会总会在冰雪城，这个消息对于念冰来说极为有用，他虽然不知道自己的魔法力达到了什么程度，但应该也接近大魔法师了，现在最缺乏的，就是冰系魔法的魔法书，魔法咒语极为重要，就算魔法力再高，没有咒语也是毫无作用的。虽然念冰凭借着火系魔法咒语猜出了一些冰系的低级咒语，但是三阶以上的咒语就已经各有特色，空有一身冰系魔法力却没有咒语，这种感觉极不舒服。如果能到魔法师公会中看一看魔法书，对自己的帮助必然极大。

在念冰的加入下，没用太长时间，今天的劈柴任务就完成了。

先前李叔劈柴之时，念冰仔细观察过李叔劈柴的速度，所以自己在劈的时候只保持与他差不多的速度，劈出的柴虽然均匀但并不像自己在桃花林时那样追求完美。劈到一半的时候，曾经有两个穿着白色厨师衣服的人拿走了一部分木柴。

李叔哈哈一笑，道："多了你就是不一样，真是个勤快的小伙子，和我平时劈的速度差不多，天色也不早了，差不多该吃晚饭了。"

念冰道："李叔，今天我就不在这儿吃了，我刚到冰雪城，想出去走走，顺便买些生活用品。"

李叔是爽快人，并没有多问，告诉念冰后门在哪里，就任由他出去了。

离开清风斋，念冰就打定了主意，既然已经知道冰月帝国的魔法师公会总会在这里，那就先去看看，至少询问一下，要什么条件才能够阅读那里的资料。想到这里，他顺着大道前行，随便找了个人一问，就打听到了魔法师公会的位置。

第 11 章
变异的冰雪风暴

魔法师公会在南城，而清风斋在冰雪城中央，念冰辨别出大概的方位，缓步而行。此时，天已经渐渐暗了下来。

由于不能用魔法，他前进的速度与普通人相比并没有什么区别，足足走了一个小时，才看到不远处一座高大的建筑。那是一座尖塔般构造的房屋，甚至比大成轩还要高几分，房屋尖顶看上去很特别。在面向大街的一面，有一个巨大的金色六芒星符号。不用问，这里就是自己要找的地方。想到这里，念冰加快步伐，朝魔法师公会的方向走去。

正在这时，背后突然传来马蹄声，从声音判断，马前行的速度并不快，但非常有节奏感，清脆的蹄铁踏地声，宛如音乐一般。

幼年时，念冰听父亲说过，只有最好的马跑起来才会有固定的节奏。他好奇地转身看去，只见一名少女骑着一匹枣红色的高头大马，正朝自己的方向而来，马上的少女穿着一件蓝色的魔法袍，魔法袍上并没有绣任何标志，一头紫色的长发整齐地梳理在背后，容貌甚美，不在凤女之下。她那双黑色的大眼睛正朝着魔法师公会的方向看去，还带着温和的笑意。

两旁的路人似乎都认识她，微笑着给她让路，少女的马虽然不快，但怎么也比念冰走路快几分，在他之前抵达了魔法师公会。

少女翻身下马，一名身穿黄色魔法袍的男子从公会中走了出来，帮她牵住马，亲切地道："灵儿，你终于回来了，怎么一去就是这么久？"

灵儿柔柔地一笑，道："雪静留我吃了晚饭。师兄你也知道，清风斋的食物一向是我最喜欢的，所以就回来得晚了一点，你们吃饭了吗？"

男子微笑着道："已经吃过了，走，咱们进去吧。"

念冰听到"灵儿"二字，心中顿时一动，难道这少女就是与雪静大小姐相约的大魔法师龙灵吗？看她的样子，脾气秉性与雪静截然不同，她们的名字应该换换才对。既然人家是魔法师公会会长之女，如果问她一下，应该比较容易得到答案吧。想到这里，他赶忙快步上前，趁着龙灵和她师兄走入公会之前，跑到他们面前，道："请问，这里是魔法师公会总会吗？"

龙灵好奇地看向念冰，看着他急匆匆的样子，不禁抿嘴一笑。

那名男子看了念冰一眼，傲然道："不错，这里就是魔法师公会总会，你有什么事？"

念冰道："我是想来问一下，要满足什么条件才能阅读公会中的魔法书籍？"

男子眉头微皱，道："本公会中的人才能阅读，而且要根据自身等级，不能越级阅读公会中的资料，难道你是一名魔法师吗？"

念冰赶忙点头，道："是的，我是一名冰系魔法师，不知道能否进公会阅读？"火系魔法前八阶的咒语他早已背熟，八阶魔法要资深的魔导士才能使用，现在他最需要的就是冰系魔法咒语，所以自然就报了冰系魔法师的名头。

男子一听念冰说自己是冰系魔法师，脸上的神色顿时缓和了一些。

"那你有没有加入过其他国家的公会？如果有的话，我们这里不欢迎。反之，则可以到公会中接受测试。按照你测试的成绩，公会会颁发给你相应的标记。不过，看你的样子，就算是魔法师，等级也不会太高吧？"男子的话虽然有些刻薄，但的确是事实。

魔法师是一个非常烧钱的职业，尤其是在初期，如果没有上好的宝石帮助，很难感受到魔法元素的存在，而宝石的价格不论在仰光大陆的哪一个国家，始终居高不下，根本不是普通人买得起的。更何况修炼魔法需要老师的指点，如果没有名师也很难有所成就，所以，难怪这名男子会有所怀疑。

念冰可不管加不加入什么公会，只要能够学到自己需要的魔法咒语就足够了，于是他赶忙道："我现在没有加入任何公会，能不能麻烦您带我进去进行测试，如果可以的话，我非常愿意加入冰月帝国的魔法师公会。"

男子看了身旁的龙灵一眼，龙灵也正在看他。

"师兄，你就帮帮他吧，看他的样子，应该是从外地来的。现在公会的人越来越少，我们也需要多吸收一些新鲜血液，公会里的几位长老都在，如果他潜力不错的话，说不定我们又能多一点力量。"

男子点了点头，道："不过今天有些晚了，我看，还是明天再说吧。小子，你明天上午再来。"

念冰心想，明天自己要留在清风斋，还要看一下清风斋的拿手菜肴，所以时间并不充裕，不由得向男子道："尊敬的大魔法师先生，能不能请您通融一下，我明天白天还有些事，现在正好有空。"

那男子虽然是龙灵的师兄，但因为资质所限，现在才是土系高级魔法师，并没有达到大魔法师的境界，一听念冰叫自己大魔法师，心情顿时大好，暗想，师妹比较喜欢帮助别人，我这次要是帮了这小子，说不定师妹对我会好感大增呢。想到这里，他脸上露出一丝淡淡的笑容，道："看在你是从外地而来，那就破一回例吧，跟我们进来。"

龙灵微微一笑，道："师兄，我就知道你人最好了。"

被心爱的师妹这么一捧，男子顿时心情大好，向龙灵微微一笑，牵着马率先向里面走去，念冰向龙灵递出一个感谢的眼神，赶忙跟着两人一马走入了魔法师公会之中。

穿过大门，里面是一片如同操场般的空地，周围一座接一座的尖顶建筑紧密相连，面积之大，恐怕就是大成轩加上清风斋也有所不及，不愧为冰月帝国魔法师公会总会。

男子将龙灵的马交给一名仆人后，与龙灵一起带着念冰走进了左边一座尖顶建筑，一边走着，他一边向念冰问道："你叫什么名字，冰系魔法到什么境界了？"

念冰赶忙回答道："我叫念冰，我一直都是自己修炼的，我也不知道自己达到了什么境界。还没请教大魔法师您的名讳。"

男子淡然道："我叫师九，这里是一个测试场地，公会规定，任何魔法师测试都必须有魔导士级别的长老在场，你在这里等一下吧，我去看看几位长老有没有进入冥想状态，如果他们已经开始冥想了是不能打扰的，你就只有明天再来了。"

说完，他向龙灵说了一声，转身走入一个侧门。

龙灵微微一笑，对念冰道："师兄虽然脾气古怪一些，但是他心地很好的。如果言语有什么冒犯，还要请你原谅。"

说着，龙灵带着他继续向里面走去。

听着龙灵的软言细语，念冰心中格外舒服，感觉她比雪静好相处多了，微笑着道："大魔法师您不用客气，这次真是麻烦你们了。我虽然一直修炼魔法，但始终不得要领，所以这次才想到公会中学习一下，有机会还要请您多加指点。"

龙灵微微一笑，道："指点不敢当。你也不要叫我大魔法师，我还没有进行过升级测试呢，这是爸爸要求的，他说，凡是他门下的人，在达到大魔法师境界前都不许参加测试戴上标志，省得给他丢人。爸爸很厉害的，如果你通过了测试，我可以引你见他。以后，你就直接叫我的名字好了，我叫龙灵，大家都叫我灵儿。说起来，我和你一样，都是冰系魔法师。你为什么没有魔法袍呢？不穿魔法袍怎么能代表你魔法师的身份？"

念冰装出一副苦涩的样子，道："我从小就希望能成为一名魔法师，但是家里太穷，我只能自己找机会学习，以前无意中遇到一位魔法师，他说我是冰属性体质，就传授了我冥想的方法，我按照他的方法修炼，后来还真的拥有了魔法力，只是那位魔法师只教了我冥想，并没有教我咒语，所以，我到现在也只会一些最低级的冰系魔法而已。"

此时，他们已经穿过两道门户，来到了一个大厅之中，由于建筑是尖顶的，所以这个大厅显得非常高，面积约有两百平方米，墙壁上贴着各种壁画，图案大多都是一些身穿魔法袍的魔法师和一些魔法物品。大厅的地面正中央有一个直径达到五米的圆圈，圆圈内有一个六芒星，六芒星的六个角分别是白、蓝、红、青、黄、金六种颜色，象征着现在主流的六种魔法。

龙灵听念冰这么一说，眼中顿时露出同情之色，安慰他道："没关系的，作为一名魔法师，依靠冥想修炼魔法力才是最重要的。魔法力是所有魔法的根基，只要你的魔法力足够强大，再加上咒语，自然就能用出等级高一些的魔法了。至于魔法袍你也不用担心，通过测试后，我们这里自然会给你一件。不过，你必须有中级魔法师以上的能力才能加入我们公会，否则，就只能继续自己修炼了。"

念冰点了点头，心道，自己至少也是一名高级魔法师了吧，就算没有冰系的高级咒语，四阶冰系魔法还是会那么一两个的，应付测试应该问题不大。

"灵儿小姐，真是谢谢你，如果不是遇到了你和你师兄，我还真不知道如何才能进入魔法师公会呢。"

龙灵微笑着道："这没有什么可谢的，即使你没遇到我们，进入公会后只要你表明自己魔法师的身份，也自然会有人接待你。待会儿你可要多多加油哦，测试的时候可没人能帮忙，一切都要靠自己的实力。"

念冰坚定地点了点头，道："我一定会通过测试的。"

正在这时，脚步声传来，念冰和龙灵一起向身后看去，只见师九与一名身穿蓝色魔法袍的老人一起走了进来，那名老人头发雪白，看上去至少也有六十岁了。他的左胸口上绣着一个标志，这样的标志念冰再熟悉不过了，因为以前自己的父亲胸前也有，那是魔导士的标志，很显然，他不是水系魔导士就是冰系魔导士。

师九率先走到念冰身旁，道："你运气真不错，今天正好里锝老师还没有进入冥想，他是一位水系的魔导士，还不赶快行礼。"

在魔法师的领域中，地位是极为重要的，只要等级上有差距，等级低的一方就必须行鞠躬礼，这一点念冰早就听父亲说过。对于强者他是绝对尊敬的，于是赶忙躬身向那老者行礼道："您好，尊敬的魔导士。"

老者似乎不太爱说话，只是嗯了一声，就表示答应了。

师九恭敬地向老者道："里锝老师，现在可以开始了吗？"

老者上下打量了念冰两眼，将手伸向念冰，道："催动你的魔法力，用最强大的力量将魔法力输给我，我必须先知道你的魔法力达到了什么程度。"

念冰答应一声，伸出自己的右手握住老者那干枯的手，小心翼翼地控制着体内的冰系魔法力从冰火同源的旋涡中分离出来，向老者攻去。他可不希望自己同时拥有两种魔法力的事被别人知道，所以在输出自己的冰系魔法力时，尽量将火系魔法力收敛，以免被对方察觉到。

　　冰冷的魔法力在精神力的作用下通过手臂，冲向里锝魔导士，当念冰的魔法力运行到手臂时，由于他的魔法力始终是旋转的，所以对空气中的魔法元素有很强的吸力，自然而然地吸引着空气中的冰元素向里锝攻去。

　　蓝色的光芒从念冰的身体散出，仅魔法光芒外放这一点，就已经证明了他至少拥有中级魔法师的实力。

　　里锝原本半闭着的眼睛突然睁开，有些惊讶地看着念冰，感受着从念冰手中不断冲向自己的魔法力，他越来越惊讶。他发现，面前这个年纪看上去与龙灵差不多的小伙子，传来的魔法力竟然异常精纯，没有一丝杂质，更为可贵的是，这小伙子的魔法力非常坚实，传入自己体内之后，自己的水系魔法力竟然很难将那冰冷的气息化解，而且，那冰系魔法力在传出之时竟然是微微旋转着的，如同长江大河一般无穷无尽，以自己的实力，对抗这种奇特的冰系魔法力都有些吃力。

　　"好了。"里锝突然开口，右手轻轻一震。念冰只觉得一股柔和的气流像波涛一般将自己的手从里锝的手上冲开。

　　里锝眉头微皱地看着他，道："告诉我，你的老师是谁？"

　　念冰低着头，道："尊敬的魔导士，我并没有老师，我只是跟着一位不知名的魔法师学过冥想，之后就一直依靠自己摸索修炼。您看，我能通过测试吗？"

　　里锝道："能不能通过测试还要看你后面的表现，现在，你可以用出自己最得意的魔法，也就是最高阶的魔法攻击我了。你要记住，魔控力是魔法中非常重要的一个组成部分，如果你只是能释放出魔法而不能有效地控制它，那么，你就不能成为一名合格的魔法师。"

除了父亲以外，念冰还是第一次得到其他魔法师的指点，赶忙点了点头。他不敢使用冰雪女神之石，就那样抬起手，高声吟唱道："伟大的冰雪女神啊！请借我您的愤怒，送我们到达迷失的彼岸。"

听到他的咒语，里锝并没有什么表示，而龙灵和师九却露出惊讶之色。龙灵低声向师九道："师兄，这应该是暴风雪的咒语啊！暴风雪属于四阶大面积冰系魔法，我也才掌握了没多久，他能使用这个魔法，魔法力应该不在我之下才对。看来，我们让他进来测试，还真是对了呢。"

师九的脸色有些难看，哼了一声，道："那也要看他是不是真的能施展这个魔法才行，说不定，他只是勉强念咒语想拼一下，徒有其表又有什么作用？"

在咒语的作用下，空气中的温度快速下降，清晰可见的蓝色光点不断向念冰的身体聚集。虽然他没有使用冰雪女神之石，但是，多年以来一直与冰雪女神之石一起修炼，早已使他与宝石心意相通，即便没有直接使用，效果也只差几分而已。

蓝色的光点飘浮在念冰身体周围，光芒接连闪动，那些蓝色的光点开始围绕着念冰的身体快速旋转起来。

暴风雪是念冰最拿手的四阶冰系魔法，雪片接连出现。里锝的脸色也变得凝重起来，感受着周围的温度，他从怀中摸出一根只有八寸长的魔法杖，低低地吟唱了几句什么，身前顿时多出了一片水状的波纹。这并不是简单的水墙术，而是达到五阶的单体防御水系魔法——水镜术，它不但能够起到很好的防御作用，而且在一定程度上可以反击对手。

暴风雪终于形成了，围绕着念冰的身体快速旋转起来，旋转的速度越来越快，最后竟然渐渐看不到他的身影了。

念冰眼中蓝光四射，右手向前指，暴风雪变成一个不大的龙卷风贴地飞行，朝着魔导士里锝而去。

看到这里，一旁的师九不屑地道："师妹，你看我说什么来着，这么小的暴风雪，也能称之为暴风雪吗？"

龙灵神色怪异，道："不，师兄，你错了。爸爸说过，暴风雪这个魔法不但可以进行大面积攻击和带冰系魔法师短暂飞行，而且如果魔法力达到一定程度，又有很好的魔控力，那么，它完全可以成为一个单体攻击魔法。以暴风雪进行单体攻击，才能将它的威力真正发挥出来。爸爸告诉我，什么时候我能达到这样的境界，就可以继续向魔导士的方向前进了。"

看着念冰发出的暴风雪，里锝的脸色接连变了几变，手中魔法杖再挥，连连念咒，又是两个水镜术挡在自己面前。

眼看暴风雪就要到达里锝面前之时，暴风雪前进的步伐突然停止了，就在在场的其他三名魔法师都处于惊讶中时，暴风雪突然腾空而起，整个旋涡像一条巨大的鞭子，从上到下，抽向里锝所在的方位。

里锝毕竟学习魔法多年，处变不惊，向前跨出一步，手中魔法杖上指，强行将面前的三个水镜术抬到头顶，迎上了暴风雪。

念冰以冰火同源魔法力发出的暴风雪，每一个雪片都犹如利刃一般，镜子可以反射光芒，甚至可以反射能量，当它面对利刃的时候，却只能硬碰硬。刺耳的摩擦声不断响起，第一面水镜很快就在暴风雪的旋转中破灭了，紧接着是第二面，当暴风雪攻到里锝的最后一道防御时，竟然没有衰减之势，除了雪花稀疏一些，攻击力分毫不减。飓风充满整个大厅，使得师九和龙灵不得不退到大厅的边缘，各自施展防御魔法，此时此刻，念冰已经将自己的魔法力提升到了极限。

里锝眼中光芒大放，他的身体突然变得扭曲起来，当最后一面水镜被暴风雪瓦解之时，他的身体直接钻入了暴风雪中，在所有人的惊呼里，蓝色的波涛骤然闪现。念冰全身一震，在气机的牵引之下倒退几步，险些摔倒在地，暴风雪也静静地消失了，整个大厅中，除了温度极低以外，完全恢复了正常。

里锝出现在念冰身前不远处，若有所思地道："一个四阶魔法竟然能逼我用出七阶的化水融天，小子，你的魔控力几乎可以与我媲美了。可惜魔法力才刚达到大魔法师的程度。"

一旁的龙灵惊讶地道："里锝伯伯，你是说，他是一名大魔法师吗？"

里锝点了点头，道："除了你以外，我第一次看到天赋如此好的孩子，这么小的年纪，魔法力就到了如此程度，相当不容易。他的魔法力水平与你差不多，但是魔控力比你强多了。可见，他自身的精神力非常强大，已经接近魔导士的程度了，可以授予其大魔法师的称号。你爸爸之所以还不让你接受测试，就是因为你的魔控力还不够，以后在这方面你要多加努力，争取早日成为真正的大魔法师。孩子，你今年多大？"最后一句是问念冰的，里锝的语气已经柔和了很多。

念冰虽然消耗了大量的冰系魔法力，但他精神力强大，又有冰火同源做后盾，所以并没有太多不适，恭敬地道："尊敬的魔导士，我今年十八岁了。"

里锝开心地道："十八岁，这么说，你比灵儿还要小一岁，看来，我只能用'天才'来形容你了。灵儿十九岁过后才勉强进入大魔法师的境界，而你却更加年轻。十八岁的大魔法师，哈哈哈哈。看来，我们冰月魔法师公会又要出一个新秀了。明天你再来，我想，会长一定会很乐意见到像你这样的天才。"

念冰虽然很想今晚阅读到冰系魔法咒语的书籍，但他也知道不能操之过急，于是恭敬地向里锝魔导士行礼道："那就麻烦您了。"

一旁的师九脸色大变，他万万没有想到，这身穿布衣的少年竟然会拥有大魔法师的实力，比一向被称为天才的龙灵还要强上几分，由于心中妒忌，他脸色铁青，说不出话来。

这时，念冰转向师九和龙灵道："多谢两位相助，那我就明天再来吧。"

说完，念冰向两人微笑示意后，转身朝外面走去。龙灵看着念冰的背影，心中突然生出一丝奇异的感觉。从小到大，在魔法师公会她都是众星捧月的公主，被誉为魔法天才，从来都没有想过，一个衣着朴素的少年在魔法上会比自己强几分。她并没有因此而感觉到嫉妒，反而对念冰很好奇，好奇他是如何修炼到这种程度的。要知道，龙灵可以说是在魔法宝石中长大的，她的父亲为了让她更快地领悟到魔法真谛，从她五岁时就开始正式传授她魔法，虽然她现在年仅十九岁，但已经修炼魔法十四年，再加上她悟性极高才有了现在的成就。

"灵儿，是不是感到很惊讶？你要明白人外有人，天外有天的道理。"里锝看着龙灵，眼含深意地说道。

龙灵点了点头，道："刚才他用的暴风雪威力真大啊！我以前只听爸爸说过，却从没想到一般用来短距离飞行的暴风雪能有这么强的攻击力。里锝伯伯，您的魔法似乎又精进了，刚才我看到您都没吟唱咒语就用出了七阶魔法，不知道什么时候灵儿才能达到这种程度呢。"

里锝苦笑道："你是在损我吗？别说是我，就是你父亲也不可能不吟唱咒语就用出七阶魔法，先前我太大意了，只用了低阶魔法进行防御，等到反应过来时已经来不及再吟唱咒语，只得用了一个七阶的卷轴。唉，我那个卷轴可是花费了不少时间，在你父亲的帮助下才完成的，要是拿出去卖，至少价值上百个紫金币，还是供不应求。我现在就去找你父亲，这件事一定要告诉他。"

师九有些不满地道："里锝老师，有这么重要吗？或许，那小子刚才也使用了卷轴呢？"

里锝淡然道："如果我连他是不是使用了卷轴都分辨不出，我也枉称魔导士了。魔法可以用卷轴来引动，但是，对魔法力的控制假不了，我给你一个暴风雪卷轴，你能控制成刚才他那样吗？他还能控制着暴风雪突然改变方向，虽然有些不娴熟，但即使是一名冰系魔导士，控制起来也不过如此而已。他的魔控力这么强，比现在仰光大陆上任何一位大魔法师都要好，真不知他小小年纪是怎么练的。"

说完这句话，里锝眼含深意地看了师九一眼，转身离去。

里锝走了，龙灵这才从先前的惊讶中清醒过来，喃喃地道："里锝伯伯已经很久没有笑过了，刚才测试的时候他竟然笑了呢。"

师九没好气地道："我看，里锝老师现在也有些……算了，不管他了，师妹走吧，我陪你去吃点夜宵如何？"

龙灵摇了摇头，道："不了师兄，今天我才发现，原来我还差得远，在同龄人中都没有优势，我想抓紧修炼，争取早日赶上念冰。你也多加修炼吧，明天见。不知道明天父亲见到念冰时会怎样。"说完，龙灵便飘然而去。

第 12 章

魔杀使

师九迷恋地看着龙灵消失的背影，心中却暗暗琢磨着对策。他比龙灵大近十岁，几乎是看着龙灵长大的，从小到大，他的心一直挂在师妹身上，念冰的出现让他危机感大增。念冰年纪与龙灵相仿，容貌比自己英俊得多，再加上不俗的魔法实力，除了出身无法与自己相比以外，几乎哪一点都不比自己差。要是让他进了公会，恐怕自己想追师妹就更不容易了。看来，要想办法应对才行。

出了魔法师公会，念冰心情大好，他知道，魔导士的评价绝不会错，没想到，自己在无意中竟然达到了大魔法师的境界。而且，自己同时拥有两种魔法，如果施展两个四阶魔法，自然要比普通的大魔法师强得多。念冰虽然心中兴奋，但绝对不会自傲，即便大魔法师与魔导士之间只相差一级，这一级也是极难逾越的鸿沟。

念冰记得很清楚，父亲说过，他二十四岁时就达到了大魔法师境界，随后一直刻苦地修炼，直到三十五岁，才在火焰神之石的帮助下达到魔导士境界。那已经相当快了，大陆上最年轻的魔导士也不过如此，从大魔法师到魔导士，除非有极好的机缘，否则，没有数十年的苦修，很难提升到这种境界。

在魔法师中，大魔法师和魔导士之间也有一道鸿沟，一旦跨过由大魔法师到魔导士的这道鸿沟，就可以进入强大的魔法师之列，再也不用惧怕同等级的武士。最强大的大魔法师也只不过能够施展五阶大范围魔法，而最强大的魔导士却可以施展八阶魔法，从五阶到八阶，那就是质的提升。

念冰并没有急着返回清风斋，他在路边买了一件黑色全身长袍和一个小孩儿玩的骷髅面具，走着走着，眼神逐渐变冷。当他即将回到清风斋时，他走到一个阴暗的角落，将黑色长袍套在了自己身上，探手入怀，将火焰神之石握在右手里，站在一个拐角处，远远地看着清风斋和大成轩门口的方向。

这个时候，正是酒楼客人上门的最佳时间，大成轩门口来往的客人络绎不绝，清风斋虽然客人相对要少一些，但看得出，那些客人都是清雅之士或普通的魔法师。

念冰站在那里不动，他的耐性很好，能等得下去，目光始终落在大成轩门口，等待着他要等待的人。体内的冰火同源之力自然运转，不断恢复着先前消耗的冰元素，左手探入怀中，握住了晨露刀的刀柄。

他等待了大半个时辰，目标终于出现了。被雪静称为癞皮狗的廖三从大门中走了出来，手中依旧拿着那把似乎是铁制的大扇子，手一挥，扇面展开，轻轻拍打着自己的胸口，扇动夜风。

门口负责迎宾的少女们一看到他出来，立刻站得笔直，大气都不敢喘上一口。廖三走到一名少女身前，突然抬起手捏住她粉嫩的脸，骂道："你是僵尸吗？照你这么迎客，谁还会来？给我笑，听到没有？"

少女的身体有些颤抖，赶忙道："是、是，三掌柜，我知道错了。"

廖三嘿嘿笑道："知道错了就好，那今天晚上下班后，你来找我，我好好教教你，让你知道今后该怎么做。"

少女眼中露出恐惧："不要啊！三掌柜，我、我知道错了，您就饶了我吧。"

少女膝盖一软，险些跪倒在地。

廖三一把抓住她，怒道："你找死！服侍我是你几生修来的福分，既然你不愿意，你就给我去死吧。"

说着，廖三手中扇子一挥，就要朝着面前的少女抽下去。扇子挥动，他突然觉得手上一紧："该死，谁敢拦我？"

廖三一边骂着一边转过身，出现在他背后抓住扇子的是一名中年男子。此人面白无须，相貌堂堂，但眼中有着一股阴鸷之气。

一看到这人，廖三顿时软化了，赶忙赔笑道："二哥，原来是你啊！这小丫头连我的面子都不给，我正想教训她呢。"

中年人哼了一声，道："我看该受教训的是你。你这臭脾气什么时候能改？兔子不吃窝边草，你要是再在店里胡闹，我就告诉大哥，让他关你禁闭。难道你不知道，老板最讨厌影响生意的人吗？我们三兄弟虽然都是掌柜，但要是你惹怒了老板，谁也保不了你。还有，大哥让我警告你，以后绝对不许再招惹清风斋那个雪静丫头。清风斋背后有魔法师公会撑腰，即使是老板也不敢动他们，更别说是你了。万一哪天惹怒了对方，他们找一名高等级的魔法师把你干掉，我们可帮不了你。"

廖三听着中年人的训斥，虽然心中不满，但也不敢反驳，只得低头道："二哥，今天店里事情也不是很多，那我出去走走，以后我注意就是了。"

中年人点了点头，道："去吧，做人不要太张扬，早些回来，大哥那里我会替你说好话的。"

廖三嘿嘿一笑，脸上横肉堆起，模样简直比哭还难看："那我去了。"

说完，他继续用手中的大扇子拍打着肥厚的胸脯，顺着街道朝南边走去。

看到廖三动了，念冰也动了，握住晨露刀的手从怀中伸出，就像一个普通的路人一样，顺着廖三的方向缓步前行。

念冰跟着廖三刚离开一刻，早上他见过的大掌柜就从大成轩中急匆匆地走了出来。

二掌柜此时正站在门口招呼客人，一看到大掌柜便赶忙问道："大哥，你这么急，难道店里出事了？"

大掌柜脸上肥肉抖了一下，摇头道："店里倒没出事，不过，老板刚跟我说，明天将有一位极为尊贵的客人来我们这里，吩咐我明天暂停营业。今天晚上客人走后，你和老三要盯着下人将里里外外都打扫干净，一点也马虎不得。"

二掌柜愣了一下，道："大哥，什么样的客人竟如此尊贵？上次冬冥亲王到这里来，老板也没有停业啊！咱们家大业大，停业一天，收入会少许多呢。"

大掌柜有些不耐烦地道："行了，你就别问了，明天你就知道是谁了。按照我的话去做，一点也马虎不得。老三呢？"

二掌柜支吾着道："三弟、三弟他看店里没什么事，说要出去走走，我就让他去了。"

大掌柜哼了一声，道："一定又去哪里鬼混了，他这些臭毛病不知道什么时候才能改一改，你现在赶快去把他给我揪回来，明天要是接待不好贵宾，我们谁也没好果子吃。"

二掌柜答应一声，赶忙朝着三掌柜离开的方向追去。

廖三一边走着，一边哼着小调，心中盘算着要去哪里找乐子。今天早上被雪静教训了一顿，他正一肚子火，不找地方发泄一下怎么能舒服？他拐了个弯，进入一条狭窄的小胡同，他对这一带的地形太熟悉了，只要从这里穿过去，就有一家最好的店。

"站住吧，你已经走到了尽头。"冰冷的声音从背后传来，廖三只觉得脖子后的汗毛都竖立起来，骤然一个转身，将扇子挡在自己面前。

他看到的是一个黑衣人，在月光的照射下可以辨别出，此人身材很高，肩宽背阔，头上戴着一个白色的骷髅面具。突然看到这样一个人，他不禁吓了一跳："是哪个浑蛋装神弄鬼？我劈死你。"

"劈死我？我看我该给你点颜色瞧瞧。"黑衣人抬起右手，火红色的光芒骤然亮起，他的掌心出现了一个火球。火球越来越大，只不过几次眨眼的工夫，就变成了人头大小，在火红色光芒的照射下，黑衣人的骷髅面具显得更加诡异了。

廖三吃惊地后退几步，色厉内荏地道："你是魔法师。是清风斋的人让你对付我的，是不是？"

黑衣人冷然道："不，是天要对付你。"

火光骤然大放，火球带着呜呜声响，急速朝廖三冲来。廖三怎么说也是见过世面的人，全身亮起黄色光芒，手中大扇子对准火球用力挥动。虽然魔法师地位尊崇，但只要不是超级魔法师，在一对一的情况下，武士并不吃亏，所以廖三也没有惧怕什么。他相信，以自己的斗气，破对方这个火球根本不算什么，到时候再活劈了这个魔法师。

火球呼啸而至，眼看即将被廖三的大扇子击中，火球前进的方向却突然变了，由直冲变成向上飞，画出一道优美的弧线。廖三这满含斗气的一扇顿时扑了空，重击在一旁的墙壁上。他的斗气威力确实不小，烟雾弥漫中，街道旁的墙壁顿时被轰出一个大洞。这一击乃廖三含怒发出，轰上墙壁的一刻，斗气疯狂地倾泻而出，而此时也正是他自身斗气防御最薄弱的时候。

幽蓝色的光芒如同地狱中的勾魂使者一般，光芒很微弱，在夜晚看上去就像一根青蓝色的发光丝线。廖三的扇子还没来得及收回，那蓝光已经从他身体穿过，随即消失。

廖三的动作停滞了，全身开始剧烈地颤抖。先前向上飞的火球在这一刻从后方袭来，重重地轰击在廖三身后的地面上，并没有击中他。显然，黑衣人只是想给他点颜色瞧瞧，并不想取他性命。

廖三扭头看到熊熊燃起的火焰，顿时惊慌失措，只觉得胸口剧痛，他本就有心疾，惊惧之下突然发作，高壮的身体轰然倒向火焰燃起的方向。

黑暗的小巷被火光照亮，一切发生得如此迅速，黑衣人似乎也没反应过来，之前看到廖三快倒在地上，黑衣人想收回火焰，但已经来不及了。只是一眨眼的工夫，火焰就蔓延至廖三全身。

他，正是念冰。他原本只是想让廖三长长记性，不要到处作恶，并没有杀死廖三之心，不料事情竟变成了这样。

突然，一道阴冷的气息从背后传来，气息尖锐，虽未及身，但已使念冰感觉到背部隐隐作痛。他毫不犹豫，右手闪电般从怀中抽出晨露刀，青蓝色的光芒飞速飘向背后。

一声轻响传出，念冰闷哼一声，喷出一口鲜血，鲜血顺着面具的边沿流淌而下，他接连倒退十几步，才勉强站稳。大成轩的二掌柜出现在他先前的位置，手中还拿着一柄被折断的长剑。此时，二掌柜清晰地感觉到一股寒意顺着断剑流向自己，全身不禁一阵发冷。

其实，在火球落向廖三身后的时候，二掌柜就已经来到念冰背后了，只不过，那时他已经来不及赶过去，为了不惊动念冰，他没有发出任何声音，悄悄催动自己的斗气，抽出盘绕在腰间的软剑，从后面刺向念冰的要害。但是，他万万没有想到，对方分明是一个魔法师，竟然能及时转身，还斩断了自己手中之剑。虽然那抹青蓝色的光芒一闪即隐，但他清晰地感觉到，那必然是一柄绝世宝刀。

二掌柜缓缓放下抬起的手，全身散发出与廖三相同的黄色光芒，一步步向念冰走来。同样的斗气，在他身上却显得比廖三的浓厚得多。

他一边走着，一边紧盯着念冰脸上的骷髅面具，冷声道："你是什么人，为什么向我三弟下手？说，是不是清风斋派你来的？"

"清风斋？你觉得他们能支使得动我吗？"

念冰虽然处于被动，但丝毫不乱，他站稳身体，透过面具上的窟窿凝视着面前的二掌柜。

"不是清风斋，那你是什么人，为什么要动我三弟？你可以不说，不过，我会让你求生不得，求死不能。"二掌柜的声音更加冰冷了。

念冰平静地道："你可以称我为魔杀使，今天我不想再动手了，后会有期。"

红色的火焰没有任何预兆地腾空而起，化为一面巨大的火焰墙轰向二掌柜。二掌柜很熟悉廖三的能力，其斗气修为比自己差不了多少，可刚才竟然不敌这自称是魔杀使的神秘人，此刻，突然看到火焰墙向自己扑来，二掌柜自然不敢大意，赶忙丢掉手中的断剑，运转全身斗气，猛地向火墙轰去。

没有声音发出，火星四溅，二掌柜的斗气不断在窄小的巷子中运转。他惊讶地发现，那火墙竟然没有丝毫威力，当火星消失后，先前就在不远处的魔杀使已经不见了。廖三身上的火依旧在燃烧，二掌柜心中生出一丝恐惧，神秘莫测的魔杀使让他产生了极大的压力。他有些害怕，唯恐魔杀使隐藏在暗处，用那诡异的魔法向自己发动攻击。

念冰踉跄着跑到大街旁的一个角落停了下来，接连喘息几声，将一个普通的治疗术用在自己身上，这才舒服了一些。二掌柜那一剑的斗气凝而不散，如果不是晨露刀及时将剑斩断，念冰恐怕早已被一剑穿心了。即使如此，在剑被斩断的瞬间，传入体内的斗气也已震伤了他的脏腑。他毕竟不是武者，作为一名魔法师，最弱的就是身体。

　　火墙术是五阶魔法，念冰虽然能够使用，但需要一段时间来吟唱咒语，所以他刚才用来逃脱的根本不是真正的火墙术。既然他能将暴风雪凝结，同样，凭借强大的精神力，他也可以将一个普通的一阶火球扩大成火墙大小。念冰并不知道，在冰火同源的魔法力的锻炼下，他体内的经脉变得比常人坚韧许多，这才顶住了从断剑上传来的斗气。如果换作普通的魔法师，就算不死，也绝对没有逃走的力量。

　　念冰喘息了一会儿，脏腑中的疼痛减弱了一些，治疗术正逐渐发挥作用。魔杀使，这个临时想出的名字深深地印在他的脑海之中。他暗暗发誓，总有一天，魔杀使将降临冰神塔，除掉那些曾经伤害自己父母的人。他这样想着，随后快速脱下身上的衣服，将面具裹在其中，缓慢地朝清风斋后门走去。

　　当念冰回到清风斋时，已经是深夜了。他小心地推开后门，悄悄朝柴房走去。从后门到柴房，需要经过后花园，李叔叮嘱过他，后花园是清风斋老板的专属，未经吩咐，下人一律不许入内。

　　后花园的墙高约两米，上面有一个个梅花形状的镂空，青色的墙壁与周围的环境融为一体，以念冰的身高，他正好能从梅花状镂空处看到里面的情形。他顺着小道正向前走着，余光无意中发现梅花状的镂空处闪过一道红影，在好奇心的驱使下，他凑到镂空处，向后花园看去。

　　那是一道婀娜多姿的身影，一柄闪耀着红色光芒的长剑上下翻飞，带起一道道红色光芒，斗气散发着强烈的波动，吹得周围的花草树木猎猎作响。舞剑的正是雪静，她似乎非常喜欢红色，虽然换了一件连衣长裙，但依旧是那火焰般的颜色，身手看上去是如此矫健，动作如行云流水一般。

念冰心中有些疑惑，这么晚了，她不回房睡觉，怎么还在这里舞剑？算了，管她呢，自己还是赶快回去，多用几个治疗术在身上，把伤治好再说吧。

他悄悄转过身，刚要离去，脚下无意中碰到了花草，发出极为轻微的声音。

"谁？"

念冰暗道不好，赶忙用最快的速度将手中的黑袍和面具扔在花草之中，他这个动作刚刚完成，只见一片红云跃过花园院墙，飘然出现在他面前。红光一闪，雪静手中的长剑已经搭在念冰的脖子上，斗气运转，使他不敢妄动。

雪静显然对念冰英俊的面容有印象，她眉头微皱，道："是你。不是让你去柴房帮忙吗？这么晚了你不好好休息，跑出来干什么？"

念冰装出一副诚惶诚恐的样子，道："小姐您好，我今天刚来，本想出去买点生活用品，可冰雪城的东西实在太贵了，就没买成。我刚到这里，路不熟，找错了方向，所以才回来晚了。您不是也这么晚了还没睡吗？"

雪静显然心情不太好，哼了一声，将红色长剑收回鞘中："真是这样才好。要是让我发现你做出对清风斋不利的事，小心你的脑袋。"

"不敢，不敢，我能有口饭吃，都是拜小姐所赐，我一定会恪守本分的。小姐，如果没别的事，我就先回去了。"念冰心中暗自庆幸过关了，看来那黑袍和面具只能晚点再过来拿了。他向雪静微微施礼后，赶忙朝柴房的方向走去。

"等一下。"雪静突然叫住念冰。

念冰身体一僵，心中暗道：难道她看见了我扔在花丛里的东西？不会吧，天这么黑，她又不是夜猫子。

他转过身，道："小姐，您还有什么吩咐吗？"

雪静上下打量了念冰两眼，突然一闪身，在念冰没有任何准备的情况下来到他面前，一把抓住他胸口的衣襟腾空而起。

念冰在使用暴风雪时体会过腾云驾雾的感觉，但如此被动地被人抓着，他还是第一次。他右手下意识地向怀中的晨露刀摸去，同时左手准备好了一个魔法，一旦雪静要对他不利，他也能以最快的速度做出反应。

雪静脚尖在墙头轻点，带着念冰飘然进入花园之中，在红色斗气的包裹下，几个起落，她就来到了一个八角亭的房檐上。

雪静将念冰放在一旁，低声道："坐着别动。"

其实，不用她说念冰也不敢动，这亭子有四五米高，自己要是摔下去，绝对不好受。他不明白为什么雪静会带他上来，但此时也不好问，只能小心翼翼地将一个个治疗术用在自己身上，一旦情况出现变化，自己也能更好地应付。

雪静将双肘放在自己屈起的膝盖上，美眸注视着空中那一轮圆月，眼中不断闪过迷离之色。念冰看得出，她似乎有什么心事。

两人一个想着自己的心事，一个暗暗疗伤，谁也没有吭声。半个时辰过去了，念冰感觉到自己的脏腑已经不像先前那么疼痛，暗暗松了口气，悄悄将火焰神之石抓入手中。用火系魔法攻击，一向是最好的选择。

此时，他不禁回想起自己面对廖三时的情景。

他知道，以自己的实力，即使正面对抗，廖三也对自己构不成威胁，只不过自己绝对没有当时那么轻松。因为廖三有斗气，看上去还不弱，应该有剑师一级的实力了。自己之所以没有落入下风，正是因为巧妙地利用了两种魔法，以三阶爆裂火球相引，再以自己的冰刃术为基础，结合厨艺中的细针穿米研究出来的透点攻击冰星针。冰刃术虽然只是二阶冰系魔法，但被压缩成针形后，威力绝对不小。只要对方的斗气不是很强，自己完全可以凭借透点的优势直接攻击。

"你怎么不说话？"正想着魔法奥妙的念冰，耳边突然响起了雪静的声音，他顿时吓了一跳，身体下意识地向旁边一躲，脚下一滑，惊呼声中，顿时向亭子下面滑去。在失去平衡的情况下，念冰不禁双手乱抓，一把扯住了雪静的裙子。

念冰被雪静吓了一跳，他突然向下滑，同样吓了雪静一跳，她只觉得身体一沉，在拉扯下顿时跟着念冰向亭子下跌去。

雪静毕竟自幼习武，反应极快，身体在空中一个翻转，一把搂住念冰的腰，另一只手向下虚拍，利用斗气击地的反冲力将自己和念冰重新送上了亭子。

寂静，绝对的寂静。念冰和雪静四目相对，两人保持着一个怪异的姿势——雪静搂着念冰的腰，念冰一只手搂着雪静的脖子，另一只手则抓着她的裙摆。雪静半截雪白的大腿因裙摆撩起而露在空气中，念冰勾住她脖子的手感受到滑腻，他的心脏狂跳，一时间脑海中一片空白，一向机智的他，此时竟然愣愣的不知所措。

"浑蛋！"雪静突然松开手，一巴掌扇在念冰脸上，打得他险些又掉下亭子。

雪静脚一勾，将念冰拉到自己身旁，拍开他抓住自己裙子的手，怒气冲冲地看着他。

念冰被雪静这一掌打蒙了，用手捂着脸，不知该如何是好。

雪静看向他的眼神渐渐发生了变化，一层淡淡的水雾逐渐变得浓厚起来，泪水在眼圈中打转，突然，她就像受了什么委屈似的放声大哭，泪水不断顺着脸庞滑落。

"小姐，我、我不是故意的。"念冰试探着道。美女在面前哭泣，他实在不知道现在应该做些什么。

雪静突然抬起头，怒视着念冰："都说了别动，谁让你乱动的？"

念冰苦笑道："我是被你吓了一跳啊，你以为我想动吗？"此时，先前的场面依旧不断在他眼前回放，他已经忘记了自己的身份。

雪静用自己那双大眼睛瞪着念冰："那还不是怪你。谁让你半个时辰都不说话。"

念冰惊讶地道："不是你让我坐着别动吗？是你把我抓上来的。"

雪静自知理屈，用袖子擦掉脸上的泪水，哼了一声："人家都是英雄救美，今天我倒来了一次美女救脓包。你真是白长了这么大个子。"

念冰暗暗苦笑，脓包就脓包吧，总不能告诉雪静其实自己是一名魔法师吧，现在还没有看到清风斋的厨艺，一切都还需要时间。

念冰摸着脸，发现左脸已经肿起，自己只会最低级的治疗术，就算天天用，恐怕也是三天无法见人了。

第一次想教训一下恶人，自己就险些被杀，好不容易跑回来，却又莫名其妙地挨了一巴掌，真是倒霉起来喝凉水都塞牙。

雪静又恢复了先前的姿势，神色渐渐平和下来，她看着天上的月亮，问道："你是从哪里来的？"

"我？"念冰道，"我是华融帝国人。"

"华融帝国？就是那个号称火之帝国的华融帝国吧？那是距离我们冰

月帝国最远的一个国家。你怎么跑了这么远来到这里？"

念冰轻叹一声，道："谁又愿意背井离乡呢？还不都是命运所迫吗？我十岁那年跟父亲一起来到了冰月帝国，现在却只剩下我一个人了。"

雪静扭头看了念冰一眼："看样子，你也是伤心人？"

—— 第 13 章 ——
制作金香圈

念冰心头一震，顿时从回忆中清醒过来，暗骂自己，怎么警惕性变得这么低了，看来，美女的威力确实不小！

"小姐，为什么用'也'？"

雪静瞪了他一眼，道："你刚才不都你啊你地叫了半天？怎么又叫回小姐了？"

念冰无奈地道："刚才是小人失态了，我应该称您小姐才对。"

雪静有些不耐烦地挥了挥手，道："算了，我今天很烦，只想找个人聊聊天而已，你就不要叫我小姐了，叫我雪静吧。本来想和灵儿好好说说，但她也不明白那方面的事，反倒弄得我更迷糊了。哦，对了，你叫什么名字来着？"

"我叫念冰。"

"那你告诉我，什么样的女人最让男人喜欢？"雪静鼓足勇气问出这句话后，俏脸顿时浮现两团红晕。

念冰心中暗道，这清风斋的小姐恐怕是有心上人了吧！

"小姐，哦，不，雪静，这我也不太清楚，不过，像小姐这么漂亮的姑娘，肯定所有男人都喜欢吧。"

雪静听了这话，美眸再次充满泪水："你胡说！那为什么他就不喜欢我呢？整天摆出一副酷酷的样子，人家跟他说话他都不理会。"

自己又不是当事人，怎么会知道情况？念冰苦笑道："小姐，这你恐怕要问他了，或许，他嘴上不说，心里却喜欢你呢？"

雪静用力甩掉眼中的泪水，有些惊喜地道："你说的是真的吗？"

念冰迟疑地道："应该是吧。你既然喜欢他，多接近他就是了，有志者事竟成。"

雪静捶了念冰一下，道："可人家是女孩子，这种事，女孩子怎么能主动？念冰，你刚才说，像我这么漂亮的姑娘，肯定所有男人都喜欢，那你喜不喜欢我这样的？"

"喀喀。"念冰差点被自己的唾沫呛死，"小姐，你别开玩笑了，我们身份不同啊！"

雪静坚持道："不管，现在不看身份，如果我们是朋友，你会不会喜欢我？"

从念冰的内心讲，他更喜欢像龙灵或凤女那样脾气温柔的女孩子，对雪静这种泼辣型的美女他并不是很感冒，但此时看着雪静眼中的泪水，他实在不忍给出否定的答案，只得轻轻点了点头，尴尬地道："喜欢。"

"哼，好像很勉强。不过，你要记住今天说过的话，以后我要是让你做什么，你一概不许拒绝，听到没有？"

念冰苦笑着答应下来，这个时候，他不答应又能有什么办法呢？

雪静转过身，再次面对明月，喃喃地道："他真的很有型哦，不过，比起容貌来，他似乎没你英俊，但是，他已经是一名接近武斗家的大剑师了。他拿剑的姿势特别好看，那威武的样子，你就是拍马去追也赶不上。我最喜欢像他那样有英雄气概的人了。不行，我一定要找机会试试他的心意，否则我说什么也不甘心。"

念冰足足陪着雪静在亭子上坐到黎明，雪静才带他出了花园，让他离去。一晚不睡没什么，但这是念冰多年以来第一次晚上没有进行冥想。回到房间，他也不睡觉了，拼命对自己用治疗术，希望能将脸上的巴掌印化去，好去魔法师公会看魔法咒语。

但是事与愿违，他这初级治疗术效果实在有限，巴掌印虽然淡了一些，但还是很清楚。无奈之下，念冰只得趁着天亮前悄悄出门，找了一家昼夜营业的药店买了一些纱布，叠成厚厚的一摞，用胶布粘在自己的左脸上。虽然这样很不好看，但也比脸上有个红红的巴掌印好多了。

李叔打着哈欠，从房间中走了出来，呼吸着新鲜的空气，伸展身体，他扭头看了看另一边的房门，自言自语道："也不知道念冰这小子昨晚回来了没有，年轻人啊，就是贪玩儿。"

"李叔，我昨天晚上确实回来得晚了一些，不好意思。"念冰推门而出，他从外面回来不久，刚把黑袍和面具收好，甚至还没来得及坐稳。

李叔看着他脸上的纱布，不禁吃惊地问道："你这是怎么了？受伤了？"

念冰苦笑道："昨天在路上走着，一不小心，不知道被什么东西绊了一跤，结果把脸摔破了，只得上了些药，医生说要三四天才能好。"

李叔失笑道："你啊！真是够笨的，挺英俊的小伙子，要是脸上留个伤疤就不好了。以后小心点。走，咱们去吃早饭吧。"

念冰确实饿了，上一顿还是昨天中午在凤女那里吃的。在李叔的带领下，两人朝厨房的方向走去，远远地，已经看到厨房门口摆好了两排长条木桌，三四十名身穿白色厨师服装的人正坐在那里吃喝。

念冰道："厨房的人起得还真早啊！"

李叔道："当然要早起了，每天上午都是最忙碌的，他们要准备一天所需的材料。咱们清风斋所用的材料都是经过精挑细选的上等品。光是挑选材料，就有三四个人负责呢。走吧，看看今天吃什么。"

早饭是包子和粥，厨师们大多数都认识李叔，在李叔的介绍下，念冰与他们一一打着招呼。当李叔带他走到最后一张木桌时，念冰发现，只有一个人坐在这张桌子旁吃饭，其他厨师都很自觉地坐到其他桌子旁，自己吃自己的。

"念冰，这位就是咱们清风斋的厨师长，有妙厨王之称的明元。赶快见过明师傅。厨师长，他叫念冰，是新来帮我的。手脚还算勤快，以后还要麻烦您多多关照。"李叔热情地替念冰介绍着。

明元中等身材，不胖不瘦，听到李叔的介绍，抬头向念冰看去。他大约四十岁的样子，虽然相貌普通，但那双眼睛让念冰感觉到一丝熟悉，同样的眼神，念冰也在查极那里看到过，只不过，比起查极来，明元差了不少。

查极对念冰说过，一名有能力的厨师，因为常年专注于厨艺，眼神与普通厨师是不一样的。虽然念冰已经学全了他的厨艺，但在火候上和感觉上还有差距，而感觉需要悟性作为支持。

明元显得很冷漠，向念冰微微点头，继续吃着早点。

李叔带着念冰坐到旁边的一张桌子上，也吃了起来。包子是肉馅的，但味道差远了，不过，当一个人饿的时候，有能填饱肚子的东西也足够了。

正当念冰吃饱了，准备和李叔一起回去干活时，他不愿见到的人再次出现，那火红色的身影缓步而来。

"明叔，早上吃什么好东西啊？有没有我的一份？"

雪静一出现，厨房所有工作人员都赶忙停下动作，纷纷起身向她行礼。只有明元依旧坐在自己的位置上，有些宠溺地看着雪静，道："你这丫头，你的早点不是早就送过去了吗，怎么还跑到这里来要？找我有事吗？"此时，他冰冷的面容上才有了一丝淡淡的微笑。

雪静一晚没睡，此时却丝毫没有疲倦之色："没事就不能来找您吗？侄女想您了不行啊！"

明元哈哈一笑，道："想我？我看，你是想我做的小吃了吧。说吧，今天是想吃窝窝、糖果卷，还是想吃金香圈？叔叔上午没什么事，有空给你做。"

听到窝窝、糖果卷和金香圈这三种糕点，念冰不禁心中一动。他听说过其中两种，糖果卷和金香圈都是有名的小吃，只是能掌握好火候的人极少。可是，窝窝又是什么东西？既然明元号称妙厨王，想必比较擅长巧妙的烹调方法，有机会一定要请教一下窝窝的做法。

雪静想了想，道："明叔，那我要吃金香圈，您也知道，人家最爱吃这个。要不，您教我做吧，怎么样？"

明元故意做出惊恐之状，道："教你？还是算了吧，除非你爸爸觉得将清风斋的厨房烧了也没关系，我就教你。否则，叔叔还想多活几年，给你多做几次好吃的呢！不过，我说丫头，金香圈虽然酥脆油香，但油还是多了些，对皮肤可不是很好哦。"

雪静嘻嘻一笑，道："人家又不是天天吃，偶尔吃一次没关系吧。"

明元站起身，道："那好，跟我来吧，叔叔现在就做给你吃，反正材料也是现成的。"

雪静微微一笑，凑到明元耳边低语几句。明元听完后眉头微皱，目光落在不远处的念冰身上，他想了想，道："你这丫头，就会给我找麻烦。不过，我说好了，我只做一次，能够学多少，就看他自己了。"

雪静喜道："就知道叔叔最好了。"

明元没好气地道："你别让那小白脸迷惑了就好。你这丫头啊！我真是拿你没办法。"说完，明元当先向厨房走去。

念冰发现，明元离开的时候瞥了自己一眼，目光中似乎含有警告之意，难道，刚才雪静在他耳边的低语与自己有关？他正想着，突然听雪静叫道："念冰，你过来一下，给明叔打下手。"

她此话一出，顿时引得一众厨师都将目光投向念冰，各种古怪的神色纷纷出现，不用问，有不少人已经想歪了。要知道，妙厨王明元烹饪时从不许其他人观看，雪静这明显是要让念冰向他学习金香圈的制作方法。

念冰站起身，指着自己的鼻子道："小姐，你叫我？我只是砍柴的而已啊！"

雪静瞪了他一眼，嗔道："让你过来就过来，哪儿那么多废话？快点！"

念冰无奈，只得走到雪静身旁，低声问道："你搞什么？"

雪静微微一笑，道："算是对你脸上这一巴掌的补偿吧。我可告诉你，不知道有多少人想学明叔的绝技呢，这次机会十分难得，你可要努力些，只要能学上几分，今后你也有吃饭的本钱了，要是练得好，我会请明叔把你从柴房调到厨房的。"

念冰目光怪异地看着雪静，这脾气泼辣的少女似乎也有她的可爱之处。

雪静俏脸微微一红，推了念冰一把："赶快走吧。你可别想歪了，昨天晚上你陪我半天，又被我打了，我只是补偿你一下而已。何况，以后说不定我还要让你帮我个忙呢。"

两人一边说着，一边进了厨房。清风斋不愧为有名的饭店，单是厨房就足有上千平方米，虽然地方很大，还摆放着各种材料，却毫不凌乱，显然是有人仔细地收拾过，各种厨具都整齐地摆放着。雪静扯着念冰向最里面走去，一边走一边道："明叔平时可是不亲自下厨的，只有重要的客人才能品尝到他亲手做的菜肴。当然，我是例外。"

明元烹调的地方由一圈布幔遮挡着，显然是不愿有人看到他烹调时的样子，念冰心中暗暗摇头，这些有名的厨师一个个都如此吝啬，厨艺如何才能发扬光大呢？

雪静和念冰撩起布幔，进入大约有二十平方米的明元私人烹调空间。明元看了他们一眼，冷淡地向念冰道："我只做一遍，动作快，你要看仔细了，能学到多少，就看你自己的造化了。"

话音一落，他的双手立刻动了起来。

只见明元左手一抓，从旁边拽过一个干净的空盆，右手用面勺舀了大约一斤面放入盆中。同时左手从另一边用水勺舀起半勺水，缓缓倒入面中，两只手做着不同的动作，却丝毫没有混乱。念冰知道，这就是厨艺界有名的双手互搏之术，一心二用，又要专注于所做之物。明元的右手此时分别从三个白色的调料盒中取出一些白色的粉末，加入面粉中，他平淡地道："温水化开盐、碱、少许矾，这是基础。"

话音一落，他手上的工作就完成了，双手一震，手中的工具已经各自回到了它们的位置，两只手同时插入面盆之中，快速搅动起来。只是几次眨眼的工夫，先前还分散的面粉和调料，就变成了一个面团。

念冰心中很清楚，放什么东西这都是次要的，最重要的是放的量，揉面的手法也很有讲究，手腕一定要有力，而且，揉搓的方向次序不同，成品也会有所差异。虽然金香圈的烹制只是刚刚开始，但念冰已经看出了许多东西，心中暗暗点头，高手，果然是高手，看来自己没白来清风斋。

明元手中的动作越来越快，面团在他手上不断变成各种形状，忽而长条，忽而扁片，没有一丝停顿。如果是普通厨师，在制作金香圈的时候，将面和好后需要放上一个半时辰，才能继续后面的工艺，而明元之所以不断揉面，正是因为他要将醒面的过程省掉。这就需要极高的技艺，同时厨师必须熟练掌握面与几种调料的融合情况。仅凭这一点，明元就证明了他这"妙厨王"三个字并非平白得来的。

终于，一刻钟之后，明元将面团揉成椭圆形放在案板上，他显得很冷静，似乎刚才十几分钟大运动量的揉面对他并没有丝毫影响。明元瞥了念冰一眼，道："看清楚了，下面是关键。"说着，他用火石将炉子点燃，将一个干净的铁锅架在炉火之上，注入半锅油。

一根长约一米五的粗大擀面杖握在手中，只是几个简单的动作，原本案板上的面团就变成了扁片，之后明元的动作非常快，很显然，明元并不希望念冰从他身上学到太多东西。一把制作面食的专用小刀入手，刀光连闪，扁片就变成了直径约两寸的均匀长条。取成条面坯置于案板，明元一手按住一端，另一手托住面坯的另一端，捋成长扁片，厚约两寸，用刀把面片切成宽约一寸半的小块，每两个小块叠在一起，用小刀从中间切一刀。念冰看得很清楚，中间没有切通，稍连一点。此时，油已经烧到五成热。

明元右手一挥，已经做好的半成品金香圈轻巧地滑入锅中，一双筷子不知道从什么地方跳入他左手之中，筷子在入油的面中央一撑，半成品金香圈顿时神乎其技般变成了一个圆形的圈，形如手镯一般，在筷子的作用下不断翻转。而他的另一只手也没有闲着，金香圈一个接一个入锅，雪静赶忙拿过盘子，金黄色的金香圈一个接一个出锅，顿时香气四溢，令人食指大动。当第十个大小完全一样的金香圈出锅之后，明元停止了行动，一边盖上炉子灭火，一边向雪静道："静静，尝尝看，看你明叔的手艺有没有退步。"

雪静嘻嘻一笑，道："明叔的手艺是最棒的，怎么会退步呢？咦，念冰，你……"

当第一个金香圈出锅的时候，念冰已经忘记了一切，完全沉浸在明元精湛的厨艺之中。此时，他正拿着一双筷子，夹起一个金香圈咬了一口，赞许地点了点头，自言自语道："香、酥、脆，稍碰即碎，果然是好手艺啊！"

明元见念冰竟然擅自先吃了金香圈，刚要发作，却听念冰继续道："纤手搓成玉数寻，碧油煎出嫩黄深。夜来春睡无轻重，压扁佳人缠臂金。好，果然是上好的金香圈。"

雪静不满地道："念冰，你在干什么？谁让你吃我的早点？"

念冰惊呼一声，这才清醒过来，赶忙将金香圈塞入口中，将筷子放在一旁，口中模糊地道："对不起，小姐，厨师长的技艺实在太精湛了，所以，我……"

说着，他赶快将金香圈咽入腹中，神色多了几分尴尬。

明元惊讶地看着念冰，沉声道："你是什么人，怎么会知道金香圈的制作口诀？"

念冰愣了一下，微笑道："我也只是听一个在马路边摆摊的人说的，感觉和金香圈很贴切，就记了下来，让您见笑了。"

明元哼了一声："说瞎话也不看看对象，如果谁都知道金香圈的制作口诀，我也就不用混了。"

雪静惊讶地看着念冰，刚要说什么，却听外面传来急促的脚步声："小姐、厨师长，不好了，出事了。"

雪静撩帘而出，只见一名清风斋的下人急匆匆地跑了过来，满头大汗，她不禁皱眉道："慌慌张张的干什么？出什么事了？你慢慢说。"

那名下人喘息着道："小姐，刚传来的消息，不知道为什么，城主突然将冰雪城四门封闭，不允许任何人出入。而且，大成轩今天突然停业。我还听说，他们的三掌柜昨天晚上突然死了。"

"死了？癞皮狗廖三死了？这到底是怎么回事？"

此时，念冰同明元也走了出来。明元冷静地道："静静，你先别急，走，我们一起去找你爸爸，看看他是否知道情况。"

雪静急切地点了点头，赶忙和明元向外走。明元离开前扭头看了念冰一眼："回头我再找你，你先回柴房吧。"

念冰松了口气，心中暗想，本来打算在这里多待一段时间的，看样子，自己的厨艺要瞒不住了，可惜还不知道大成轩那边的厨师有什么特殊的技艺。算了，要是瞒不住，自己就到凤女那里去吧，等正阳刀完成镶嵌后，自己再悄悄离开冰雪城就是了。冰雪城今天封城了，这是什么原因？廖三的死还不至于让城主封闭全城吧。

大成轩。

金碧辉煌的大堂今天气氛显得有些凝重，整个大堂收拾得一尘不染，数十张桌子只有中央的一张大桌有人，一共十余人，却只有一人坐着，其余人都恭敬地站在那人背后。

那是一个拥有白色长发的女人，坐在那里，如同一尊用冰玉雕成的塑像一般，白色镶金边的长袍衬托着她清冷而高贵的气质，绝美的容颜使人无法产生丝毫亵渎之心。她身体周围仿佛升腾着一层霜雾，双眼闭合着，整个人冰冷得令人无法接近。

站在女子背后的十余人中，除了一名身穿青色魔法袍的魔法师以外，其他人都显得战战兢兢，青袍魔法师的胸口处有一个金色六芒星图案，六芒星中央刺着一个旋涡，看上去极为华贵。

"武技公会的会长怎么没来？"端坐的白衣女子终于开口了，大堂中的气氛似乎又冰冷了几分。

一名身穿华服的中年人赶忙上前一步，恭敬地道："回禀女神祭祀大人，武技公会的会长外出公干，他平时也很少留在冰雪城，所以不在。"

这端坐在大成轩大堂的女子，正是出外寻找冰雪女神之石，大陆上唯一拥有神降师称号的冰雪女神祭祀，也只有作为冰月帝国的象征、魔法界最强者的她，才能一句话就封闭冰月帝国的第二大城市。

冰雪女神祭祀淡淡地道："你们都是冰雪城中各方面的首脑，给你们三天时间，调查冰雪城的每一个角落，找出冰雪女神之石。如果持有者实力强大，你们只要逼迫他使用神石中的魔法力就行了，接下来的一切将由我亲自解决。"

先前说话的中年人有些为难地道："女神祭祀大人，您也知道，冰雪城很大，三天时间是不是有些太短了？"

冰雪女神祭祀的眼睛缓缓睁开，蓝光射出，照在中年人身上，他顿时打了个激灵，连退几步才站稳。

"诺亚侯爵，如果你觉得冰雪城城主的位置不适合你，我随时可以帮你调整。"

诺亚侯爵一听此话，顿时脸色大变，赶忙道："不，女神祭祀大人，我不是那个意思。您的吩咐我们怎么敢违抗呢？不过，目前没有线索，我也不能向您保证一定能查到。"

冰雪女神祭祀冷哼一声，道："昨天晚上，我在来此的路上清晰地感觉到冰雪女神之石的能量，它肯定就在冰雪城中。这件事如果做不好，我第一个就拿你是问。"

诺亚侯爵此时是一脸苦相，在这么一座大城中找一块石头，无疑是大海捞针，何况只有三天的时间。封城三天，对冰雪城必然有极大的影响，整座城市的运转都会出问题。但此时他也没别的办法，与冰雪女神祭祀讲道理是没有任何作用的，他只得无奈地点点头，道："我一定尽力而为。"

"女神祭祀大人，我有件事不知当不当讲。"一个卑微的声音从后面传来，说话的正是大成轩的二掌柜。

他与大掌柜一直都站在后面，此时突然开口，顿时引得前面几人转身看去，其中一名身穿金衣的男子沉声道："放肆！女神祭祀大人面前哪有你说话的份？"

二掌柜露出惶恐之色，赶忙道："是，老板。"

"无妨，如果与冰雪女神之石有关，就让他说吧。"冰雪女神祭祀的目光落在二掌柜身上，二掌柜只觉得全身一阵冰冷，仿佛赤裸裸地呈现在众人面前，没有任何秘密。

"是、是，女神祭祀大人，是这样的，昨天晚上，我的三弟也就是大成轩的三掌柜遭人杀害，杀他的人是一名魔法师。"

"死在什么魔法下？"冰雪女神祭祀的话很简练。

二掌柜愣了一下，道："我对魔法不太懂，好像是一个大火球。"

大成轩的老板怒道："你脑子有问题吗？女神祭祀大人不是刚刚说过，与冰雪女神之石有关的事才行。滚下去！不要浪费女神祭祀大人的时间。"

二掌柜急道："不，老板，您听我说完。三弟倒在火海之中，被烧得焦黑，但他的左胸并没有黑，反而结了一层寒霜，直到现在依旧存在。或许，或许……"

冰雪女神祭祀冷淡地道："把他抬上来给我看。"

"是，女神祭祀大人。"大成轩老板赶忙答应一声。

一会儿的工夫，廖三的尸体就被抬了上来，在爆炎的灼烧下，大部分身体早已成了焦炭状，一股恶臭迎面而来，使得在场众人不禁纷纷捂鼻。一层淡淡的白色光芒笼罩着冰雪女神祭祀的身体，也未看她作势，人就来到了尸体面前，如同春葱般的玉手从长袍中探出，向下虚按，精神力通过冰元素瞬间笼罩焦黑的身体。

其他人或许还没感觉到什么，但是，冰月帝国魔法师公会会长、风系魔导师龙智心中大为惊叹，身为神降师、冰月帝国国师的冰雪女神祭祀不需要吟唱咒语就可以轻易用出精神探察魔法，不愧为大陆第一魔法师。

冰雪女神祭祀缓缓抬头，目光落在一旁的二掌柜身上："说，把昨晚的详细情况说出来。"

二掌柜答应一声，诚惶诚恐地将昨天晚上的情况仔细地描述了一遍，一点也不敢遗漏。当他说到黑衣人自称魔杀使之时，在场众人的脸色不禁都变得难看起来。在仰光大陆上，最令人厌恶的行业不是小偷或强盗，而是杀手。尤其是不擅长近战的魔法师，对杀手更是厌恶。因为，就算是等级高的魔法师，在毫无防备的情况下遭遇杀手的偷袭也很难幸免，不过，他们倒还是第一次听说杀手是魔法师的存在，而且，这个魔法师显然并不一般。

— 第 14 章 —

威胁

听完二掌柜的叙述，冰雪女神祭祀缓缓点头："魔杀使吗？看来，当时应该不止一人在。算你聪明，能够从廖三的死状中看出一些端倪。在爆炎之前，他就已经被冰系魔法伤害，你们看，因为他的左胸被冰冻，虽然也有些焦黑，但还算完好。我通过精神力探察发现，他左胸的伤口很小，只有针孔大小，应该是类似于针形的攻击造成的，而且上面有冰雪女神之石的气息，显然，这个魔法是通过冰雪女神之石发出的。这个魔法师对魔法的控制力极强，能够将冰凝聚成针形，并穿过坚硬的骨头，至少也应该有魔导士的实力。你所见的那名火系魔法师显然只是个幌子。只有两名魔法杀手配合，才能造成当时的景象。龙智，立刻将本城中所有冰系魔导士聚集到这里来，谁身上有冰雪女神之石的气息，谁就是凶手。"

龙智犹豫了一下，道："女神祭祀，我想，我手下的魔法师应该不会当杀手，您也知道，魔法师在大陆上有着很高的地位，以廖三的身份，恐怕还用不着魔导士级别的魔法师出手。两名魔法师的杀手组合，这其中显然另有蹊跷，还望您能明察。"

冰雪女神祭祀对龙智显然还有几分好感，不像先前驳斥侯爵时那样不客气，她淡然道："你说的虽然有理，但所谓知人知面不知心，你把他们都带到这里来，经过我的检查，一切自然就清楚了。看来，那人拿到冰雪

170

女神之石的时间不短了。冰系魔导士的数量很有限，这潜藏在暗处的人并不简单。照我的话去做，争取在最短的时间内解决一切，同时，派遣你手下的其他魔法师分别坐镇冰雪城四个城门，你明白我的意思吗？"

龙智恭敬地点了点头，道："我现在就去。"

说完，龙智全身青光一闪，当众人回过神来，他已经消失了。

冰雪女神祭祀眼神透出一丝怪异，心中暗道，龙智不愧为大陆上最优秀的魔法天才，不过五十几岁的年纪，就将风系魔法修炼到了炉火纯青的地步。如果有自己的指点，说不定二十年之内，冰月帝国将再出现一位神降师，风系神降师。不过，自己需要那么做吗？冰神塔的尊严不容侵犯。

念冰在柴房中劈着柴，他刚刚回答完李叔的种种疑问，好不容易才搪塞过去。妙厨王明元不愧为清风斋的厨师长，给他的震撼不小，那精湛的技艺绝不是单凭练习就能掌握的。

不过，明元还是比自己想象中差了些，因为同样的金香圈自己也能做出来，只是速度比他慢一点而已。明元显然已经看出了什么，但雪静似乎并没有发现，这次她带自己向明元学习金香圈的技艺，恐怕是对自己脸上这一巴掌的补偿吧。

想到这里，念冰不禁苦笑着摸摸自己被纱布覆盖的脸颊，掌印正在逐渐消退，但真想消下去，恐怕还需要至少两天。这一掌可真是不轻啊！不过，雪静那健美的娇躯很有吸引力，她的皮肤……

念冰用力甩了甩头，暗骂自己，想这些乱七八糟的干什么，自己大仇未报，现在最重要的是提升实力，而不是把心思放在这方面。看来，风女那边暂时也不能去了，要是她看到自己脸上的掌印，不知道会怎么想呢。魔法师公会那边也是，过几天再说吧。他茫然不知，正是因为雪静这一巴掌，他安静地在柴房待了三天，才避过致命一劫。

三天过去了，念冰就像一个普通的仆人似的，每天劈柴，除此之外，就是回房静静修炼冰火同源魔法。修炼时，冰雪女神之石只是吸收天地间的冰元素，并不释放冰系魔法力，所以，就算冰雪女神祭祀能力再强，也不可能发现他的位置。

念冰一直等待着明元来找自己，但是，明元始终没有出现。就连每天吃饭时，念冰也不与厨师们一起用餐了。由于那天在雪静的帮助下他看到了明元制作金香圈的过程，其他厨师对他都有些疏远，除了李叔以外，厨房的人基本上没有谁会主动和他说话。念冰也乐得清净，自然不会主动与他们打招呼。

三天过去了，脸上的巴掌印终于消失，念冰上午就完成了自己的工作，跟李叔说了一声，就悄悄从清风斋后门溜了出去。

此时，冰雪城北门已经在数千名士兵的守卫下完全戒严，城主、魔法师公会会长以及其他举足轻重的大人物都暗暗松了口气。心中的瘟神终于要离开了，他们又怎么能不高兴呢？经过三天的严格搜查，并没有发现冰雪女神祭祀要找的人，魔法师公会中的两名冰系魔导士也通过了她的精神探察，为了冰雪城的正常运转，冰雪女神祭祀不得不暂时放弃一切。

"侯爵大人，这次还要多谢你们的帮助，那持有冰雪女神之石的人恐怕已经离开冰雪城了，我会继续追查，如果你们有什么发现，立刻上报冰神塔。龙智魔导师，请你协同调查，一旦有陌生的冰系魔导士出现，一定要查清来历，明白吗？"

侯爵和龙智双双答应，在他们的护送下，冰雪女神祭祀走出了冰雪城。宽大的白色袖子轻轻挥舞，天地间完全暗了下来，片片雪花飘飞，冰雪女神祭祀竟然踩在一片手掌大小的雪花上飘然而去，神乎其技，令人叹为观止。

看着冰雪女神祭祀离去，侯爵大大松了口气，和龙智对视一眼，不禁苦笑一声："老龙，中午我做东，我们到清风斋吃上一顿吧。那里口味清淡，我知道你喜欢。这几天可把我紧张坏了，唯恐对这位女神祭祀大人侍候不周啊！"

龙智微微一笑，道："应该我请侯爵大人才是。这几天我何尝不是如此，连修炼魔法的时间都减短了许多。我想，清风斋的竹青酒应该能给我们压压惊。我跟雪大哥说好了，这次，要让他拿出三十年陈酿竹青酒给我们品尝呢！雪大哥，你不会吝啬吧？"

说着，龙智看向身后不远处的一名白衣中年人。白衣中年人看上去只有四十岁左右，相貌甚是清逸，就像一名儒生似的。大成轩那身穿金衣的老板就在他身边，此时听侯爵和魔法师公会会长都选择了清风斋，他的脸色显得有些阴沉。

白衣中年人无奈地一笑，道："你们啊，就是不能饶了我，喝吧喝吧，反正喝完就没了。金浩老弟，要不要一起来品尝一下？"

大成轩老板淡然道："多谢雪极兄，不过，大成轩还有不少事等着我处理，廖三又是新丧，我就不去了吧，改天再登门谢罪。"

雪极微微一笑："那也不好勉强，侯爵大人、老龙，咱们走吧，这几天事情太多，连我们清风斋的生意也因为封城而受到了不少影响呢。"

在雪极的提醒下，侯爵拍了拍额头，恍然大悟道："看我这记性，来人，立刻传我命令，解除封城的禁制。走，今天我要多喝一点。这两天真是把我累坏了，老了，身体不行了。老雪啊，今天你可要让妙厨王亲自下厨，他做的青竹席最合我的口味。"

念冰七拐八绕地来到水货铁器铺门口，左手拿着一些青菜和肉食，在门上轻敲几下："凤女，你在吗？"

脚步声响起，门开了，凤女从门内探出头来，一看是念冰，不禁微微一笑，赶忙打开门，道："进来吧，大厨师，今天想起我啦？"

念冰苦笑道："我本来前些天就想过来，只是事情太多，没来得及，真是不好意思，今天我一定做一顿好的给你吃。"

凤女明眸轻眨，微笑道："我跟你开玩笑的，你还当真了，你有事就忙吧，我吃什么都无所谓。其实，我倒不想吃你做的东西，要是吃得多了，把嘴养刁了，等你走了，我该怎么办呢？"

说完最后一个字，她才意识到自己话中的不舍，不禁俏脸微红，赶忙转过身，带着念冰向里走去。

看着凤女那完美的背影，念冰暗暗点头，论容貌和身材，雪静和龙灵都要比凤女差了一些，尤其是凤女那高贵典雅的气质令人心生好感，再加上她的温柔，如此完美的女人，如果说念冰对她不动心，那绝对是在骗自己。只不过他现在只把凤女当成朋友看待，将一切心思都放在提高自己的厨艺和魔法上，在冰神塔的事情完成之前，他实在不愿意分心想其他的事。

来到院子中，念冰抬头看了看天色，微笑道："我先去厨房做饭了，一会儿就好。"

凤女回眸一笑，道："不用那么急，你先休息一会儿。哦，对了，今天可不要做那么麻烦的东西了。真是不好意思，你是客人，本应该我做给你吃的，可我实在太笨了，除了煮粥以外，其余的都不会。"

念冰看着凤女的笑靥，不禁有些痴了，喃喃地道："凤女，你真漂亮。啊！对不起，我先去做饭。"

说着，他拿着东西赶忙向厨房走去。

看着念冰走进厨房，凤女露出一丝怪异之色，眼中的温柔不见了，取而代之的是一丝冷峻。她似乎在思考什么，自言自语道："算了，得到离天剑对我来说已经足够，何必再贪图他的火焰神之石呢？看在他给我做饭的分上，就便宜他了吧，我想，长老们应该不会怪我的。这个叫念冰的人真奇怪，身上竟然有这么多宝贝，如果换了大姐来，恐怕他身上什么也剩不下。算了，管他呢，弄好正阳刀，也算还华天老头一个人情吧。"

说到这里，凤女眼中的寒光渐渐消失，目光再次投向厨房，流露出一丝迷茫。

念冰这次做饭的速度果然快了很多，上次他之所以选择复杂至极的鸽肉饭，就是因为材料太少，这一次他带来了新鲜的蔬菜和肉食，操作起来自然简单得多。两刻钟的工夫，整个水货铁器铺就已经被香气充满，标准的四菜一汤，仅从色、香两点来判断，就已经算极品了。念冰将菜肴放在院子的桌子上，擦了擦额头上的汗水，微笑着向房间喊道："凤女，吃饭了，快点来吧。"

"好香啊！终于不用喝粥了。"淡淡的清香扑面，凤女快速冲到桌子前，念冰只觉得眼前一花，筷子就落入了她手中。

凤女从旁边拉过一张凳子给念冰，但她的双眼始终没有离开桌子："哇，你这是在做饭吗？怎么你做的东西都像工艺品似的？我都不忍心吃了。"

嘴上虽然这么说，但她手中的筷子已经探了出去，伸向一盘呈现出红、黄两色的菜肴。

念冰莞尔一笑，道："一名厨师做出来的东西要是没人吃，那他就太失败了，我可不希望那样，你都吃了才好。知道你饭量大，今天我特意多做了些，这四大盘菜总会剩一些，你晚上只需要热一热就足够了，味道应

175

该不会改变太多。"

风女夹起一筷子金黄色的不知名物体送入口中，她清晰地感觉到，肉极为嫩滑，肉汁香气四溢，轻嚼两下，唇齿留香，咸鲜的口感不禁令她胃口大开。念冰将一碗米饭递了过去，微笑道："这个菜有点咸，适合就饭吃。"

风女看着念冰，赞叹道："太棒了，我都说嘴会被你弄刁，看来这即将成为现实。你怎么不吃啊？刚才我吃的这个是什么？好嫩的肉。难道是鱼？可是并没有鱼的腥味啊！"

念冰微笑道："我吃过饭才来的，我们那里中午要营业，所以早饭吃得晚些，我不饿，待会儿我回去正好能赶上下午饭的时间，就不在你这里吃了。你刚才吃的这个不是鱼，是一道很普通的菜肴，叫红金蛙。红色的是圆形的小辣椒，你刚才吃的是蛙肉，蛙肉很嫩，入口鲜甜，是肉中极品之一，只要把腥味去掉，谁做都会很好吃的。快吃吧，多吃一点。"

不用念冰说，风女也绝不会少吃，她一边不断夹东西往嘴里塞，一边口齿清晰地与念冰聊天，其技术之高，令念冰大为叹服。

"念冰，你刚才说你们那里，难道你在冰雪城还有认识的人吗？"风女一边吃着一边问道。

念冰摇了摇头，道："不，我是找了份工作而已。那地方你应该也知道，就是城中的清风斋，距离这里不远。"

"清风斋？那里的东西好贵啊！我都没去吃过呢，不过听说很不错，以你的技艺，到那里一定是最好的大厨吧。虽然我没去过清风斋，但我可以肯定，清风斋厨师做的东西绝对比不上你做的。"

念冰微微一笑，道："你猜错了，我在那里可不是做饭的。除了我师傅，你是第一个吃我做的菜的人。在清风斋里，我不过是个砍柴的。"

噗的一声，凤女将一口米饭全都喷了出来，并且大声咳嗽起来，吓了念冰一跳。念冰赶忙给她盛上一碗汤，一边拍着她的后背，一边将汤送入她口中，急切之下，他也顾不上此时两人的样子有多亲热了。

一碗热汤下肚，凤女才算缓了过来，她大口大口地喘着气，嗔道："你想呛死我啊？开玩笑也不是这么开的吧。"

念冰一边帮她拍着背，一边苦笑道："谁跟你开玩笑了，我在清风斋就是个劈柴的，你这心理承受能力也太差了，先顺顺气。"

凤女吃惊地看着念冰："你真的在那里劈柴？你没发烧吧？"

说着，凤女伸出纤细的小手，摸了摸念冰的额头，温热的小手带着一丝香气，柔滑的肌肤不禁令念冰心神一荡。

念冰抓住她的手，道："我没事，之所以选择在那里劈柴，是因为我不想暴露自己的厨艺。清风斋中的厨师长妙厨王明元技艺高超，我去那里，只是想看看他有什么特殊的技艺而已，又何必显露自己呢？要是他们知道了我真正的厨艺，我想离开恐怕就难了。"

凤女的声音突然降低了许多，她低着头道："你、你先放开我，这像什么样子。"

念冰心中一惊，这才发现，因为右手抓住凤女的手，自己的左手已经停止拍打她的后背，此时正搂在她的腰上，凤女完全被自己搂入怀中，如此亲密的动作顿时令他一呆，他慌忙放手，扶着凤女坐好。就算他再聪明，陷入这种尴尬的境地，一时间也不知道该说什么才好。他张口结舌，过了半天，才将筷子塞入凤女手中，咳嗽两声，看向院墙外的大树。

凤女吃饭的动作已经没有先前那么快了，虽然她依旧不停地吃着，但此时心情很复杂，内心出现了一丝异样。她明知道自己不该这样，却控制不住地经常偷看念冰几眼。这顿饭，她明显吃得没有上次的鸽肉饭多，只吃了不到一半，就停下筷子。念冰刚要帮她收拾，却被凤女阻止了，凤女瞥了他一眼，平淡地道："我来吧，你坐会儿，我一会儿就能弄好了。"

念冰站起身，心情同样复杂，他点了下头，道："凤女，那我先走了，过两天我再来看你。"

凤女有些失望地道："这么快就要走了吗？"

看着她那有些幽怨的眼神，念冰大呼吃不消，心道，再这样下去，恐怕自己真要陷进去了，还是赶快走为妙。

想到这里，他不再犹豫，颔首道："我回去还有好多事情要做，总不能白拿人家工资啊！正阳刀的事不急，你别累坏了身体，慢慢弄就是了。"

凤女点了点头，先将剩菜放入厨房，然后亲自送念冰到门口，微微一笑，道："你没什么事的时候就过来吧，谢谢你的午饭。"

念冰此时心神已经恢复了一些，微笑道："谢什么，应该是我谢你才对啊！回去吧，你一个姑娘家，关好门。再见。"

说完，他终于在尴尬中离开了水货铁器铺，沉浸在冰火同源魔法之中，这才稳住心神。

凤女看着念冰逐渐走远了，不禁扑哧一笑："这个傻小子，堂堂鬼厨传人竟然给人家劈柴，真亏他想得出来。不过，他倒真是傻得可爱呢。如果我把他带回去，不知道几位长老会怎么想，他的厨艺确实精湛啊！"

离开水货铁器铺，念冰没有直接回清风斋，三天的约定之期已过，不知道魔法师公会的人还会不会认可自己，但无论如何自己也要先走一趟再说，只要能够到他们的资料室里阅读一下，凭借自己的记忆力，看一次就足够了，以后自己再也不去那里就是了。最多一个月，自己就会离开冰雪城，到下一站去。由于对冰神塔的憎恨，他才不想为冰月帝国做什么，即使只是冰月帝国的魔法师公会，他也不想效力。幼年的打击，使念冰天性冷漠，一切以自我为中心，除了为报仇而提升自己的能力和追求厨艺的巅峰以外，他并不想做什么额外的事。

冰雪城终于解禁了，大街上明显热闹起来，这几天因为封城而不敢出门的老百姓，此时都在城中各个店铺采购自己需要的东西，尤其是经营民生用品的店铺，此时门庭若市。念冰看到街市上的热闹景象，心情也好了起来，辨清魔法师公会的方向，大步而去。虽然天气闷热，但由于携带着镶嵌有冰雪女神之石的晨露刀，念冰倒也没有感觉闷热，一路上走走看看，倒也逍遥自得。

冰雪城确实很大，念冰虽然走得很快，但也足足用了一个多时辰才来到魔法师公会门前。尖顶式的建筑使魔法师公会如此显眼，公会门口站着两名身穿魔法袍的守卫，两人大概十六岁的年纪，从魔法袍上那并不显眼的小标识来看，他们只不过是两名魔法学徒而已，最多也只有初级魔法师的实力。

念冰大步上前，走到魔法师公会门口，向守门的两名初级魔法师道："你们好，我找里锝魔导士。"

左边的初级魔法师看了念冰一眼，疑惑地道："你找里锝魔导士？有什么事吗？"

念冰道："是这样的，三天前我来公会接受魔法测试，当时太晚了，所以，里锝魔导士就让我第二天再来找他。可第二天冰雪城封城了，我就没来成。这不，今天冰雪城解封，我就立刻来了，实在不好意思，让里锝魔导士久等了。"

两名年轻的初级魔法师都露出惊讶之色，右边的人道："你、你就是那个比龙灵姐还年轻的大魔法师？"

念冰一愣，道："你们也知道我？那天里锝魔导士确实说过，我已经有了大魔法师的实力。"

左边的初级魔法师有些怪异地看了念冰一眼，道："这两天会长还让我们在城里找你呢，但怎么也找不到，你可终于来了，跟我进来吧。"

念冰心中一动，暗想，就算自己魔法实力不弱，也用不着公会会长亲自下令寻找自己吧，这其中恐怕有些蹊跷，一切还是小心点好。他跟随初级魔法师第二次进入魔法师公会，暗暗盘算着对于各种情况的应变之策。

初级魔法师将念冰带到公会内的一个房间中，给他倒了杯水，道："你先在这里等一下，我去通知里锝魔导士。"

这个房间很大，似乎是专门用来接待客人的，墙壁上有着与上次那个测试大厅相似的壁画，自己面前的桌子上也有六芒星的图案。

时间不长，脚步声再次响起，水系魔导士里锝从外面走了进来，他一进门，念冰顿时感觉到一股强大的压迫力罩向自己，扭头看去，只见里锝目光怪异，正站在那里看着自己。

"里锝魔导士，您好。"念冰赶快站起身，恭敬地向里锝行礼。

里锝淡然道："你好，我已经等你三天了，封城只是对外的，对城内并没有太强的封锁，应该不会影响你的行动吧？"

念冰不露声色地道："我刚来冰雪城不久，突然封城让我有些害怕，所以，我一直等到解封后才到这里，实在不好意思。"

里锝皱眉道："害怕？精神力强大的魔法师恐怕不容易出现这种负面情绪吧？"

念冰脸上浮现出淡淡的红色，道："我从小地方而来，从没见过这么大的阵仗，真是丢脸了。"

里锝一直看着念冰，精神力也始终笼罩在念冰身体周围，但他不论怎

180

么查看，都无法从念冰身上看出一丝破绽。

里锝淡然一笑，道："既然如此，那你跟我来吧，从现在开始，你就是冰月帝国魔法师公会的一员了。走吧，仪式早已准备好了。"

说完，他转身向外走去。

念冰赶忙跟上里锝，一边走着，一边暗自凝聚冰火同源魔法力，一旦发生什么，就算对方是魔导士，如果自己同时以两种极端魔法偷袭，必然也能让他忙乱一时，那样自己就有逃走的机会了。念冰心中暗暗觉得奇怪，里锝魔导士为什么要试探自己呢？难道自己与廖三对战的事情暴露了？廖三不过是大成轩的一名掌柜而已，也用不着他这堂堂魔导士出面吧？

念冰心中带着疑惑，跟随里锝走入了魔法师公会的正厅。整座大厅异常宽敞，比起当初那个测试大厅大了一倍不止，大厅中，有几人正站在那里交谈。

魔法师等级从低到高，胸口上的标志都不一样，初级魔法师胸口上只有一个所属魔法系的细小标志，如风系就是一团青色的小旋风，火系就是一团红色的火焰。因为不同属性的魔法师魔法袍的颜色也不同，所以，这种小标志是很难辨别的。

到了中级魔法师境界，原本的小标志周围就会多出一圈银色的镶边，而高级魔法师则会再多出一圈镶边，到了大魔法师境界，在象征身份的标志周围一共会出现三圈镶边。进入魔导士高级阶段后，标志就会增大一些，同时变成金色的，不论是哪一系的魔法师，标志都是金色的，这对大陆上五个帝国的魔法师来说是统一标准。而魔导师则几乎是魔法师中的极限，他们胸口处的标志会重新恢复原色，只不过衬底会多出一个六芒星，就像冰月帝国魔法师公会会长龙智那样。

在大厅中聊天的魔法师一共有五名，其中两名魔法师看上去年纪和里铎差不多，竟然都是魔导士，而其他三人都是大魔法师，他们显然都是魔法师公会中的精英。

眼看里铎带着念冰走进来，五人的目光不禁都落在他们身上，其中一名火系魔导士微笑道："里铎，这就是那天接受你测试的新人吗？从表面上还真看不出来啊！"

第 15 章

加入魔法师公会

看到这么多高等级的魔法师，念冰做的第一件事就是小心翼翼地将自己的冰火同源魔法力隐藏起来，尤其是火系魔法力的气息。面对这么多高级魔法师，他别说逃了，恐怕稍有异动，就会遭受无情的攻击。听到那名火系魔导士说话，他赶忙走上前，恭敬地道："念冰见过几位前辈。"

先前那名说话的火系魔导士显得很爽朗，哈哈一笑，道："千万别叫前辈，所谓学无先后，达者为尊，我像你这么大的时候，好像才成为中级魔法师不久呢，那时候已经算极快的了。欢迎你加入我们冰月帝国魔法师公会。"

此时，那三名大魔法师由于身份较低，已经退到一旁，在魔导士面前，大魔法师只有屈从的份。

另一名魔导士胸前的标志是金色冰花，很显然，他是一名冰系魔导士。他可不像火系魔导士那么好说话，冷哼一声，全身散发出阴冷的气息。

里锝走到两名魔导士身旁，转身向念冰道："公会规定，有新人员加入公会，至少要有一名魔导士境界的长老举行仪式，如果加入者只有中级魔法师以下的实力，则大魔法师也可为其举行仪式。你的实力已经达到了大魔法师境界，所以，今天我请了另外两位公会长老一起来为你举行仪式，可惜会长出去办事了，否则，由他来给你举行仪式更合适。请上前，站在六芒星中央。"

里锝指了一下地面。

念冰答应一声，走到三名魔导士中间，站在那金色的六芒星中央。

里锝脸上露出一丝淡淡的微笑，道："我，水系魔导士里锝，以冰月帝国魔法师公会长老的身份，特举行此仪式。伟大的元素之神，在您的见证下，念冰将成为本公会一名大魔法师，为公会的荣誉和光辉自豪，将为公会奉献其一生的力量。念冰，我问你，你愿意为公会付出一切吗？"

"我愿意。"念冰毫不犹豫地回答道。

这个"一切"指的是什么太空泛，但约束力极强，加入这魔法师公会，不是相当于进入了一个巨大的牢笼吗？念冰虽然嘴上答应着，但心中加了两个字，合起来就是"我愿意才怪"。

里锝微微一笑，向一旁的一名大魔法师点了下头。那名大魔法师的魔法袍很奇怪，是银色的。他上前一步，低声念了几句咒语，银光一闪，他手中出现了一件浅蓝色的魔法袍，那是象征着冰系魔法师身份的魔法袍。虽然冰系与水系同源，但冰系魔法袍的颜色比水系魔法袍要浅一些。

看到魔法袍，念冰心中暗道：这就是所谓的空间魔法吗？在魔法的世界中，以水、火、土、风四种元素魔法为基础，后又衍生出冰、雷等特殊魔法，而空间魔法、光明魔法和黑暗魔法都是非常少见的。少见的这几种魔法之中，平时在大陆上出现得最多的也只有空间魔法了。至于光明魔法和黑暗魔法，据说已经失传了。但小时候念冰听融天提过，其实那两种魔法并没有失传，不过只有一些体质特殊的人才能掌握。虽然从能量上来看，光明魔法与黑暗魔法并不比其他魔法强，但它们有其特殊性，魔法师应付起来要困难得多。空间系的大魔法师，以后如果有机会，自己要多向其请教请教。要是自己也会空间系魔法就好了，听说这种空间系魔法师能用一个特殊的空间魔法将自己的东西储存起来，取用非常方便，如果学会那种魔法，自己身上也不用背那么多东西了，甚至可以多买些调料带在身上备用。

里锝当然不可能知道现在念冰正想着用空间魔法装调料，他从那名空间系魔法师手中接过魔法袍，走到念冰面前，道："元素之神会祝福你的，孩子，穿上这件魔法袍，你就将成为本公会中的一分子，我们都是你的亲人和朋友。"

念冰看着里锝诚挚的目光，心中不禁有些困惑，不过他并没有困惑太久，接过里锝手中的魔法袍套在自己身上，大小正合适，显然是按照他的身材专门定做的。浅蓝色的魔法袍手感非常好，很明显是用特殊的材料制作而成的，整件魔法袍上都散发着淡淡的魔法气息，对自己吸收冰元素还是有一定好处的。魔法袍内衣襟有一个用银色丝线绣成的月亮符号，月亮的衬底是一朵白色的冰花，这是冰月帝国的标志。

看着胸口上那冰花周围的三圈银线，念冰心中暗暗呼唤着：爸爸、妈妈，你们看到了吗？你们的儿子现在也已经是一名大魔法师了，双系大魔法师啊！你们等着，不用太长时间，我一定会再去冰神塔。

里锝看着念冰穿好冰系大魔法师的魔法袍，不禁心中暗赞，本就英俊的念冰，此时在华贵的魔法袍的衬托下，显得更加俊朗了，星目明眸，给人好感。

里锝微微一笑，道："果然是人要衣装，穿上魔法袍，你就是一名真正的冰月帝国魔法师了。"

念冰恭敬地向三名魔导士行礼："多谢各位魔导士的帮助。"

里锝再次向那名空间系魔法师点了点头，银光一闪，这次出现的是一根精巧的魔法杖和一枚银色的徽章。徽章上同样有着冰月帝国的符号，在那银色的冰花中央，镶嵌着一颗透明宝石，散发着微弱的魔法波动。那根魔法杖只有尺余长，杖身呈蓝色，杖首处是一颗乳白色的宝石，散发着淡淡的霜雾之气，它虽然远比不上冰雪女神之石，但也是一块不可多得的上品宝石了。

里锝先将那枚六边形徽章递给念冰："这是我们冰月帝国魔法师的象征，你现在是大魔法师，相当于部队中的千夫长，凭借此徽章，在冰月帝国，除开九大城市，你最多可以在任一军营中调遣一千人为你作战。同时，凭借这枚徽章，你也可以在本公会任何一个分会中领取薪酬。薪酬根据等级不同而不同，以你现在的级别，你每个月可以领取二十枚紫金币。徽章上有本公会留下的特殊痕迹，是无法造假的，你一定要保管好，如果丢失，立刻向总会报失，我们会根据徽章上的记号而解除此枚徽章的效用。"

二十枚紫金币，就是两百枚金币啊！再加上徽章所带来的权利，这绝对是至宝啊！看来，公会的魔法师承担终身义务的同时，也有着终身的权利。怪不得父亲曾经说，加入魔法师公会是普通魔法师梦寐以求的事。有了这东西，以后自己在大陆上游历就方便多了。念冰谢过里锝后，小心地将徽章揣入怀中。

此时，里锝拿过那根魔法杖，微笑道："这根魔法杖名叫冰凌，本来，以你的修为，公会不应该送你如此珍贵的魔法杖，但我与会长商量过了，鉴于你是最年轻的大魔法师，有着无限前途，我们就提前将这根本应该奖励魔导士级别的冰系魔法师的魔法杖送给你。有了它，你在吟唱咒语时节奏将加快三分之一，同时，在凝聚魔法力的时候，冰元素也会更听你的指挥。你要把它收好，这已经是金器级别的魔法物品了。"

"金器？里锝魔导士，金器是什么意思？"念冰问出心中的疑惑，他并不知道魔法物品的级别是如何划分的。

　　里锝微微一笑，道："看来，虽然你接触魔法的时间不短，但对魔法并不是真正了解。在所有魔法物品中，金器已经是相当高的等级了。魔法物品分为神器、次神器、暗金器、金器、银器、青铜器六个档次，虽然金器排在第四，但要知道，单是一根金器魔法杖，在市面上的价值也超过了一千紫金币。而暗金器的魔法物品已经极为稀有，更高等的次神器和神器非常难得到，就连会长也只有一根次神器级别的魔法杖而已。至于真正的神器，据说只有冰神塔的冰雪女神祭祀手上有一件，但具体是什么就不知道了，好像不是魔法杖。"

　　念冰看着手中的冰凌杖，心中微动，如果这样来算，那自己将晨露刀当魔法杖用时，它算是什么级别的呢？恐怕至少也是暗金器级的宝贝吧。毕竟，冰雪女神之石明显要比这魔法杖上的冰凌石强多了。

　　"多谢会长和各位魔导士的栽培，我一定会努力修炼，争取早日成为更强大的魔法师。"念冰说着万金油式的话，心却已经飞到魔法师公会的图书馆去了，现在他已经得到了这些，下一步只需要牢记自己所需要的冰系魔法咒语就足够了。

　　里锝微微一笑，道："该给你的都给你了，仪式也已经完成，现在，我要跟你说说本公会的一些规定，以免你今后行差踏错。最主要的几条，你一定要牢记。首先，作为冰月帝国魔法师公会的一名魔法师，不论什么时候，你都必须无条件服从公会的调遣。一旦公会出现危机，你就将成为魔法师军团中的一员，至于具体职位，要按照你当时的魔法等级而定。这一点，你必须遵守，否则，公会不但会将你的魔法师等级取消，还会对你进行严厉的处罚。"

念冰点了点头，既然得到了那么多权利，自然应当承担义务。

里锝继续道："其次，当冰月帝国遇到危机时，魔法师公会有义务帮助冰月帝国对抗外敌，在这种情况下，你也必须无条件地接受征调，加入帝国魔法师军团。当然，在这种情况下，帝国会另外付酬劳，数字极为可观，如果你立了功，还会另有奖赏。"

念冰听完这句话，心中大感疑惑：既然是冰月帝国的魔法师公会，不应该以帝国的权益为重吗？为什么规定中的第一条反倒是要无条件听从魔法师公会的调遣？这着实有些怪异，难道魔法师公会在自己的利益受到侵害时还能与帝国作对不成？

里锝继续道："最后，如果公会需要你担任什么职务，你也必须遵行，听从公会的调遣。当然，以你现在的情况，公会不可能给你安排什么职务，你现在最重要的就是努力提升自己的魔法修为，争取早日达到魔导士境界。一旦成为魔导士，你将在公会中拥有很高的话语权，并被授予公会长老的荣誉。"

念冰收敛心神，点了点头，道："我一定会遵守公会的规定。还有其他规定吗？"

里锝淡然道："这三条是最重要的，至于其他一些小条款就无所谓了。等你到了魔导士境界后，公会自然会给你更多权利，当然，也会让你了解公会中的更多事务。现在，整个大陆上，五大帝国都有自己的魔法师公会，而我们冰月帝国由于有冰神塔，一直被认为是五大帝国中魔法实力最强的。其实，我们魔法师公会与帝国的象征冰神塔并无统属关系。冰神塔中虽然有数百名冰系魔法师，但是他们只听从冰雪女神祭祀的调遣。如果不算上他们，在五大帝国中，反倒是我们冰月帝国魔法师公会实力最弱。公会中一共有魔导师一名，魔导士级别的长老八名，大魔法师算上你一共有三十九名，其余低级魔法师加起来也不过一千多名而已，整体实力比冰神塔弱了许多。而其他四大帝国都至少有两名魔导师，尤其是华融帝国，有三名火系魔导师。据说，其中年纪最大的一名火系魔导师，就是华融帝国的融亲王，其实力已经接近神降师了。所以，为了使我们冰月帝国魔法师公会不至于沦落，你必须更努力地修炼。实力强大，对公会乃至整个帝国都是有利的，你明白吗？"

当念冰听到"融亲王"三个字时，脸上的肌肉不禁抽搐了一下，他怎么会不知道华融帝国的魔法师公会十分强大呢？那里是他的家乡啊！当初，如果不是融亲王派遣大量魔法师追杀，他和父亲也不至于在大陆上像丧家之犬一般奔逃了，引得父亲最后痛下决心，去冰神塔营救母亲，最终却连父亲也深陷其中。华融帝国、融亲王，是念冰心中最深的痛。

"念冰，你在想什么？你没事吧？"里锝有些不满地呼唤着。

念冰回过神来，赶忙道："啊！对不起，我是在想，如果有一天我们冰月帝国魔法师公会能达到华融帝国魔法师公会那种程度，恐怕公会在冰月帝国的地位一定不会比冰神塔低吧。"

里锝叹息一声，道："这只是一个愿望而已，真的要实现又谈何容易呢？培养一名优秀的魔法师需要大量时间，而真正的天才又少得可怜，现在，愿意修炼魔法的人越来越少了，武技相比于魔法更容易上手，除了在大规模杀伤性和远距离攻击上逊色一些，武技确实没有什么比魔法弱的地方。我真怀疑，几百年后，魔法这种古老的修炼方法是否还会存在。"

一旁的冰系魔导士眉头微皱，沉声道："里锝，你的话太多了，仪式既然已经结束，就这样吧。"

里锝这才醒悟过来，赶忙道："哦，对，我真是老糊涂了。念冰，仪式到这里就完全结束了，两位，你们可以去冥想了。念冰，我听师九和灵儿说，你希望多学习一些冰系魔法咒语，你跟我来吧，我带你到总公会的图书馆，那里有你需要的东西。"

一听这话，念冰不禁心中大喜，他最想要的就是这些啊！他赶忙答应一声，跟着里锝离开了这举行仪式的大厅。

当他经过刚刚那名冰系魔导士身边的时候，耳边突然响起一个微弱的声音："小子，等一切结束后，你到我的房间来找我，我的房间在公会宿舍最西边。记住，一定要来，明白吗？"

念冰心中一动，这时候他当然不能回答，只是默默在里锝背后点了点头，就跟着走了出去。自己明明是第一次见到这位冰系魔导士，对方为什么要单独见自己？难道有什么目的？算了，现在自己也是冰月帝国魔法师公会中的一员，相信对方不敢乱来，先到图书馆中学些对自己有用的东西再说。

在里锝的带领下，念冰绕过大厅所在的高大建筑，向魔法师公会后面走去。这里确实很大，后面别有洞天，一座接一座的高大建筑紧密相连，虽然看上去很宏伟，但不知为什么，给人一种压抑的感觉。

里锝一边走着，一边对念冰道："待会儿我会给你安排一间宿舍，你可以在这里住下。这是大魔法师及以上级别的魔法师才有的权利。"

念冰心头一沉，道："里锝魔导士，那我还可以去外面吗？"

里锝微微一笑，道："当然可以了。在公会中，除非有特殊命令，否则没有人会限制你的自由，你完全可以自由出入，也可以去外面游历。公会给你安排的房间，你什么时候回来都可以住。不过，我建议你多加修炼，早日将自己的魔法力提升上去。我现在很期待，想看看你什么时候能够突破到魔导士的境界。来吧，图书馆已经到了。"

里锝带领念冰走入了旁边一座看上去并不起眼的小楼。

小楼内打扫得很干净，从外面看似乎有四层，只是每层都不高，所以看起来并不起眼。

里铎微微一笑，道："就是这里了。这座图书馆一共有四层，里面的很多资料在大陆上都已经是孤本，所以，魔法师可以在这里阅读，但绝对不能带走任何资料，尤其是三层和四层的。哦，对了，你还进不了第四层。

"我给你介绍一下，按照魔法师的等级，图书馆每一层所存的资料也不同，像第一层，就比较适合初级魔法师和中级魔法师阅读；而第二层，则适合高级魔法师和大魔法师阅读；第三层就只有魔导士才能进入了。至于最高的一层，那里虽然最小，但有许多记载着失传的高级魔法的资料，只有魔导师才有可能入内阅读，同时还需要经过会长的同意。

"会长虽然没见过你，但对你的印象非常深刻，他特意叮嘱我，鉴于你的魔控力已经接近魔导士境界，特准你进入第三层阅读魔法书籍，那样你就可以学习更多东西，就算你以后外出历练，也不会因为缺乏咒语而影响实力了。好了，你自己在这里看吧。过一会儿会长可能就回来了，他应该会找你谈谈。如果你在阅读中有什么不明白的地方，也可以向我或先前那位冰系魔导士请教，他的魔法造诣比我还要深一些，他是公会中的第四长老。"

念冰看着两旁的一排排书架，心中不禁生出一阵冲动，对于一名魔法师来说，这绝对是一座宝库，这里的书籍当然不止是魔法咒语那么简单，单是以往那些魔法师留下的笔记就足够珍贵了。

"里铎老师，真是太谢谢您了！我可以这么称呼您吗？"

里铎微微一笑，道："当然可以。看着你们年轻人逐渐成长，我真是觉得自己越来越老了，现在，我只希望在我离开这个世界之前，能够看到咱们冰月帝国魔法师公会变得更加强大，而这一切，都要寄托在你们年轻人的身上。有机会，你可以和灵儿多多交流，她与你一样，也是一名冰系大魔法师。虽然在魔法力和控制力上她还比你差一些，但那丫头非常聪明，对魔法有独到的见解，如果你们能经常交流，对双方来说都是好事。"

念冰点了点头，道："我知道了。谢谢您，里锷老师。"

里锷轻叹一声，道："这几天封城的事你也知道，但你恐怕不知道原因。我看得出，你是一个老实的好孩子，会长回来后会对你盘问一番，你只需要据实回答就行了。"

念冰心中一动，道："里锷老师，到底出了什么事？我确实觉得很奇怪，好好的竟然封城了，这应该对冰雪城没什么好处吧。单是那些远道而来的客商无法进城，就是大问题。"

里锷轻叹一声，道："那也是没办法的事情，谁让人家权力大呢？"

念冰追问道："到底发生了什么事，您能不能告诉我？"

里锷看了念冰一眼，道："好吧，本来这也不是什么天大的秘密。几天前，之所以封城，是因为冰雪城中来了一位大人物，她是为了追查一件物品的下落而来的，据说那件物品非常珍贵，是一件魔法物品，魔法力恐怕接近神器级别了。我听会长说，它好像叫什么冰雪女神之石。"

即使念冰心志再稳定，骤然听到"冰雪女神之石"六个字，还是不禁大吃一惊，脸色大变。幸好此时他在里锷背后，里锷并没有看到他的表情。

念冰心跳明显加快，试探着问道："冰雪女神之石？这么说，来的人应该是冰神塔的吧。那是什么宝石，也一定是冰神塔中的东西吧？"

里锷转过身，看向念冰，此时念冰已经恢复过来，除了装出的惊讶之外，里锝从他脸上什么也看不出。

"是的，就是冰神塔中的东西，之所以说它珍贵，正是因为这次来的，就是我们冰月帝国的象征，国师冰雪女神祭祀大人。"

念冰心头狂震，他在十岁那年见过冰雪女神祭祀一回，他记得很清楚，以父亲火系魔导士的实力，在冰雪女神祭祀面前就像个孩子似的，没有丝毫反抗的能力。如果不是当时母亲拼死相救，恐怕在冰雪女神祭祀的第一次攻击中，父亲就已经死去。

此时又听到这个令自己深恶痛绝的名字，念冰的心在颤抖，他终于明白，冰雪城戒严竟然是因自己而起。可是，冰雪女神祭祀又是如何发现冰雪女神之石就在冰雪城的呢？难道是自己在使用晨露刀时释放出了冰雪女神之石的气息，将她引了过来？是的，一定是这样的。

念冰想通了这些，后背已经被汗水浸湿，如果在封城的三天中，自己一不小心使用了一次晨露刀，恐怕此时已经落在冰雪女神祭祀的手中了吧。看来，自己还是要低调啊！在魔法大成之前，一定不能让那个女人发现自己。

里锝看着陷入思索中的念冰，微微一笑，道："一切都过去了，你也用不着多想。我想，以冰雪女神祭祀大人的实力，只要那件东西还在，她想拿回去并不是什么困难的事。好了，你好好在这里看书，等待会长吧，我先回去了。念冰，你要记住，作为一名魔法师，只有时刻处于冥想之中，才能更好地提升实力。图书馆前三层的禁制我都已经开启，千万不要试图进入第四层，否则，那里的魔法陷阱可以轻易要了你的命。"

里锝走了，偌大的图书馆中只剩下念冰一人。念冰并没有急于去寻找自己需要的东西，而是站在原地，不断沉思，试图厘清脑中的思绪。冰雪女神祭祀的出现令他心中大乱，他现在只想立刻离开冰雪城。既然冰雪女神祭祀已经注意到了这里，说不定她什么时候就会再次光临，到了那时候，自己还会这么好运吗？

念冰并不怕冰雪女神祭祀，即使正面拼斗，他也敢对冰雪女神祭祀出招，但是，他是一个理智的人，他知道，如果自己那样做了，只会白白牺牲而已，所以，他告诉自己，必须保持冷静。只有保持冷静，自己才能实现心中的梦想。看来，离开这里是自己最好的选择，但是，现在正阳刀的镶嵌还没有完成，自己还不能走，还有一个月，希望在这一个月中不要发生什么才好。

此时此刻，念冰小心地将晨露刀插入怀中，他决定了，在离开冰雪城之前，不再使用这把刀。

念冰想通这一切后，心情好了许多，既然冰雪城已经解封，就证明冰雪女神祭祀已经离开了，只要自己小心一些，这一个月不难应付。想到这里，他脸上露出一丝冷厉的笑容，开始在第一层寻找自己需要的东西。

念冰开始学习魔法时，已经与父亲在大陆上流浪了，虽然父亲知识渊博，但念冰那时年纪还小，除了一些重要的东西，他能记住的实在有限。他知道，自己现在最需要的就是理论知识，只有打好基础，才能更好地学习，更快强大起来。所以，他并没有急于登上第三层，而是从第一层开始看起，他首先拿起了一本《魔法理论详解》。

第 16 章
男友冒充计划

　　在阅读的过程中，时间总是过得很快，图书馆中有很多玻璃，外面的光线透了进来，念冰就靠在书架旁，不断阅读自己感兴趣的东西。虽然第一层中都是最粗浅的魔法书，但是，他就像发现了宝藏一般，以前一些自己无法理解的东西，在书中逐一得到了解答。查极在刚开始传授他厨艺的时候就教导过他，不论学习什么东西，基础都是最重要的。这个道理，在后来学习厨艺的过程中，念冰有了很深刻的理解。

　　天渐渐暗了下来，图书馆中的魔法灯自动点亮，它们的能源是一块块最低级的魔法石。念冰并没有离开的意思，借助明亮的光源，他开始阅读今天的第四本书。

　　正在这时，图书馆的门突然响了。念冰虽然在阅读，但警惕性很高，他下意识地抬头看向大门处，出现在那里的并不是魔法师公会会长，而是他认识的人——冰系大魔法师龙灵。龙灵是魔法师公会会长唯一的女儿。

　　"是你？"念冰有些惊讶地看着龙灵，微微一笑，向她打了个招呼。

　　龙灵同样惊讶地看着他，道："你怎么会在这里？以你的魔法修为，你不需要看第一层的书了吧。"

　　说着，龙灵关上了门，她同样穿着一件浅蓝色的冰系魔法袍，温柔地看着念冰，眼眸中流露出一丝笑意。

念冰虽然将目光转向她，但由于先前一直在看书，此时眼中依然流露着专注的眼神，配上他本就英俊的面容，顿时令龙灵心中生出一丝异样。

念冰站起身，晃了晃手中的《冰系魔法基础理论》，微笑道："没办法啊！我原本魔法底子就薄，多学学基础有好处，咒语倒不急。"

龙灵走到念冰身旁，身上散发的淡淡清香不禁令念冰精神振奋。龙灵也不矮，只是比雪静稍微矮一点而已，她仰头看着念冰，道："你还真是好学，听里锝伯伯说，你从中午来了以后就没离开过，现在都已经是吃晚饭的时间了，走吧，跟我一起去吃晚饭，明天再看就是了。这里书这么多，也不是一天两天就能看完的。你还有的是时间，难道你不饿吗？"

说起来，念冰还真有点饿了，上午吃饭后到现在他还一直没吃过东西。他小心地将书放回原位，道："那我们走吧，龙灵小姐，会长回来了吗？"

龙灵瞥了他一眼，道："你怎么老是那么客气？现在你已经加入公会，以后我们就是一家人了，叫我灵儿吧，小姐小姐的，听着好别扭。有机会我还要多向你请教请教魔法的控制方法呢，我觉得自己修炼已经够努力了，但在控制力上还是差你很远啊！"

念冰对龙灵很有好感，不论什么时候，她说话都是轻言细语的，听起来很舒服。

"好吧，灵儿，那你带路吧，这里真的很大。"

两人出了图书馆，龙灵带着念冰向北侧走去，她一边走着，一边向念冰道："爸爸早就回来了，只不过中午和侯爵大人还有雪伯伯喝多了酒，回来后倒头就睡，睡了好久才醒过来，听说你已经来了，才让我来叫你。酒这东西真是误事，念冰，你会喝酒吗？"

酒？听到这个字，念冰心中突然生出一丝熟悉的感觉，他当然会喝酒，甚至会酿酒，作为一名厨师，只要是与吃喝有关的，鬼厨都教导过他。

"会喝一点吧，不过，我平时很少喝酒。"

在桃花林时，都是他陪着查极喝。查极的酒量很好，所以，他在查极的影响下，酒量也练得不错。不过，为了让他保持好的味觉，一般一两个月查极才让他喝一回，因此念冰并没有什么酒瘾。

龙灵笑道："还是少喝一点为好。酒并不是什么好东西，喝多了容易出事。"

和龙灵在一起，念冰感觉很轻松，两人闲聊了几句，就来到距离图书馆不远的一座尖顶建筑处。龙灵带着念冰直接来到了二楼："我们一般都在这里吃饭，除了我以外，爸爸只有一个弟子，就是你上回见过的师九师兄。其他魔法师大都在自己的房间中用餐。先吃饭，吃完饭我带你去休息的地方，以后你留宿或外出，也都方便了。"

两人进入二楼左侧的一个房间中，一进门，念冰就看到了师九。师九看着念冰，眉头微皱。在师九的上首方坐着一人，身穿青色魔法袍，看上去四五十岁的样子，从他魔法袍胸口处的标记可以轻易认出，此人就是冰月帝国魔法师公会中唯一的魔导师，也是公会会长。

念冰看着龙智，龙智也在打量他。看着念冰英俊的面容，感受着其沉稳的气息，龙智不禁暗暗点头。他擅识人，仅从表面上，就看出念冰比自己那个徒弟要强得多，念冰虽然年纪比自己女儿还要小，但气息这么沉稳，再加上这小子是最年轻的大魔法师，龙智不禁心生好感。

念冰走到桌前，恭敬地向龙智行礼道："念冰见过会长。"

龙智指了指自己身边的座位，道："请坐吧，欢迎你加入公会。"

他的语气很平淡，却给念冰带来一丝无形的压力。此时，念冰已经完全从学习中收回心神，虽然表面谦恭，但心中时刻警惕，念冰走到龙智旁边坐了下来，尽量保持平静。

龙灵并没有走到师九旁边坐下，反而坐到念冰身旁，微笑道："爸爸，我饿了，咱们吃吧。"

圆桌上早已摆满饭菜，香气四溢。

龙智微笑道："人都到齐了，来吧，念冰，你要多吃一些，以后没事的时候大可和我们一起吃饭。"

说着，他率先拿起了筷子。

师九瞥了念冰一眼，眼中闪过一丝阴毒，虽然只是一闪即逝，但还是被时刻警惕的念冰发现了。他心中一动，下意识地看了一眼身旁的龙灵，聪明如他，又怎么会不明白师九的意思呢？

龙智吃得不多，他的气息始终锁定在念冰身上，见念冰看了女儿一眼，他不禁微笑道："念冰，你和灵儿同是冰系魔法师，以后有机会多切磋切磋，也好共同进步。你是哪里人，修炼魔法有多久了？"

念冰心中暗道：来了。于是他赶忙放下手中的筷子，恭敬地道："我是华融帝国人，从小就跟随父母离开了那里，修炼魔法大概有十年了，不过一直没有得到名师指点，都是自己摸索着修炼的，让您见笑了。"

龙智淡然一笑，道："如果你只是凭摸索就能达到这样的水平，那我们这些老家伙也确实该退休了。里锝魔导士平时很少夸人，可他对你赞许有加。既然你已经加入公会，就不用那么拘束，今后都是一家人，有什么问题，你可以向公会的任何一位长老请教，或者直接找我。"

念冰看着龙智，心念电转，对方不愧是魔法师公会的会长，锋芒完全收敛，师九和他比起来，简直就是一只小虫子。

"多谢会长，今天我在图书馆待了一下午，那里真是魔法的海洋。我想，单是那里的知识，就够我学习很长时间了。有不懂的地方，我一定向您请教。"

龙智指了指桌上的菜，道："别光顾着说话，多吃点东西。"

念冰心中保持着警惕，根本吃不出菜肴的味道。龙智只是平淡地问一些不起眼的问题，但念冰很清楚，只要自己稍微答错一点，立刻就会有大麻烦。师九和龙灵不时将目光投在他身上，龙灵的目光中多是好奇，而师九的目光却满含嫉妒与怨恨。

"念冰，这几天封城你都在哪里？"龙智问出了关键性问题。

念冰心中暗道：你明明已经从里锝那里得到了消息，却还来问我，显然是对我不信任。

"这几天一直封城，您也知道，我是从小地方来的，没见过什么世面，又不知道发生了什么事，我有一位朋友就住在城中，她开了一家铁器铺，我就在那里住了几天。"

"铁器铺？是哪一家呢？城中好的兵器店我大都知道。"龙智丝毫不让地追问着，语气虽然平淡，但锋芒已露。

念冰微笑道："她那里您肯定不知道，是一家很小的铁器铺，叫水货铁器铺，平时客人都很少。他们那儿行业竞争也很激烈，不好生活。"

"水货铁器铺？"听了这个名字，龙灵不禁扑哧一声笑了出来，"起这个名字，生意又怎么能好？你真应该劝你朋友改一改。"

念冰附和道："是啊！我跟她说过，不过她固执得很，说什么也不肯改，我也没办法。我跟她不是太熟，也不好说得太多。"

龙智放下筷子，微笑道："好了，你们吃吧，今天中午我实在喝多了，再加上这几天封城弄得有些疲倦，就先去休息了。灵儿、师九，你们照顾好念冰，宿舍已经给他安排好了，你们带他去就是。念冰，公会不会约束你的自由，但我希望你多留些日子，抓紧修炼。"

念冰赶忙点头答应，站起身，目送龙智离开。他知道，自己暂时过关了，但龙智肯定会派人查看水货铁器铺，以凤女的聪明才智，她应该不会露出破绽。想到这里，他心中也放松了一些，终于有心情吃饭了。桌上的菜肴味道很一般，不过，对于饿了的他来说，也将就了。

师九终于第一次开口了："念冰，你今后有什么打算？是留在公会中修炼，还是外出历练呢？"

"历练"二字，他说得很重。

念冰将菜送入口中，含糊地道："我还没想好呢，不过，我肯定要在图书馆中多留些日子，以后的事情再说吧。"

师九有些嫌恶地道："真没素质，难道你不知道吃着东西和人说话是一种不礼貌的行为吗？"

念冰知道他是故意打击自己，也不在意，将口中食物咽下，道："真不好意思，我是从小地方来的，一点都不明白这些礼节，以后还要请师九大哥多多教导。"

他脸上摆出一副诚惶诚恐的样子，心中却在暗暗冷笑，对付师九这样的小人，简直太容易了。

龙灵道："师兄，你就别怪念冰了，以后我们多教教他就是了。念冰，你多吃一点，一看就知道你平时的日子过得很苦。"

在怪异的气氛中，一餐饭终于结束了。师九不时对念冰冷嘲热讽，龙灵却不断帮他说话，使得师九炉火更盛，而念冰则像没事人似的，大吃特吃，毫不客气地填饱自己的肚子。

"师九大哥、灵儿，我吃好了，你们看……"念冰用无辜的眼神看着师九。

龙灵站起身，道："走，我带你过去吧。现在公会的伙食越来越差了，念冰，改天我带你到清风斋去吃，那里的东西才美味呢。"

师九也站了起来，有些迷醉地看了龙灵一眼，道："师妹，你回去休息吧，我送念冰过去。"

龙灵也没有坚持，微微一笑，道："师兄，那就麻烦你了。念冰刚来，有什么不懂的地方你多教教他。"

师九深深地看了念冰一眼，向龙灵微笑道："放心吧师妹，我会的。念冰，咱们走吧。"

念冰向龙灵告别，跟着师九走出了餐厅，一路上，师九一言不发，带着念冰向魔法师宿舍走去。作为宿舍的这座尖顶建筑并不大，走入楼道中，念冰仔细观察了一下，这里大约有五十个房间，正如里锝魔导士所说，住在宿舍里，是大魔法师及以上级别的魔法师才有的权利。

师九带着念冰一直走到楼道中央的位置，从怀中掏出一把银色的钥匙将门打开，转身看了念冰一眼，道："就是这里了。"

念冰走进房间，四下打量，这里分里外两个房间，外面的房间大约有二十平方米，一张三人沙发和两张单人沙发并排放着，房间显得很清爽，地面是木板的，走起来会发出轻微的声响，外屋进门处有一个六七平方米的洗手间，洗漱用品一应俱全。而里间则相对小一些，有十几平方米大，一张宽阔的大床看上去就很舒服，房间中的魔法灯散发着柔和的黄色光芒，这确实是一个适合居住的舒适之所。

师九反手将门关上，走到沙发处坐了下来："这里二十四小时都有热水，你随时可以洗漱。吃饭可以去外面的餐厅，不是刚才那个，外面一进门右边有一个大餐厅，那里是公用的食堂。当然，你也可以叫下人们将食物送到房间中吃。有什么需要，直接按墙上的魔法按钮就可以了。"

说着，他指了指一旁墙壁上一个红色的按钮。

念冰心中暗道：不愧是魔法师公会，所有设备都是以魔法为基础制造的，自己这个大魔法师的待遇还真是不错。

师九指了指一旁的沙发，向念冰道："坐吧，我有几句话要对你说。"

念冰当然知道他要说什么，脸上却露出茫然之色，走到师九旁边的沙发处坐了下来。

师九也不看他，平淡地道："念冰，加入公会之后，你虽然身份不一样了，但毕竟只是个新人，最好把所有精力都放在魔法的修炼上，不要多想其他什么，尤其是不要接近不应该接近的人。我在这里生活了二十年，对于一切比你熟悉得多，这个忠告你最好听进去，以免今后出问题。"

念冰心中暗笑，嘴上却道："师九大哥，你这是什么意思？我不太明白。对了，我还没多谢你将我引入公会呢，如果不是你和灵儿小姐的帮助，恐怕我也无法这么容易地加入公会。"

师九靠在沙发背上，大言不惭地道："你知道就好。在公会中，我虽然不是魔导士，但地位与魔导士相近。至于灵儿，师傅对她的期望很高，她大多数精力都会放在修炼上，以后没事的话，你少去找她，明白吗？我和灵儿青梅竹马，今后，她必然会是我的妻子，我不希望别的男人接近她。"

见念冰有些愚钝，师九终于忍不住实话实说了。

念冰恍然大悟道："原来是这样，也只有师九大哥这样的人才方能配得上灵儿小姐。小弟在这里先恭喜你们了。"

师九眼中流露出一丝喜色，先前的不快在念冰这句话中顿时烟消云散："你也这么认为？"

念冰由衷地道："当然了，我第一次见到师九大哥和灵儿小姐的时候，就明白你们是天造地设的一对。大哥，你放心吧，我只是将灵儿小姐当作普通朋友看待，以我这么卑微的出身，我根本不可能有什么想法。"

师九听念冰如此澄清，顿时心中大喜，微微一笑，道："兄弟，你既然已经加入公会，这身份一事就不要再提了。以你的人品、长相，你今后一定能找到一个不错的伴侣。"

对于念冰识相的回答，他不能更满意了，对念冰的称呼立刻从名字改成了"兄弟"，心情大好。

念冰微笑道："以后小弟在公会中还要多靠大哥帮助，您一定要多指点小弟，以后大哥有什么事尽管开口，只要小弟能做到的，绝对义不容辞。"

师九站起身，道："好，以后在公会中你有什么不明白的，尽管问我就是。天色不早了，为兄也不打扰你休息了，从现在开始，我们就是兄弟。我先走了。"

师九把手中的钥匙递给念冰，他心中也有小算盘，知道念冰的魔法水平比自己高，对方既然无心于龙灵，多交这么一个兄弟，对自己今后在冰月帝国魔法师公会中的发展自然大有好处。

念冰站起身，将师九送到门口，微笑道："大哥，你也早些休息吧，小弟就不送了。"

师九突然神秘地一笑，低声道："我听里锝老师说，你对图书馆中的资料非常感兴趣，我告诉你，其实前三层只有一些普通的魔法资料，第四层中才有咱们公会的奥秘，只不过那里有非常厉害的魔法禁制，即使是公会中的魔导士们也无法入内。"

念冰心中一动，道："大哥，这么说，你难道有办法进去不成？"

师九胸有成竹地道："我刚才不是跟你说过吗？我在公会中地位特殊，从小跟随师傅修炼，曾经与灵儿和师傅一起进入第四层。我们毕竟是师傅的弟子，多少会得到些照顾，不过，这是秘密，你可不要说出去。如果以后有机会，说不定我也能带你进去看看。只是那里面的各种资料艰涩难懂，其实你进去也没有什么太大的意义。我和灵儿现在的冥想方法，就是从那里的资料中习得的，修炼速度比一般人快多了。以后，我们就是一家人，有好处的地方，大哥绝对不会忘记你。"

说完，师九向念冰神秘地一笑，转身而去。

他一走，念冰也笑了，这是在收买我吗？看来师九也有结党营私的想法，这样一来，以后自己只要找对方法，这图书馆的第四层中将不会有秘密存在。不知道那里有什么特殊的魔法资料呢？念冰想到这里，心中火热，如果能学到更强大的魔法，前往冰神塔将不再是梦想。

念冰走到里间，小心地将晨露刀从怀中拿了出来，藏在床垫下面，看了看周围，这才手持新得到的冰凌杖走出房间。

先回清风斋再说吧，自己出来这么长时间，希望李叔不要怀疑才好，也希望自己的运气不会那么差，明元别去找自己的麻烦才好。

念冰以最快的速度悄悄离开了魔法师公会，确认没人跟着自己后，他脱下身上的魔法袍，从街上买了一块方形的布，把魔法袍和冰凌杖都放在里面包好，这才快速返回了清风斋。

刚进后门，他立刻就看到了一个修长的红色身影，顿时全身一僵：

"小、小姐，你怎么在这里？"

这次，念冰的惊讶可不是假装的。

雪静转过身，脸色不善地看着念冰："你倒好啊！我听李叔说，你中午就走了，怎么到现在才回来？别告诉我你是出去风流了。"

念冰苦笑道："小姐，你看我这么一个穷小子，能风流什么？你今天又到后院来练剑吗？"

雪静哼了一声，道："想你也不敢。我今天找了你几次，你居然都不在，我来这里，是特意等着你，我倒要看看，你究竟什么时候回来。算你幸运，回来得还不算晚，这次就原谅你，不过，以后你给我注意点。"

念冰指了指自己手中装着魔法杖和魔法袍的包袱，道："小姐，其实我只是去买衣服而已。我是第一次来到这么大的城市，出去买几件粗布衣，运气不错，刚好碰到甩卖呢，两个铜币一件，很值，你要不要看看？"

雪静有些嫌恶地道："看什么？只不过是几件破衣服而已。"

念冰心中松了口气，暗道：自己这以进为退的办法显然用对了。他之所以提到包袱，正是因为先前雪静的目光落在了上面。

雪静见念冰沉默不语，眼神柔和了一些，道："你的脸好得倒挺快的，看来，脸皮是够厚的。"

念冰摸了摸脸，如果不是一阶的治疗术，恐怕自己的脸一个星期也好不了吧，她打了自己，反倒说自己脸皮厚，真是……

雪静道："念冰，我现在有点事想请你帮忙，不知道你愿不愿意？"

念冰一愣，道："小姐，我只是一个普通的劈柴下人，能帮您什么？"

雪静哼了一声，道："这个你别管，你只说愿意不愿意就行了。"

念冰能说不原意吗？他此时还不打算离开清风斋，只得无奈地点了点头，道："能帮助小姐是我的荣幸。"

雪静眼中一亮，本就漂亮的她更增添了几分灵气，目光似乎在说"你知道就好"。

"好，那我们就说定了。我要借你这张脸来用用。"

念冰吓了一跳："小姐，你……"

雪静不屑地道："看你那样子，一点男子汉的气概都没有。怕什么？我又不会吃了你。"

说到这里，雪静的俏脸上突然多了一丝红晕，声音压低了一些，接着道："还记得上回我在亭子和你说的事吗？我想让你帮的忙正是与那件事有关。"

念冰眉头微皱，道："你是说你喜欢的那个人吗？这我能帮得上什么？"

雪静哼了一声，道："反正你已经答应了，这件事如果做得好，我就请明元叔叔多教你几招，以后你也能更好地生存下去。"

念冰叹息一声，道："小姐，那您也总要先告诉我，到底让我做什么吧。"

雪静走到念冰身边，低声道："我要让你做我的男朋友。"

嗅着雪静身上散发的清香，听着突如其来的软言细语，念冰如在云端一般，勉强控制着自己的心神，道："小姐，这恐怕不行吧。您、您是小姐，我只是个下人……"

雪静抬手在念冰肩膀上打了一下，微嗔道："你听我说完好不好？真是癞蛤蟆想吃天鹅肉，你以为我真让你做我男朋友啊！我只是想让你帮我试探一下那家伙，看他对我到底有没有意思。明天晚上，我会让你跟我一起去参加一个宴会，你这个模样还是不错的，所以我刚才说要借你这张脸用用。到时候，那个人也会来，我会表现得和你亲密一些，如果他心中有我，就一定会嫉妒……"

念冰心中没来由地一冷：癞蛤蟆想吃天鹅肉？雪静啊雪静，你也太小看我了，像你这样的女孩子，我还未必看得上呢。这句话我记住了，总有一天，我会向你证明自己。

念冰冷冷地看了雪静一眼，她此时正低着头，似乎在憧憬美好的未来。

"小姐，虽然我的长相还过得去，但是，我身份低微，这恐怕不妥吧。""低微"二字，念冰故意说得重了一些。

雪静并没有听出念冰语气的变化，不耐烦地道："这个我自有打算，既然让你跟我去，自然不会让你丢脸的，那可是丢我的脸。这种冰雪城的上层宴会可不是什么人都能参加的，或许，你这辈子也只能见识这一回，你应该感谢我才对，居然还推托。明天我会给你准备一件魔法袍，让你装扮成魔法师，其余的事我会安排好的，你就不用管了。明天你不用工作，早上我会去找你，教你一些必要的礼仪。到了宴会上，你什么都不用做，只需要跟在我身边就足够了。你明白吗？"

念冰的心更冷了，他点了点头，道："那好吧，我尽量做好，让您满意。"

雪静微微一笑，道："你放心，我说话绝对算数，只要你做得好，回来后，我自然会兑现诺言。就这样了，你早点休息，明天也能精神一些。"说完，红色的身影飘然而起，在空中闪烁几下，眨眼间就消失了。

念冰冷冷地看着雪静离去的方向，自言自语道："看在你曾经替我解围的情面上，我不跟你计较，但这是最后一次，没有人喜欢被他人冒犯。"

突然，他脑海中一动，想到了一件事，拍了下自己的额头："啊！我怎么把约会给忘记了？看来，还要回魔法师公会一趟才行。"是该去赴约的时候了，不知道那冰系魔导士能耍出什么把戏。

—— 第 17 章 ——
魔法师公会的试探

　　念冰从柴房的住所取回所有东西，又从后门走了出去，街上微风吹拂，呼吸着新鲜而有些冰冷的空气，念冰心里舒服了一些。看着街道上的灯火和熙熙攘攘的人群，他突然感觉有些茫然，初入社会，就遇到了这么多事，虽然到现在为止一切还算顺利，但自己是否还应该继续留在冰雪城呢？是的，一定要留下，就算清风斋中的厨艺无法让自己感兴趣，然而魔法师公会的图书馆和凤女正在改造的正阳刀还是自己需要的啊。一个月，再留最后一个月吧。雪静，明天晚上，说不定我会让你惊讶，我只想让你知道，不要随便小看任何人。

　　当念冰回到魔法师公会的时候，夜已经深了，在进入公会之前，他重新换上了自己的魔法袍，有了胸口处象征着大魔法师的标志，再出示一下自己的徽章，守夜的人根本不会拦阻他。念冰并没有直接去找那冰系魔导士，而是先回自己的房间，看了一下床垫下的晨露刀，他将带来的东西找个地方藏好，重新打开房门，先四下看了看，楼道中空荡荡的，一个人也没有，他这才从房间中走出来，反手将门带上，朝最西边走去。

　　在行走的过程中，念冰收敛精神力，控制着体内的冰火同源魔法力的旋涡快速旋转起来，冰在外，火在内，掩盖着火系魔法力的气息，这是他最大的秘密了。

最西边的房间，从门外看，并没有什么奇特之处，与自己所居住的房间一样，念冰抬手在门上敲了几下："您好，我是念冰。"

门无声无息地开了，苍老而低沉的声音从里面传出："进来吧。"

刚一进房门，念冰顿时感觉一股冰冷的气息扑面而来，他下意识地抬起手中的冰凌杖，一个二阶的冰幕术瞬间释放，挡在自己身前。

房间中突然亮了起来，这也是一个门厅，只不过比自己房间那个要大得多，那名冰系魔导士坐在沙发上看着自己，赞许地点了点头，道："不错，反应挺快的，怪不得里铓对你如此欣赏，不过，作为一名魔导士，仅是这些还不足以防身。如果对方是一名武技高手，在突然偷袭的情况下，你根本没有办法抵挡，这种低级的魔法是没有什么作用的。"

念冰愣了一下，才点了点头，道："多谢前辈指点。"

冰系魔导士指了指一旁的沙发，道："坐吧，我叫你来，是有几句话要对你说，至于能不能听进去，就要看你自己的了。"

念冰坐到沙发上，装出没有任何防备的样子，在一名魔导士面前，就算有防备也没什么作用，不过至少目前来看，这名冰系魔导士对自己并没有任何不利的意思。

光芒一闪，冰系魔导士手中突然多出一颗透明的宝石，宝石内闪耀着七彩光芒，念冰还没反应过来，就清晰地感觉到，一股强大的魔法力向自己的身体笼罩而来，奇怪的是，这股魔法力并不是攻击性质的。

光芒收敛，那闪烁着七彩光芒的透明宝石重新恢复了平静，冰系魔导士似乎松了口气，淡然道："我叫冰静，你以后可以叫我冰静老师。念冰，你既然修炼的是冰系魔法，那为什么会来到公会，而不去冰神塔呢？作为一名魔法师，我想，你应该知道，所有冰系魔法师最向往的地方就是冰神塔，只有在那里，才能够学到最高深的冰系魔法。这一点，不用我再多说了吧？"

念冰心头大震，尽量保持平静，道："坦白说，冰静老师，我并不喜欢冰神塔那种地方，我觉得那里的束缚性太强了，不知道为什么，冰神塔总给我一种很霸道的感觉。而我只想平静地修炼魔法，并不希望卷入任何争斗之中，更不想成为冰神塔的工具，所以……"

冰静猛地站了起来，眼神冰冷："念冰，你知道你在跟谁说话吗？坦白告诉你，我就是冰神塔中的冰雪祭祀之一，现在我给你一个选择的机会，离开这里，北上加入冰神塔，有我给你介绍，我想，在冰神塔中你一定会得到重用。"

念冰心中暗暗冷笑，同样站了起来，眉头微皱，大义凛然地道："对不起，冰静老师，我既然已经加入公会，就是公会中的一分子。冰神塔虽好，但并不是我希望去的地方，请您原谅，如果没有别的事，我就先走了。"

说完，念冰转身就向外走去。

冰静全身释放出寒气，房间中的温度急剧下降，在霜雾的包裹中，他冷淡地道："你不怕我杀了你吗？"

念冰转过身，分毫不让地看着冰静："冰静老师，我想，您不会这么做的。这里是魔法师公会，并不是你们冰神塔。我真不明白，冰神塔与魔法师公会同为冰月帝国的支柱，为什么要彼此仇视呢？不论你怎么说，我都不会加入冰神塔的。"

说到这里，念冰眼中不禁流露出一丝寒意，这倒不是假装的，对冰神塔的仇恨，虽然一直被他埋藏在内心最深处，但偶尔还是会在无意中流露出来。

冰静全身的寒气收敛，他笑了，此时，里间的房门突然打开，走出两个人来，正是公会会长龙智和水系魔导士里镥。

冰静微笑道："会长，这次你可以放心了吧。这孩子既不是冰神塔要找的人，也不是会随便背叛公会的人。"

龙智满意地点了点头，看着一脸疑惑的念冰，道："孩子，这次是我们不好，你新加入公会，我们必须对你有所试探，希望你能够理解。现在，你的表现已经证明了一切，你放心吧，你对公会如此忠心，公会也必然不会薄待你。好了，你现在可以走了。"

念冰茫然地向三人行礼后，退出了房间。龙智扭头向身旁的里镥道："你怎么看？"

里镥微笑道："还能怎么看，我早就告诉过你，这孩子看上去心机不深，又一心向学，将来必然能成为一名强大的魔法师。"

龙智轻叹一声，道："目前来看，确实是这样，他要么是真的涉世未深，要么就是心机太深，竟然连我都无法看出他内心真正的想法。"

冰静将那闪烁着七彩光芒的透明宝石递给龙智，道："会长，我看您考虑得太多了，就算他心机深，对我们也未必有坏处，只要他不是冰神塔要找的人，不是那个所谓的魔杀使，就足够了，以后我们对他多加观察就是。哦，对了，刚才师九那孩子似乎在他房间中留了一会儿。然后，他又出去了一趟才回来，不知道是干什么去了。我本来想派个人跟着他，又怕被他发现，他这一去，就是足足一个时辰。"

龙智无奈地道："他去干什么倒无所谓，估计是回旅馆取自己的行李了，不过，我们这一个时辰并没有白等，不是吗？其实，看到他这一下午都在图书馆中阅读初级的资料，我就已经不怀疑他了。我刚从清风斋回来时，特意在窗户外观察他，他看得确实很专注，绝不是假装的。师九本性不坏，天赋也很不错，就是太自以为是了。如果我猜得不错，师九必然是为了灵儿才找的念冰。真要说起来，今后我倒宁可将灵儿交给念冰，也不愿意让灵儿嫁给师九。不论念冰心机如何，都比小九强得多。"

里锝哈哈一笑，道："这些小儿女的事，我们就不要管了，任他们发展吧。会长，你今天也累了，咱们早些回去休息吧。"

念冰一出冰静的房间，顿时感觉全身都是冷汗，衣服几乎湿透了。显然，那七彩宝石是一种探测用的魔法物品，幸亏自己没有将晨露刀带在身上。先前他的一切表现都是装出来的，冰静根本骗不了他。当初在冰神塔的时候，念冰见过全部十二位冰雪祭祀，那些人的样子都深深地印在他的脑海之中，他又怎么可能忘得了呢？也幸亏如此，他才能撑过魔法师公会的最后一次试探。

回到房间，念冰取回晨露刀揣入怀中，将魔法袍脱了下来，与冰凌杖一起放在床上，这才再次离开魔法师公会。或许，这将是自己在清风斋中的最后一个晚上，明天便是一个新的开始。

清晨，当一抹朝阳从东方冉冉升起之时，念冰已经从冥想中清醒过来。昨天的几本基础魔法书他并没有白看，经过晚上的修炼实践，他对魔法的认知更深了。虽然冰火同源的原理他还不甚明了，但对魔法的控制更容易上手了。现在，他最需要的并不是提升魔法力，而是将精神力与已有的冰火同源魔法力融会贯通，那样才能发挥出更大的威力。念冰深信，倘若自己将冰与火两种能力完全融合，产生的魔法力绝不是一加一等于二那么简单。论冰火双系魔法师，自己应该是大陆上的第一人，为什么不能创造属于自己的魔法呢？

念冰走出房间，李叔似乎还没起，念冰看着占地面积极广的清风斋，不禁微微一叹，看来，在这里自己已经没有什么可追求的厨艺了。一流的厨艺、二流的魔法，正是自己现在的写照，或许，魔法师公会更适合自己，在那里，自己至少可以学到很多有用的东西。

念冰走到柴堆旁，拎起柴刀，以闪电般的速度一刀刀劈下去。虽然他只需要将每一块柴火劈成八块，但是他依旧很专注，这种集中精神的方法，他早已经习惯了，柴火逐渐变得多了起来。念冰始终认为，一个人做事要有始有终，即使自己已经决定要离开，也还是要做好最后一天的工作。柴刀在他手上，像活了一般，几乎看不到刀影，念冰只需要用左手不断将一块块柴火从旁边拿过来，柴火就会自然地分成八块。

李叔从房间中走了出来，看到背对自己正在那里劈柴的念冰，他不禁微微一笑，暗道：这小伙子可真勤快，一大早就忙着干活。当李叔走到念冰身旁，看着那柴刀化影的样子，他不禁呆住了，原本一天的工作，此时念冰已经完成了七成之多。

念冰知道李叔来到了自己身旁，但他并没有停下，依旧在劈柴。他一边劈柴，一边平静地道："李叔，劈柴并不只是一份工作。如果您专注于它，自然会取得意想不到的成果。柴是死物，但人是活的，您说是吗？"

李叔看着念冰，怔怔地说不出话来，他第一次感觉到，面前这个英俊的年轻人并不简单，至少比自己想象中要神秘得多。

"最后一块了，李叔，我给您留个纪念吧。"柴刀突然变得灵巧起来，刀影轻动，树皮悄然剥落，木屑在刀光中飞溅。在刀工中的雕字诀的作用下，柴刀仿佛活了过来，木块在念冰手中逐渐有了形状。当最后一抹刀光闪过时，那已经不再是一块木头，而是一个人，一尊木雕人像。

李叔吃惊地发现，那人像竟然是自己，一手扶着木头，另一只手扬起柴刀，准备劈落的样子，雕像栩栩如生，仿佛真人一般。

念冰将刀和雕像同时递到李叔手中，向他微微躬身，道："李叔，多谢您这几天以来的照顾，这个给您留做纪念，希望您还能记得我。"

李叔握着还有些温热的雕像，刚想说什么，却听见不远处一个清脆的声音响起："念冰，你起了没有？赶快跟我走，时间紧迫得很。"

念冰微微一笑，掸了掸身上的木屑，道："小姐，我已经起来半天了，咱们走吧。"

他深深地看了李叔一眼，朝着雪静的方向迎了过去。

雪静今天出奇地没有穿最喜欢的红衣，一身白色长裙使她显得妩媚了许多："走，到我那里去。"

雪静毫不避嫌地拉着念冰的衣袖，向清风斋深处而去。

李叔看着他们离开的背影，再看看手中的雕像，轻叹一声，自言自语道："看来，这劈柴的工作，以后还要我自己来完成啊！"

雪静将念冰带到一个院落之中，一进院子，念冰顿时闻到一股清新的气息。院子不大，三四百平方米的样子，一条石子小路，直通向院子最深处。放眼看去，整个院子完全被绿色所覆盖，一棵巨树高耸而起，枝叶如同一柄绿色的大伞，笼罩了大半个院子。顺着石子小路向前看，那是一间木屋，似乎有两三个房间，虽然是木制的结构，但看上去非常结实。院子的草坪中央有一个大约十平方米的小水潭，潭水清澈见底，巴掌长的红色金鱼正在里面游弋，说不出的悠闲自得。

雪静有些得意地转身向念冰道："怎么样，我这里还不错吧！这里只有我一个人居住，除了灵儿和我的亲人以外，你还是第一个来到这里的呢。走吧，东西我都给你准备好了，这些都是我从灵儿那里好不容易才借来的，你要小心一些，千万别弄坏了，不然我没法交代。"

念冰跟随雪静走入木屋，木屋中的布置比他想象的简朴得多，淡粉色的装潢既典雅又清新。雪静从里面的床上拿出一套魔法袍递给念冰，魔法袍是红色的，内襟同样有冰月帝国的标志，胸口处的火焰刺绣周围有两圈银环，比自己昨天得到的那件少了一圈，这应该是象征高级魔法师的魔法袍。念冰不禁有些好笑，自己一个大魔法师，现在却要冒充高级魔法师，感觉多少有几分怪异。

雪静将魔法袍递给念冰，道："你先穿上试试，看看是否合身，我觉得应该差不多。你以一名高级魔法师的身份参加宴会，加上你年纪轻，应该没有人会小看你。怎么样，我想得很周到吧？"

念冰看着雪静，微笑道："你就在这里看着我换衣服吗？"

雪静俏脸一红，道："谁愿意看你不成？你快点就是了。"

她虽然嘴上这么说，但还是走出了房间。

念冰脱下外衣，穿上红色魔法袍，淡淡的火元素气息令他感觉很舒服，魔法袍穿着倒也合身。

"你好了没有？"雪静有些迫不及待地在房门处喊道。

"好了。"念冰整理了一下衣服，向门口看去。

雪静推门而入，当她第一眼看到身穿高级火系魔法袍的念冰时，不禁完全呆住了。在红色魔法袍的映衬下，他那金色长发宛如火焰一般，蓝色的眼眸看上去是如此深邃，尤其是那种高傲的气质，让她心跳加速。

念冰被雪静灼热的目光看得有些不自在："小姐，我这样有什么不妥吗？"

雪静回过神来，暗骂自己：这是怎么了，他不就是长得好看些吗？只不过是个绣花枕头而已。雪静啊雪静，你可千万不要被他的外表所迷惑。这样的男人，不值得自己产生好感。

雪静深吸一口气，走到念冰身前仔细地看了看，道："不错，还挺合身的，这不，穿上好衣服也是人模人样的。对，你就要保持这样的神态，有点傲气的样子。到时候在宴会上，没有我示意，你就不要随便开口，只跟着我就行了。"

念冰点了点头，道："小姐，宴会晚上才开始，那我现在干什么？"

雪静道："要做的事情还很多呢，我先教你一些宴会上的礼仪。哦，对了，你会不会跳舞？"

念冰心道：跳五？还跳六呢。他摇了摇头，道："我不会。"

雪静道："就是嘛，这就要学很久了，希望你能快点学会，晚上也用得上。我们现在开始吧，我先教你礼仪。"

半个时辰后，雪静惊讶的声音从木屋中传出："念冰，你以前是不是学过礼仪？这些你怎么都会？而且，你似乎做得比我还好。"

"不，我不会啊！刚才，你做了一遍，我只是有样学样而已。"

他真的不会吗？当然不是。早在小时候，他就在父亲的教导下学会了这些。父亲说过，这些都是社交场合必不可少的。此时跟着雪静学，他不由得回想起了儿时的情景，做起来非常自然而流畅。

雪静有些疑惑地看着念冰，道："好啊！看不出你悟性还挺高的，礼仪不用学了，我们开始学跳舞吧。要是跳舞你也能学得这么快，中午我就请你吃好东西。"

正在这时，一个清朗的声音从外面传来："静儿，你要的衣服做好了。"

雪静吓了一跳："坏了，我爸爸来了！念冰，你先躲一下，可千万别让我爸爸看到。"

念冰愣了愣，道："可是，你房间就这么大，我躲到哪里才好？"

外面的声音再次响起："你这丫头，连院门也不关，这么大了，还是如此马虎，看将来谁敢娶你。"

这一次，声音距离木屋已经近了许多。

雪静焦急地四下看去，突然，她眼睛一亮，赶忙拉着念冰来到床前，将他推到床上，连鞋也来不及脱，赶忙将两旁的布幔放下。雪静做好这一切，外面的房门正好打开。

雪静有些慌乱地迎了上去："爸爸，您怎么亲自送来了？"

念冰躺在柔软的床上，闻着那淡淡的香气，不禁心神一荡，只听那清朗的声音道："你这丫头，最近天天出去疯，也不见个人影，爸爸都想你了。你妈妈去得早，爸爸就你这么一个亲人，难道看看女儿还不行吗？"

雪静已经平静下来，撒娇道："爸爸最好了。那我最近一定多陪陪您。哦，对了，今天晚上的宴会您去不去？"

"我？我当然不去了，那是你们年轻人的宴会。你呀，多和人家灵儿学学，你看看灵儿多温柔乖巧，像你这样疯疯癫癫的，谁敢接近你？要是你将来嫁不出去，老爸可不负责。"

雪静嗔道："爸爸，您怎么能这样说自己的女儿呢？女儿这么漂亮，追我的人可多了，我只是看不上他们而已。"

清朗的声音戏谑一笑，道："是吗？我怎么听说，现在城里那些公子看到你就跑，都被你打怕了呢？"

雪静哼了一声，道："那是他们太没用了，我将来要嫁也要嫁个顶天立地的男子汉，连我都打不过，他们都没资格。"

清朗的声音无奈地道："可是，上次我给你介绍的那几个小伙子都有着不弱的实力，你不是也一样不要吗？"

"当然不能要了，那几个家伙，眼睛都长在头顶上，而且长得也太丑了，五大三粗的，怎么配得上我？"

"那我就没办法了，还是你自己找吧。只要你愿意，老爸我无条件支持，这总行了吧？"

雪静嘻嘻一笑，道："那您就别管了，反正我才十八岁，不急呢。这两天您又清闲了吧？您先回去吧，我要看看衣服是否合身呢。"

念冰躺在床上，听着雪静父女的交谈，心中说不出的羡慕，曾几何时，自己也有着同样关心自己的父亲啊！但是，现在……

想到这里，他下意识地动了一下，发出极为轻微的声响。

"什么人？静儿，你床上怎么有人？"清朗的声音顿时冷了下来。

雪静明显大急："爸爸，没什么，只是一个丫头而已。"

"丫头？我倒要看看这丫头长什么模样。"布幔猛地被撩起，念冰抬头看去，只见一名三四十岁的英俊白衣中年人正站在床边，从他那冷酷的眼神可以看出，他随时都有将自己撕碎的可能。

念冰平静地从床上坐起，接着站了起来，他能理解中年人的心情，看到一个陌生男人在自己女儿床上，换了谁心情也不会好。

中年人扭头看向雪静，冷声道："这就是你所说的'丫头'吗？"

本来他确实很生气，但当他看到念冰的样子时，心中的怒气则少了一些。床上这年轻人相貌英俊，而且突然看到自己，却没有一丝惊慌之色，再加上身穿象征着高级魔法师的火系魔法袍，这些足以证明，这年轻人配得上自己的女儿。女儿毕竟长大了，有些异性朋友也没什么，这年轻人虽然躺在床上，但衣着整齐，显然是因为自己突然到来，才会如此。

雪静尴尬地看着父亲，扭头怒视念冰一眼，道："爸，他、他只是我的一个朋友而已，刚才您突然来了，我是怕您误会，才……"

中年人哈哈一笑："误会？我雪极至于误会自己的女儿吗？你这样做，反倒是欲盖弥彰了。傻丫头，我倒不知道你什么时候认识了这么一位火系魔法师，给爸爸介绍一下吧。"

雪静刚要说话，念冰却开口了："您好，我叫念冰，其实，我并不是火系魔法师，这衣服是小姐借来的。我只是清风斋一名砍柴的下人而已。"既然雪静已经看不起自己了，又何必让他父亲误会什么呢？

雪极眉头一皱，道："砍柴的？我没听错吧？静儿，我需要你一个解释。"

虽然雪极的声音依旧平静，但身上散发的气势让念冰清晰地辨认出，这位清风斋的老板，必然有着不弱的武技，至少也是一位大剑师。雪静和他相比绝对不是同一个档次的。

雪静狠狠地瞪了念冰一眼："这里哪有你说话的份？给我滚出去！"

念冰没有吭声，同样深深地看了雪静一眼，大步走出了房间。

雪静转向父亲，低声嗫嚅道："爸爸，您也知道，我一直都没有男朋友，念冰是刚来咱们家不久的砍柴工人，今天晚上的宴会，人家那些女朋友都有自己的男伴，我却没有。念冰长得还可以，所以我就想让他冒充一下，就向灵儿借了一套魔法袍，这不，我正教他礼仪呢。"

"胡闹，真是胡闹！这种办法你也想得出来，你难道没想过，这样对人家公平吗？人家是来工作的，不是让你耍着玩儿的。"雪极虽然在斥责雪静，但脸上多了几分笑意，心中暗想：这种鬼主意，也只有自己这个女儿想得出来了。

雪静看父亲似乎并没有真生气，顿时拉住父亲的手臂，嘻嘻笑道："有什么不公平的？帮我做事总比他劈柴轻松多了吧。"

雪极眉头微皱，道："话不能这么说，每个人都有自己的工作要做，再说了你一个姑娘家要注意一些。我看那小伙子人还不错，看上去比较沉稳，他真的只是一个砍柴的？"

雪静道："当然是真的，他是我招进来的。那天，他本来想去大成轩，结果遇到廖三那个势利小人，如果不是我救了他，他恐怕就会被暴打一顿了。虽然他长得还不错，但我才不会喜欢这种绣花枕头，爸爸你放心好了，不会有事的。"

雪极苦笑道："你这丫头要是真能让我放心就好了。行了，我走了，你自己看着办吧。注意点分寸，你毕竟是女孩子，要注意点规矩，省得被人笑话。再在你这里待下去，恐怕我的心脏病就要犯了。"

─ 第 18 章 ─
生日宴会

雪静吐了吐舌头，亲自送父亲到门口，一出门，只见念冰正在石子路上站着，目光落在那棵大树上，不知道在想什么。

雪极走到念冰身旁，微笑道："小伙子，好好在清风斋干吧。我女儿虽然胡闹些，但品性还是好的，刚才的事是误会，我已经了解了，就算是你帮她个忙如何？"

念冰微微一愣，雪极是清风斋老板，他跟自己说话竟然不是要求的语气，更像是恳求，只是这一点，就足以显示出他的风度。念冰不禁心中好感大增，恭敬地道："这是我应该做的，东主不用客气。"

雪极深深地看了念冰一眼，突然，他手腕一翻，向念冰肩头抓去。

念冰没有动，他刚看清雪极的手，那白皙有力的大手就抓上了他的肩膀，并没有疼痛传来，雪极拍了拍他的肩膀，道："好了，我走了，你继续跟她学吧。"

说完，雪极转身大步向外走去。

念冰并没有看到，雪极眼中此时正流露着一丝疑惑，通过刚才那一试，他已经发现，念冰体内连一丝斗气都没有。雪极始终感觉这个年轻人不简单，但又说不出是为什么。他走出院子，但并没有把院门带上。

雪极走了，念冰将目光转向雪静，只见雪静正拍着胸脯："真是吓死我了，还好老爸被你的外表所惑。你这笨蛋，刚才谁让你说话的，少说一句不行吗？快给我进来，我们继续，这下可以光明正大地学了。"

念冰重新回到房间中，这次不用再学礼仪了，直接开始学跳舞。

一个时辰后。

"念——冰——"当念冰第十四次踩在雪静的脚上时，她实在忍无可忍了，"我要掐死你，你怎么这么笨啊！教了这么多遍还学不会。"

念冰一边躲闪着，一边委屈地道："我本来就笨，你现在才知道是不是有点晚了？小姐，现在是上午，你想换人的话应该还来得及。"

"换人？换你个头，连衣服都是你的尺码，再说，现在让我到哪里找人去？你等一下，我去去就回。"雪静狠狠地瞪了念冰一眼，转身跑出了房间。

看着她那急匆匆的背影，念冰眉头微皱："这丫头，要是有她爸爸一半的涵养，怎么也算得上是个美女了，可惜啊！"

时间不长，雪静回来了，脸上还带着一丝怪异的笑容，脚下竟然发出叮叮当当的声音："这回好了，随便你踩，只要你还踩我，就不许休息，一直练下去。"

念冰定睛看去，吃惊地发现雪静竟然换了一双铁鞋。

念冰睁大了眼睛，道："小姐，你不用这么夸张吧？难道你不觉得沉吗？"

雪静哼了一声，道："当然沉了，不过总比你老踩我要强得多。这双鞋我曾经穿了五年，是专门为练习轻身功夫而打造的，每只鞋重十五斤，我现在可是带着三十斤的重物在和你练舞，你给我认真一点，听到没？"

念冰刚才一听雪静说练不好就不许休息，便已经打定主意要认真了。他无奈地点了点头，继续练习舞蹈。

两人就这么一直练到下午，念冰才勉强掌握了舞步，虽然说不上飘逸自如，但也将就着能上场了。两人甚至连午饭都是在房间中吃的，不论是念冰还是穿着三十斤重鞋的雪静，此时都已经是满头大汗。

雪静擦了擦额头上的汗水，一屁股坐在床上："终于勉强算是合格了，就这样吧，再练下去，就算你能坚持，我也坚持不住了。念冰，你也休息会儿，先喝口水。待会儿你先去洗个澡，换身干净的内衣，然后我们就该准备出发了。这次，我倒要看看，他心中有没有我。"

念冰看着雪静执着的样子，心中突然生出一丝异样的感觉，这时的雪静似乎是最漂亮的，敢于追求自己想要的东西，这一点令念冰非常佩服。

"小姐，如果他不嫉妒，我们该怎么办？"

雪静没好气地道："闭上你这张乌鸦嘴，本小姐美丽动人，他怎么会不心动呢？万一他真是木头人，我就拿你是问。"

念冰无辜地道："我又不是他，这关我什么事？"

雪静有些烦恼地挥了挥手，道："我随便说说的，反正尽人事，听天命吧。如果天神没有把我和他的缘分之绳系在一起，我又有什么办法？还是灵儿好，从小就有她师兄宠着她、爱护她，也不用为这方面烦心。我现在太郁闷了。念冰，如果你真是一名魔法师该多好啊！"

念冰看了雪静一眼："如果我真是一名魔法师，又有什么好的呢？"

雪静嘻嘻一笑，道："如果是那样，你就可以追我了啊！你有了魔法师的身份，怎么说也能配得上我了，哪怕你只是一名中级魔法师也无所谓。坦白说，我见过这么多男人，你是最漂亮的一个，说不定你穿上女装之后，能成为比我和灵儿还漂亮的大美女呢！"

念冰听得起了一身鸡皮疙瘩，苦笑道："小姐，用'漂亮'这个词来形容一个男人，似乎不太妥当吧。我们现在去洗澡吧，我实在是难受得很。"

雪静俏脸一红，道："你说清楚了，什么叫我们去洗澡？走吧。还好，在学习跳舞前我让你把魔法袍换了下来，否则弄脏了可就麻烦了。你知不知道，这种魔法袍可是很名贵的。"

念冰心中暗道：我知道了，原来在你心中，我还不如一件魔法袍。看来，在这个社会上，实力还是很重要的。如果我只是一名普通的平民，恐怕你连看都不会看我一眼。雪静，像你这样刁蛮任性的大小姐，又有谁会喜欢呢？

夜幕渐渐降临，一辆豪华的马车行驶在冰雪城的大街上，马车由四匹黑色高头大马拉着，车身很大，里面就算坐上十几个人也毫无问题。驾车的是一名老者，他的姿势很怪异，手腕微抖，手中的缰绳就会自然而然地抽在马背上，指引着马匹前进的方向，速度控制得很合适，不快不慢，马车向冰雪城西方驶去。

车内，雪静极不适应地看着自己这一身银色长裙，这种裙子与她平时穿的可不一样，是专门为宴会定做的。裙子里面，光是各种固定装置就有三四件，三名丫鬟弄了小半个时辰才帮她穿上这条裙子。一向喜欢简洁的雪静穿上这种衣服，简直就是在受罪。

"念冰，你看我这衣服好看吗？"雪静下意识地向坐在自己对面的念冰问道。

念冰微微一笑，由衷地道："很漂亮。小姐一头棕色长发配上这银色的长裙显得非常高贵，比您平时的裙子要好看多了。"

雪静眼睛一亮，道："真的吗？要是真的漂亮，也不枉我忙活一场。这衣服穿着好紧啊！真是难受死了，幸好我还不是很胖，真不知道那些胖妇人穿这种衣服时要受多大的罪。还是你好，不论出席什么场合，这魔法袍都是最合适的装扮。"

念冰微笑道："反正我也只是冒充的。小姐，您要是觉得不舒服，穿普通裙子来不也一样吗？难道您对自己的美貌没有信心？"

雪静哼了一声，道："怎么会没有信心呢？不过，今天不是为了试探那个讨厌的家伙嘛。要不是为了他，谁愿意穿成这样？在冰雪城的上层社交活动中，我是出了名的随意。哦，对了，从现在开始，你不要再叫我小姐了，要是到了宴会上你还这么叫，就会闹出大笑话。"

念冰淡然道："那我该叫您什么呢？"

雪静想了想，道："既然你是以我男朋友的身份出现，那你就像爸爸那样叫我静儿吧，算是便宜你了。还有，你要记住，在宴会上和我说话的时候不要那么恭敬，一定要显得亲热一些，这样才更真实，不会被人发觉，你明白吗？"

念冰微微一笑，道："我明白了，静儿，是这样吧。"

说着，他一转身，坐到雪静身旁，一手搂住她纤细的腰肢，让她靠在自己怀中。

雪静先是愣了一下，紧接着，她清晰地闻到念冰身上的阳刚气息，抬头看去，念冰那棱角分明的容颜是如此俊朗，一时间，她竟然没有发觉他们现在的姿势是多么亲密。

念冰搂着雪静，眼中流露出淡淡的寒意：既然你让我假扮你的男朋友，那我可要演得像一点。

半晌，雪静才清醒过来，挣扎了一下，道："先松开我，还没到宴会呢！"

虽然她嘴上这么说，但挣扎的动作很轻微，念冰这温暖的怀抱，确实让她觉得很舒适。

226

念冰微微一笑，道："虽然还没到宴会，但我觉得，还是要先和您培养一下感觉，要是我们的互动太生硬了，明眼人不是一眼就能看穿吗？既然要做戏，就要演得真实一些。"

雪静微微一愣，再次看向这英俊的男子："你什么时候变得聪明了？在我的印象中，你应该是傻乎乎的才对啊！"

念冰蓝色的眼眸无比清澈："那只是您的感觉，并不是我本人，我从来没有说过自己傻啊！不是吗？"

雪静突然感觉有些不妥，但又说不出为什么，哼了一声，道："你要记住，你只是今晚冒充我的男朋友而已，要是有什么非分之想，可别怪我对你不客气。"

念冰微笑道："我可不敢，您是小姐，我是仆人。过了今晚，我们都会回到原来的身份，不是吗？静儿。"

雪静看着念冰那有些怪异的眼神，不知道为什么，心中竟有些慌乱。正在这时，马车停了下来，他们此行的目的地到了。

雪静拍开念冰的手，从座位下面拿出一个盒子递给念冰。

念冰疑惑地道："这是什么？"

雪静道："你打开看看不就知道了。"

盒子是红色的，入手重量不轻，念冰开启盒子，立刻感觉到一股火元素的气息扑面而来。那竟然是一柄火系的魔法杖，杖身呈暗红色，上面有着螺旋状的纹路，杖头是一颗圆形的红色宝石，质地不错，火元素的气息很浓郁，这柄魔法杖与自己刚得到的那柄冰凌杖应该是同一级别的。

雪静道："这也是我借来的，叫火星杖，你小心点，火系魔法师总要有自己的魔法杖才对。"

念冰拿起火星杖，点了点头，道："不会弄坏的，就算把我卖了也没

227

它值钱。"

雪静愣了一下，想说什么，却又没有说出口。

车帘掀起，念冰按照礼节，首先跳下车，然后向车中的雪静伸出了自己的右手，雪静在他的搀扶下也下了马车。那老年车夫赶着马车向一旁驶去，向雪静道："小姐，我在门口等您。"

念冰抬头看去，这是一座金碧辉煌，如同宫殿一般的建筑，虽然他只是在门外，但依然能感受到院中建筑那宏伟的气势。这是一个很大的院子，院子周围没有墙，可以看到里面的铁栅栏。栅栏高约三米，顶端十分尖锐，显然是为了防止攀爬。在高达五米的大门外，两旁各有十名士兵守卫着，他们手中都拿着标准的骑士枪，一个个站在那里，气势逼人，显然并不是普通的守卫那么简单。

念冰记得雪静向自己交代过，这间房子的主人是冰雪城的财务总长，权力之大，在城中仅次于城主侯爵大人，本身更是有着伯爵的封号。今天这个宴会，是为了庆祝他女儿的十八岁生日，而伯爵的女儿与龙灵、雪静都是很要好的朋友。

雪静挽上念冰的手臂，道："说话小心一点，记住我教你的一切，明白吗？"

即使隔着两层衣服，念冰依旧能够清晰地感觉到她的手很凉，显然，现在的雪静有些紧张。

念冰此时倒是放松得很，脸上的表情非常自然，他与雪静一起，缓缓向大门处走去。

门口站着一位管家，正收取进入院内的客人们的请柬，一看到雪静，不禁笑道："雪小姐来了，我们家小姐正等着您呢，龙灵小姐估计也快到了，这一次，咱们冰雪城三大美女终于可以聚在一起了。"

雪静微笑道："李叔叔，您又取笑雪儿了，什么冰雪城三大美女啊！那是好事之徒乱说的。真要论起来，灵儿和柔儿才是真正的美女，我算什么呢？"

管家微微一笑，目光落在念冰身上。

念冰清楚地看到，这位管家眼神瞬间变得冰冷，如果不是自己心神足够坚毅，恐怕单是这眼神就足以将自己吓退了。

念冰向管家微微颔首，道："您好，我是火系魔法师念冰。"

管家微微一笑，道："先生不用客气，您如此年轻就达到了高级魔法师的境界，真是年少有为啊！既然您是雪小姐的朋友，自然也是我们尊贵的客人。两位，里面请吧。"他并没有多问，从念冰从容自若的眼神他就已经感觉到念冰是真的强大。

雪静并没有感觉到异样，挽着念冰的手臂，终于进了院子。

这座庭院非常大，正面那如宫殿一般的建筑前，有一个可以喷出十米高水柱的巨型魔法喷泉，喷泉周围簇拥着各种颜色的花朵。整个院子中，覆盖着绿色植物，单是大树就有数十棵之多，显然，这里的主人对环境的要求很高。

雪静似乎松了口气，低声向念冰道："我们这算是过了第一关。你不知道，守门的那位李叔叔虽然只是管家，但是从小与侯爵大人一起长大，自身武技又极高，深得侯爵大人信任。每次有这样的宴会，都由他负责审查客人，到现在为止，还没有人能从他眼皮底下混进来。我爸爸跟我说过，这位李叔叔，恐怕有武斗家的实力呢。"

念冰心中暗道：这种豪门大家果然不一样，就连一名管家都有如此强大的能力，看来，自己要多加小心才是，千万别露了马脚。

他下意识地摸了摸怀中的晨露刀，那才是他最为倚仗的东西。

走到那高大的建筑门前，立刻有两名仆人迎了上来，引着两人向里面走去。

一个有些怪异的声音突然响起："这不是雪静嘛！啊，今天你真是大变样啊！没想到你穿上礼服竟然这么漂亮。"

说话的是一名妇人，身材不高，比起雪静要矮大半个头，容貌虽然过得去，但随着年华逝去，眼角处已经出现鱼尾纹，还化着浓妆。

妇人以自认为美妙的步伐走到雪静面前。雪静不耐烦地皱了皱眉："原来是美亚夫人，没想到今天您也来了。"

美亚夫人笑道："当然要来，今天是伯爵大人千金的生辰，我又怎么能不来呢？雪静，快，我们到里面说吧。呦，这位英俊的魔法师是谁啊？我以前怎么没见过？"

雪静冷哼一声，道："这位是我的男朋友，火系高级魔法师念冰，他刚从外面游历归来，你当然没见过了。对不起，美亚夫人，我们要先进去了，柔儿还等着我呢。"

说完，雪静拉着念冰快速向里面走去，再也不理会美亚夫人。

美亚夫人的眼睛一落在念冰脸上就没有移开过，流露着迷醉的目光，嘴唇轻动，向念冰低声说着什么。念冰连听都没敢听，立刻低着头和雪静走进了大厅，这样的人，自己还是远离比较好。

"静儿，刚才那个是什么人？感觉好怪啊！"念冰忍不住向雪静问道。

"她年轻的时候本是一个交际花，后来好不容易攀上一个子爵结了婚，婚后才发现，那个子爵的家族早已没落，家境并不好。没几年，子爵生病去世了，她却丝毫没有收敛的意思，又开始了她的交际花生活，几十年如一日。你没看到她脸上那么多粉吗？为的就是掩盖皱纹。她的真实年龄，恐怕已经超过五十了。我真不想看见她。"

念冰微微一笑，凑到雪静耳边道："同感。"

耳边的热气不禁让雪静感觉有些痒，下意识地缩了一下脖子，刚要质问念冰，却想起自己现在所在的地方，只是瞪了他一眼，嘴上的话收了回去。念冰好像没有察觉似的，微微一笑，挺直腰板向四周看去。周围的环境确实不错，整座大厅足有上千平方米，已经到达的宾客有一百多人，正三五成群地聊着什么，看他们的装扮，显然非富即贵，整个大厅中都弥漫着一股脂粉的味道。

"念冰，你先到边上待一会儿，也可以吃些东西，如果有人和你说话，你最好不要回答，显得高傲一些就行了。我去找柔儿，毕竟她今天过生日嘛。"说着，她向念冰指了一下一旁空着的沙发，这才顺着楼梯向上走去。

念冰走到沙发旁坐了下来，随便拿起一杯饮料慢慢喝着，这种社交场合并不是他所喜欢的，他只是平静地观察着这些人而已。火星杖就放在面前的桌子上，对这种金器级别的法器，他并没有过多在意。

正在这时，他突然听到门卫喊道："魔法师公会，龙灵小姐、师九少爷到。"

他们来了。念冰虽然早已猜到他们会来，但此时还是不禁有些紧张，他赶忙拿起火星杖站了起来，走到一旁一个相对阴暗的角落中站定。

今天，龙灵没有穿魔法袍，而是穿了一身紫色的礼服，礼服与她非常相配，更加衬托出她那温柔的性格，大厅中就像多了一个紫色的精灵。

龙灵的人缘显然比雪静好多了，刚才雪静进来时，大多数人只是看她几眼，就继续聊自己的，只有少数几个主动向她打了招呼。

而龙灵就不一样了，她一进门就成了全场的焦点，所有人都主动上前与她打招呼，感觉上，她倒像是这里的主人。

念冰微微一笑，眼睛一亮，他知道，在这种情况下，龙灵根本不可能发现自己，他也乐得清净，今天倒要看看，这种所谓的上层贵族宴会，都有些什么花样。

师九依旧穿着他那件魔法袍，虽然上面并没有象征着身份的标记，但在场的众人没有谁会怀疑他的实力。师九尽管不如念冰英俊，可长相也说得过去，一时间，两人完全成了场中的焦点。

正在这时，念冰发现了一个与自己同样的异类，由于只有他们两人没上前与龙灵、师九打招呼，所以很容易就发现了彼此。那是一名年轻男子，身材与念冰相若，只是显得更健壮一些，一身合体的白色衣裤穿在他身上显得非常笔挺，棱角分明的面容虽然说不上很英俊，但散发着强烈的阳刚气息。一双黑色的眼眸，配上黑色的长发，显得有些冷酷。他手中握着一把刀，刀很短，感觉比晨露刀长不了多少，刀鞘也是白色的。能带刀来到这里，很显然，这个男人的身份极不一般。突然，念冰心中生出一个念头：这个人不会就是雪静喜欢的"酷哥"吧？

很快，念冰就肯定了自己的想法，在大厅中，也只有这个人符合雪静当初的描述了。令念冰奇怪的事情发生了，那男子竟然向他走了过来。虽然男子走得不快，但还是几步就来到了念冰身前。

"你好，我叫燕风。"

念冰愣了一下，按照雪静的描述，此人应该非常冷酷，"人兽不近"才对啊！怎么会主动向自己打招呼呢？念冰虽然这么想着，但并没有失礼，伸手与其相握，道："你好，我是念冰。"

二人松开手，燕风走到念冰身旁，微翘起小指，很自然地将额前一绺垂落的黑发撩到耳后，过于黑亮的眸子，静静地凝视着念冰，其中有种说不清的情绪。良久，他的唇边微漾起一抹淡然的笑容："以前似乎没有见过你。"

看着高大冷峻的燕风，念冰心中突然生出一丝怪异的感觉，虽然说不清这种感觉究竟是什么，但隐隐觉得有几分不妥。

"我来到冰雪城不久，刚加入魔法师公会，所以阁下以前没有见过我。看来，您应该经常参加这种社交活动吧。"

燕风的目光依旧落在念冰脸上，他冷淡地道："也不是经常，偶尔为之而已，我最讨厌那些闹哄哄的女人。"

念冰心中暗道：这家伙脑子一定有毛病，装什么酷啊！念冰微笑着向燕风点了点头，不再同他说话，燕风也没有再开口，将目光投向场中。

龙灵好不容易才从众多簇拥者中挣脱出来，跟师九说了句什么，也向楼上跑去，显然，她应该是与雪静和那位柔儿小姐会合去了。龙灵的离开，使大厅的气氛重新冷了下来，那些贵族依旧继续聊着，师九此时也成了他们中的一员，从他那志得意满的表情可以看出，那些贵族对他必然是赞赏有加，以他的心性，听到这种赞赏，恐怕连自己姓什么都不知道了。今天来的贵族大都很年轻，当然，除了先前那位美亚夫人。

冷酷的燕风突然再次开口："伯爵大人出现了。"

念冰顺着燕风的目光看去，只见从楼上走下一位大约五十岁的老者，老者身穿华服，个子不高，整个人就像一个大肉球似的。在全身肥肉的颤抖中，老者顺着楼梯而下。楼梯显然很结实，以他的重量，依旧没有发出一丝响动。念冰心道：不愧是冰雪城的财务总长，好吃的东西必定没少往肚子里塞。

伯爵的出现，使正在聊天的人们顿时静了下来，目光都落在楼梯上。伯爵走到一半就停了下来，肥胖的大脸上堆满了笑容："欢迎大家来到寒舍，今天是小女十八岁生日，也是她成人的日子，大家尽管吃喝，玩儿得高兴一些，就将这里当作自己的家。如果有什么招待不周的地方，还请见谅。大家继续吧，我想，小女也快出来了。"

此话一出，顿时引来一片赞颂声，伯爵脸上的肥肉堆得更紧了。他似乎很满意这样的场面，缓缓走下楼梯，手中拿了一杯酒，与年轻贵族们走到一起，聊了起来。

看到这种情景，念冰和燕风脸上露出了同样的表情——眉头皱起，充满不屑。贵族们的奢靡生活，确实不是他们喜欢的。

"燕兄，你对这位伯爵大人有多少认识呢？"念冰下意识地问道。他对这里不熟悉，现在能回答他问题的人，也只有燕风了。

— 第 19 章 —
智女洛柔

燕风冷冷地道："伯爵名叫洛豪，虽然说不上清廉，但也颇有几分能力，冰雪城的财政在他的掌控之下，每年给冰月帝国上缴的税金绝不比冰月城少。他最引以为豪的就是生了一个好女儿，洛柔今年虽然只有十八岁，但是十年前她就成名了。八岁的她，参加冰月帝国三年一度的全国文考，竟然取得了第一名的骄人成绩，而且分数远超第二名，有女神童之称，随着年纪的增长，她的聪慧越来越明显。据说，这位财务总长之所以能将所有财务工作处理得井井有条，与这位智慧之女是分不开的。冰雪城三大美女，正是以这位年纪最小的智女为首。智女洛柔、柔女龙灵，再加上一个疯女雪静，她们三个在一起时，就连城主侯爵大人也会让她们三分。"

"疯女？呵呵，倒还真是名副其实呢，以她的脾气，担上这个称号完全合适。"听到三位的外号，念冰心中不禁一阵好笑。

燕风的目光落在念冰身上："怎么？你认识雪静吗？"

念冰点了点头，道："今天我正是她的男伴，自然是认识的了。不知燕兄对她有什么看法？"

燕风眼中流露出一丝惊讶："没想到，你竟然是雪静的男伴。我对她能有什么看法？我只知道，她父亲雪极与冰月帝国三大元帅之一的噬血灭魂雪魄是亲兄弟，那雪魄是帝国三大元帅之首，以铁血作风而闻名，只要有他出战，敌人绝无一个活口，所以，他又有铁血大帅之称。雪极比起兄长要低调得多，只是在冰雪城中开了一间叫清风斋的酒楼，不过，有兄长的威望在，谁也不敢得罪雪极。"

终于知道了雪家的背景，念冰不禁倒吸一口凉气，能在冰雪城正中央开设一间如此大的酒楼，雪极果然不简单啊！

惊叹声在这时响起，所有人的目光再次聚集在楼梯上，他们不约而同地喊出了两个字："智女……"

楼梯上，率先出现的是雪静和龙灵，两人穿着合身的束身礼服，站在一起。雪静看上去似乎更丰满一些，修炼武技多年，使她看上去健康、活泼。龙灵虽然身材略显纤细，但温柔的笑容更容易给人好感。

大多数在场的男士此时都两眼发直，当然，这其中并不包括念冰和燕风。正在这时，一个蓝色的身影出现在龙灵与雪静中央，她有着一头蓝色的长发，长发微微有些卷曲，似乎并没有经过梳理，披散在背后。一双蓝色的大眼睛中流露出淡淡的神采，只是这双眼睛，就深深地吸引了念冰。那是充满智慧的深邃眼眸，虽清澈，但不见底。论容貌，在念冰见过的女人中，恐怕也只有凤女可以与她相比了，只不过这位洛柔小姐看上去要纤弱得多，眉宇间似乎有一丝病态的美。

念冰笑了："怪不得燕兄会说伯爵大人以女为荣了，看到智女本人，我真有些怀疑，她到底是不是伯爵大人的亲生女儿。"

燕风看向念冰，脸上难得露出一丝淡淡的笑容："这个就不知道了，不过，你千万别让伯爵大人听到这话，否则，他可要发怒了。"

两人相视一笑，无形中把彼此之间的距离拉近了几分。洛豪此时已经迎到楼梯下，智女洛柔在龙灵和雪静的簇拥下缓缓下楼，一直走到楼梯口，洛柔才停下来，微微一笑，向在场众人缓缓躬身："今天是洛柔的生日，多谢各位赏光，洛柔不胜荣幸。"

悠扬的生日乐曲响起，整个大厅洋溢着和谐的气氛，一辆推车被两名仆人推着缓缓而来，推车上是一个足有七层的大蛋糕，蛋糕上早已点燃了十八根蓝色蜡烛，整个大厅中的灯光都暗了下来，只有烛光依然明亮。除了念冰和燕风以外，在场所有宾客同时高唱生日歌，洛柔温婉地一笑，双手合十置于胸前，闭上眼睛许愿。少顷，当她睁开眼睛时，嘴角多了一丝笑意："静静、灵儿，我们一起吹蜡烛。"

三名女子同时张口，十八根蜡烛在香气中熄灭，大厅中的灯火重新点亮，生日仪式结束了，洛柔接过餐刀，切下了第一刀，将最上面一层的蛋糕切出一道缝隙。刀起，沾染上一层乳白色的奶油，洛柔微笑道："在场宾客众多，洛柔身体不太好，不知可否请一位公子上来，帮我将这蛋糕分开？洛柔今日并无男伴，愿与这位公子跳上第一曲舞蹈。"

此言一出，顿时引起一片哗然，所有认为自己有资格的年轻贵族纷纷将手高举，争先恐后，希望能得到洛柔的认可。

念冰看了燕风一眼："燕兄，你没兴趣吗？"

燕风淡然道："没兴趣，如果你愿意的话，我倒可以助你一臂之力。"

念冰笑了："好啊！那就麻烦燕兄了。"

燕风眼中流露出一丝惊讶："你真的要去吗？"

念冰微笑道："为什么不呢？能与智女共舞一曲，也不枉我来此一场。燕兄，我们似乎要快些才行，否则，恐怕洛柔小姐就选好了。"

燕风深深地看了念冰一眼，点了点头，道："好，我帮你，跟在我后面。"

说完，燕风迈步朝人群最密集处走去。淡淡的白色斗气从他身上散发而出，所有贵族在这股斗气之下纷纷向两旁跌开，本想发怒，但一看到燕风那冰冷的面容，他们不禁都收敛了。燕风的行动顿时引起了所有人的注意，其中自然也包括雪静。除了燕风和念冰以外，所有人此时都觉得，燕风要为洛柔切这蛋糕，一时间，声音弱了下去，似乎没有人愿意与他争夺，不用斗气逼退，众人自然让出了一条通路。

雪静的脸色微微一变，她今日前来，有很大的原因是为了燕风，而此时眼看燕风要为自己最好的朋友切蛋糕，她的心情顿时变得复杂起来。

洛柔眼看燕风朝自己的方向走来，不禁微微一笑，道："燕公子，你要帮我切蛋糕吗？这是洛柔的荣幸。"

燕风走到蛋糕前，目光从洛柔等三名女子身上一扫而过，他向旁边的洛豪点了点头，道："不，不是我，而是我的一位朋友。希望洛柔小姐能给我的朋友一个机会。"

说完，燕风向旁边侧身，众人这才注意到他身后那一身火红色长袍的魔法师。

看到念冰出现，龙灵和雪静都不禁轻咦一声，露出疑惑之色。洛柔看到念冰英俊的容貌，感受到他不凡的气质，美眸中不禁闪过一道异彩。一时间，念冰成了整个宴会的焦点。

念冰走到燕风身旁，坦然地看着面前的三名女子，微笑道："洛柔小姐，不知在下可否效劳呢？"

"不行！"洛柔还没开口，雪静便抢着喊道。

喊出这两个字，她才发觉自己太焦急了，感受到众人质疑的目光，她不禁道："我、我是指以他的身份还不够资格。"

燕风冷声道："雪静，果然不愧为疯女，在洛柔小姐的生日宴会上，你也要发疯吗？他是我的朋友，单凭这一点就够了。"

听到燕风开口，雪静顿时说不出话来，狠狠地瞪了念冰一眼，不再吭声。

念冰仿佛没有感受到雪静的目光一般，依旧看着与自己同样有着蓝色眼眸的洛柔："不知可否效劳？"

洛柔虽然心中同样疑惑，但她无愧于智女的称号，在这种局面下，她微微一笑，道："刚才静静失礼了，我替她向公子赔罪。在洛柔的生日宴上没有身份之分，来的每一位宾客都是洛柔的朋友，公子请。"

说着，她将手中的餐刀递入念冰手中。

简单的一句话，顿时化解了尴尬的气氛。念冰走到洛柔身边，向她微微额首道："请几位小姐退后，以免奶油沾到你们身上。"

洛柔看了念冰一眼，与龙灵和雪静一起向后退去。念冰手握刀柄，虽然是不同的刀，但以他对刀的感知，他依旧能清晰地感觉到餐刀的气息。他瞥了一眼旁边餐车上的盘子，燕风来到他身旁，将第一个盘子递入他手中。

念冰微笑道："这第一块蛋糕，自然是要给今天的寿星，智女小姐。"

光芒一闪，除了在念冰身旁的燕风以外，没有人看清楚他的手是如何动作的，一块蛋糕已经好好地摆在盘子上，更为奇异的是，餐刀上的奶油不见了，而剩余的蛋糕，切口极为整齐。

念冰将盘子递给身后的智女："这块蛋糕就算是我送给智女小姐的生日礼物吧。"

智女如此聪慧，也没有明白念冰的意思。一旁的龙灵不禁道："这明明是柔儿家的蛋糕，怎么能算是你送的礼物？"

念冰微微一笑，道："智女小姐一尝便知，这是今天唯一特殊的一块蛋糕。"

洛柔与念冰目光相对，她惊讶地发现，自己竟然看不透面前这名异常英俊的男子。洛柔接过一旁仆人递来的勺子，挖下一小块蛋糕送入口中，在挖的过程中，她发现这蛋糕似乎有点硬。

蛋糕入口，洛柔不禁惊呼出声："好凉啊！"原本又香又腻的蛋糕多了一分清甜之气，冰爽的奶油蛋糕入口即化，香甜清凉的气息顿时充满口鼻，使洛柔精神振奋，原本有些苍白的俏脸上多了一抹红晕。

念冰微微一笑，道："如何？"

以冰系魔法入蛋糕之中，感觉上简单，但火候的控制极为重要，如果冰元素之力用得少了，那么蛋糕的味道就要差一些；用得多了，蛋糕就会成为冰坨而无法食用。如此妙的操作，恐怕也只有念冰这样厨师出身的魔法师才能做到了。

洛柔眼中一亮，向念冰点了点头，道："多谢公子，洛柔对这件礼物很满意，已经好久没有什么东西能让我想多吃几口了。不知公子能否让我的两位姐妹也品尝一下这样的美味呢？"

在场的贵族们自然不明白他们话中的意思，但洛柔所言并不像假的，一时间，他们都不禁有些好奇地看着念冰。

念冰淡然一笑，脸上流露出一丝冷傲："对不起，洛柔小姐，今日唯有你方能品尝这件特殊的礼物。"

念冰转过身，刀光连闪，一块接一块蛋糕被餐刀切开，进入空盘之中。念冰每劈出十刀就要等一会儿，让身旁的燕风将蛋糕分出去。在场不乏熟悉武技的人，他们都看出，念冰用的并不是斗气，只是凭借精湛的刀法和过人的腕力才达到了如此效果。念冰对力量的控制极为精准，每一块蛋糕都毫无破损之处，大小完全相同，只不过，蛋糕到了这些贵族口中，依旧是原本的味道。

当念冰将最后一块蛋糕拿入手中时，七层蛋糕正好分完，每人一块，不多不少，再加上每一块蛋糕都大小相同，这显然是经过特殊计算的。

洛柔已经将手中的蛋糕吃下了一小半，看着分完蛋糕的念冰，她微笑道："真没想到，公子这么快就将整个蛋糕分完了。"

念冰手托蛋糕走到洛柔身前，微笑道："如果换了别人，恐怕也无法与小姐共舞了吧。"

骤然看去，分蛋糕是一件很轻松的事，但换了普通人，将这一百多块蛋糕分下去，恐怕也需要很长时间，到时舞会早已开始，洛柔完全可以用等待切蛋糕之人为理由拒绝别人的跳舞邀请。而等切蛋糕者切完了，她也可以随便找个理由推托，如此心机，确实无愧于智女之名。念冰在她开口请人替她切蛋糕时，就洞悉了一切，这智女表面温柔平和，实际上处处尖锐，内心的高傲同样只有智者才看得出来。

洛柔知道念冰已经看出了自己的打算，她手中的蛋糕已经被消灭一半，此时，冰雪城三大美女的目光全都落在念冰身上，洛柔的目光中带着挑衅，龙灵的目光中则充满了好奇和疑惑，雪静的目光最明显，愤怒中同样带着一丝好奇。

洛柔朗声道："各位吃完蛋糕后，可以自由参加舞会，洛柔现在将信守承诺，与这位魔法师先生跳第一曲。音乐。"

悠扬的音乐响起，洛柔向念冰伸出了右手，念冰微微一笑，接过她的小手，自然地搂住她那纤细的腰肢，脚下一滑，步入舞池之中。宾客们自觉地向两边散去，将中间的舞池让给他们。念冰的舞技虽然有些生疏，但在音乐中，也逐渐自然起来。

洛柔身上的香气很淡，却让念冰记忆深刻，那是一股类似兰花的香气，她的小手柔若无骨，两人那蓝色的眼眸深深地凝望着彼此，在外人看来，那是深情的凝望，而念冰和洛柔都知道，对方递来的是挑战的目光。

洛柔樱唇轻动，用只有念冰能听到的声音道："你是从哪里来的？我可以肯定，你绝不是本城中人。因为冰月帝国少有金发者。"

念冰微微一笑，同样低声回答道："确实，我刚来冰雪城不久，小姐自然没有在各种场合中见过在下。久闻智女之名，今日一见，果然名不虚传。能与小姐共舞一曲，确实是在下的荣幸。"

洛柔那清澈的眼眸中流露出一丝不满："所谓明人不说暗话，何必用这些万金油的话来搪塞我呢？能告诉我你是跟谁来的吗？燕风从来不与他人随意交往，今天同样是自己来的，我想，你们应该是刚认识不久才对，能让他帮你，看来，阁下的人格魅力不小啊！"

念冰不动声色地道："或许是因为我和燕兄有缘吧，洛柔小姐想知道我从何而来并不困难，只需要问问你的好姐妹就知道了。"

洛柔仿佛想到了什么："难道、难道你就是和静静一起来的那个冒充的男友吗？"

念冰淡然道："不愧是好姐妹，连这些你都知道，又何必让我再解释什么呢？"

洛柔仿佛在思索什么，而念冰依旧目光灼灼地看着她的眼眸。洛柔知道，在与念冰的第一次交锋中，自己已经输了，输在念冰的神秘上。从小到大，这还是她第一次品尝到失败的滋味，心中不禁对面前这名青年多了几分深刻的认识。

周围的宾客们看着舞池中的男女，大都露出羡慕和赞许的目光，男子英俊高大，女子绝色美艳，宛如一对金童玉女。就连洛柔的父亲老伯爵，也不禁满意地连连点头，他举办的社交宴会很多，这还是他第一次看到一个长相和身材都配得上自己宝贝女儿的人。

一首乐曲进入了尾声，洛柔在念冰的牵引下美妙地转了两圈，念冰右手一探，搂住她的腰肢，使她上身后仰，同时他向前踏出半步，脸贴近洛柔，眼中流露出淡淡的笑意，道："洛柔小姐的舞姿真美，相比起来，我生疏多了。"

手微微用力，洛柔直起腰，扫了念冰一眼，眼中尽是妩媚："公子过谦了，你跳舞虽生疏，但完全融入乐曲之中，稍加时日，洛柔定然不及。好了，各位贵宾，请大家尽情地跳吧。"

宣布舞会正式开始后，洛柔牵着念冰的手向场边走来，她实在按捺不住心中的好奇，要向好姐妹问个清楚。

雪静此时似乎已经忘记了念冰，站在燕风身旁，低声道："你不跳舞吗？"

燕风冷冷地扫了她一眼，平淡地道："对不起，我不会。我更不会与刚刚羞辱过我朋友的女人共舞。"

雪静微怒道："你朋友？你和他才认识多久？难道在你心中，他比我还重要吗？"

燕风有些不耐烦地瞥了雪静一眼："不，你错了。他不是比你重要，而是重要得多。"

听了前几个字，雪静眼中还露出一丝喜悦，当听到最后一句话，她那拥有健康肤色的俏脸顿时血色尽褪，整个人险些晕倒。

"好，燕风你给我记住。"

"静静，来，我有事要问你。"正在此时，洛柔的声音传来。

雪静转身看去，正好看到洛柔拉着念冰的手走到场边，一看到念冰，她顿时气不打一处来，心中暗道：臭念冰，你今天死定了。

雪静也不顾自己先前装出的淑女风范，大步走了过去。

师九本想请龙灵共舞，却被洛柔阻止了，念冰微微一笑，道："师九大哥、灵儿，你们好，没想到今天会在这里见到你们。"

龙灵秀眉微皱，道："确实没想到啊！念冰，你是冰系魔法师，今天怎么穿了火系的魔法袍，而且，级别也不对啊！这衣服有些眼熟。"

刚走过来的雪静只听到了最后一句话，哼了一声，道："当然眼熟，他身上的衣服和手中的魔法杖，不都是我向你借的吗？"

洛柔疑惑地看着念冰，并没有开口。龙灵却瞪大了眼睛道："什么？静静，这就是你说的那个劈……"

此时，当着姐妹，雪静可不想给刚扫了自己面子的念冰留什么情面，恶狠狠地道："不错，他就是那个劈柴的。没想到竟然会玩花样。"

念冰淡然一笑，道："静儿，我可并没有玩什么花样啊！我帮你的好友切蛋糕，不是正符合我冒充的身份吗？别忘记，我现在是你的男友。我知道你们想问，我为什么会有如此熟练的刀功，其实很简单，劈了那么多年柴，手法自然就熟练了，不论什么东西，其实劈起来都是一样的。"

他并没有说谎，所以眼神很坦然，原本已经认定什么的洛柔一看到他这坦然之色，心中不禁开始怀疑自己的判断。

雪静怒道："你、你是故意的对不对？你说，刚才你都对燕风说了什么？"

念冰淡然道："我只是和燕兄打了个招呼而已，他并不像你所形容的那样，与他相处，让人感觉很舒服。"

雪静再也抑制不住心中的怒火："滚，你给我滚出去！等回去我再和你算账。"念冰的变化以及燕风的冷漠，彻底激怒了这位疯女。

"静静。"洛柔有些不满地叫了一声，毕竟念冰刚刚与她共舞了第一曲，已经成为在场最重要的嘉宾，如果被雪静赶出去，这宴会也就不用再继续下去了。

念冰淡然一笑，道："对不起，雪静小姐，我并没有卖与你为奴，每个人都有自尊，希望你说话能注意分寸。何况，你也没有权利赶走一名大魔法师，我说得对吗？灵儿。"

说着，他将目光转到早已因为惊讶而变得呆滞的龙灵身上。

雪静的声音尖锐起来，愤怒的她已经忘了此时的场合："大魔法师？你在说你自己吗？你算什么东西？"

"静静！"洛柔和龙灵异口同声地叫道。

龙灵此时已经清醒过来，走到念冰和雪静中间，低声道："静静，不论你们之间有什么矛盾，今天是柔儿的生日，不要扫兴了。而且，念冰说得对，以他在我们公会中的地位，你确实没有权利赶他出去。"

雪静一呆："灵儿，你真的认识他？"

龙灵点了点头，道："静静，虽然我不知道你们之间有什么误会，但有一点我可以肯定，记得我跟你说的那名新加入公会的大魔法师吗？那就是念冰啊！他年纪比我还小，却达到了大魔法师的境界，深受我父亲和几位魔导士的认可。"

洛柔点了点头，将自己先前剩余的蛋糕托了出来："这一点我可以证明，用这块如同冰淇淋一般的蛋糕证明。"

雪静呆住了，完完全全呆住了，她从来没有想到，在自己眼中异常懦弱的念冰，竟然会是一名天才魔法师。这突然出现的反差令她极难接受，但她知道，龙灵和洛柔绝对不会骗她，一切都是真的。

她的目光突然变得寒冷起来，瞪了念冰一眼后，情绪反而变得平静了："柔儿，对不起，我不能继续参加你的生日宴会了，改天我再登门道歉。我先走了。"

说完，雪静迈着平静的步伐，优雅地向外而去。

熟悉她的洛柔和龙灵都知道，此时的雪静已经到了爆发的边缘，这件事恐怕无法善了。

"念冰，这到底是怎么回事？"一直没有开口的师九不禁问道。

念冰淡然一笑，道："没什么，只是我与雪静小姐之间有些误会而已。师九大哥，音乐如此优美，你不邀请灵儿跳支舞吗？"

师九愣了一下，但马上反应过来，向念冰报以感激的微笑，以一个绅士礼伸出了自己的右手。龙灵此时已经没有理由拒绝师九，虽然仍想问清楚，但不得不先与师九一起滑入舞池之中。

念冰平静地站在那里，看着舞池中一对对男女翩翩起舞，他的心情很轻松，这一次，自己可以完全离开清风斋了。

"你不觉得这样对静静很残忍吗？"洛柔站在念冰身旁，淡淡地道。

"残忍？我并不觉得。洛柔小姐，你有智女之称，在你看来，以雪静的秉性，她是否应该受些挫折呢？"念冰扭头看向洛柔。

洛柔眉头微皱："这么说，你还是在帮她了？"

念冰淡然道："至少我是这么认为的。雪静帮助过我，虽然我向她隐瞒了魔法师的身份，但是，我对她并没有恶意。坦白说，这些天以来，我和她相处得并不愉快。她毕竟是一个女人，我不与她争，所以，我才选择了今天表明自己的身份。或许你认为我伤害了雪静，但其实我和她根本连朋友都算不上，她并不是伤心，只是愤怒而已。多一个人恨我，你觉得我会在乎吗？你是智女，而雪静又是你的朋友，如果你能引导她改改脾气和说话方式，或许，今后她会少吃很多亏。"

洛柔的眼神中多了几分怪异："你到底是什么人？我实在不明白，你做这些事的目的是什么。"

　　念冰淡然一笑，道："我只是一名普通的魔法师，你不是已经听灵儿说了吗？一名刚加入魔法师公会不久的冰系魔法师。"

　　洛柔笑了："念冰，这应该是你的名字吧？你已经引起了我的兴趣。"

　　就像老鼠闻到了猫的气息一般，念冰打了个寒战。

　　"洛柔小姐，如果你想要查我的底细，那你尽可以施展所有手段。今日扰乱了你的生日宴会实在不好意思，但能认识智女，我非常高兴，以后有机会，念冰定当登门拜访。麻烦你和灵儿说一声，我先回公会了，她如果要找我，可以去图书馆。"

　　洛柔有些失望地道："你现在就要走吗？"

　　念冰莞尔一笑，道："就算我不走，恐怕洛柔小姐也不肯再陪我跳一支舞了吧。所以，我还是走吧，我并不喜欢成为众矢之的的感觉。"

　　洛柔神色一动："那你还会不会回清风斋？"

　　她本想说，再陪你跳一曲又能如何，但话到嘴边，还是没有说出口。

— 第 20 章 —
热情的燕风

念冰摇了摇头，道："至少现在不会，但当我回清风斋的时候，绝不是以现在这样的身份。"

洛柔微微一笑，道："今天算你赢了，但你不可能永远赢下去，当我知道你的一切后，我会让你输得心服口服。"

念冰装出惶恐的神情："我现在已经心服口服了，小姐就不要为难我了。"

洛柔哼了一声，道："你是不屑与我这小女子斗吗？"

念冰微笑道："不敢，只是我确实没有时间与小姐斗。如果小姐有本事进入魔法师公会的图书馆，随时都可以找到我。至少一个月之内，我绝不会离开魔法师公会。"

"这么说，你算是接受我的挑战了。那好，让我送你出去吧。"说完，不等念冰反对，洛柔主动拉起他的手，与他一起向外走去。

夜凉如水，空气格外清新，洛柔牵着念冰在庭院的小路上缓缓向外而行，就像一对情侣似的。美女在侧，念冰虽然感觉很轻松舒适，但心中没有多想。

"念冰，我们打个赌如何？"洛柔微笑着道。

虽然她说得轻松，但念冰能感觉到其中的机锋："打赌？对不起，我并不是一个赌徒。"

洛柔道："你是不敢吗？怕输给我？"

念冰微微一笑："请将不如激将，智女的激将法，恐怕没什么人能逃避吧。不妨说来听听，这赌如何打呢？"

洛柔道："我们就赌这一个月。如果在一个月内，我不能摸清你真正的身份，就算我输了；如果我摸清了，就算你输，如何？"

念冰看着洛柔，道："我真正的身份你不是已经知道了？我并没有隐瞒什么。不如这样好了，就赌我的职业吧，只要你能找出我真正的职业，并提供有力的证据，那就算你赢，可我们要拿什么当赌注呢？"

洛柔微笑道："好，就依你。这么说来，你并不是一个魔法师那么单纯了。如果我赢，你就答应我一个条件，反之，我答应你一个条件。"

念冰有些好笑地道："一个条件，这也太空泛了吧，如果我赢了，要求小姐嫁我为妻，难道你也会答应吗？"

洛柔松开念冰的手，银铃般的笑声响起："那也没什么不可以，不过，要你能赢得了我才行。我与人打赌，可还从未输过。就送你到这里吧，我要回去了，还有许多宾客等着我。我们一定会再见面的，输了你可不许耍赖哦。"

看着洛柔返回的背影，念冰无奈地一笑，没想到刚摆脱雪静，却又招惹了这么一个大麻烦。智女洛柔绝不像雪静那么容易对付，真希望这一个月能够快点过去，自己也好离开这纷乱的地方。

念冰向外走去，门口那名管家已经不见了，士兵们依然把守着。念冰伸展着身体，看了看天色，今天确实有些累了，不过，回魔法师公会后还是先去看会儿书吧，那天的最后一本还没看完。一想到看书，念冰的兴致顿时高了起来，在书中的魔法世界里，他的思路会变得更加清晰，时间也过得更快。

想到这里，他不禁加快步伐，走出院子后，辨别了一下方向，朝魔法师公会走去。

念冰刚走出没多远，胸前所戴的天华牌突然散发出一股温热的气流。念冰心中一动，顿时停下脚步。天华牌是一件宝物，往往会在危急关头给自己示警，当初，自己在桃花林中遇到毒瘴蜂时，多亏了它及时提醒，才来得及准备魔法渡过危难。没有多余的时间犹豫，淡蓝色的光芒朝着念冰的身体聚集，他一边有节奏地念着咒语，一边向空旷的大街看去。

天华牌的预警是完全正确的，刺肤的气流带着强大的压迫力突然从左边房顶处冲向念冰，那是熟悉的红色光芒。一感受到这攻击气流，念冰顿时知道来者是谁了。此时，他的咒语已经完成，就在他刚要释放出防御力极强的四阶冰凌盾之时，斜刺里突然亮起一道白色的光芒。白光并不强烈，但速度极快，后发先至，赶在红色光芒之前挡在念冰身前。

叮的一声轻响，尖锐的声音震得念冰耳膜一阵发疼，他下意识地向墙边退去。一白一银两道身影同时落在地面上，银色身影如念冰所料是疯女雪静，而那白色身影却是燕风。先前念冰离开的时候，燕风似乎去了洗手间，念冰没跟燕风打招呼就走了。

燕风举起手中那白鞘短刀："疯女，你又在这里发疯了！作为一名武技修炼者，居然在暗处偷袭一名魔法师，你根本不配修炼武技。"

雪静眼中充满了怒火，恨恨地看着念冰："我就偷袭了，你管得着吗？你是他什么人，用得着你来救他？你给我滚开，今天我要灭了他！"

念冰眉头微皱，道："雪静，我想，我们之间应该没有那么深的仇恨吧。"

雪静的眼圈突然红了起来："没有吗？今天发生的事姐妹们都看到

了，你让我以后如何抬得起头？我问你，你既然是一名魔法师，为什么要到我们清风斋去劈柴？为什么还要骗我？以前你所做的一切，都是假装的对不对，都是为了蒙骗我的对不对？我和你有什么仇，用得着你这么算计我？"

念冰也没有想到雪静会将这件事看得如此严重，眉头微皱道："雪静，不错，我是一名魔法师，但是，我去你们清风斋劈柴也完全是心甘情愿的。我有自己的目的，可我从来都没想骗你，你也没有问过我会不会魔法，这如何谈得上'骗'呢？你冷静一点好不好？"

"冷静？我冷静不了。今天当着那么多宾客的面，大多数人都看到你是和我一起来的，但是你理都不理我，还与柔儿跳了第一支舞，你这是什么意思？是在向我示威吗？你这个卑鄙小人，今天我要灭了你！"手中长剑释放出红色的斗气光芒，雪静明显要再次动手。

念冰突然生出一丝好笑的感觉，他清晰地发现，雪静仇恨自己，竟然很大程度是因为嫉妒。难道这一直瞧不起自己的刁蛮女子竟然对自己有好感？

红光爆发，长剑在雪静手中如同长虹贯日一般向念冰劈来，气势极强，很显然，雪静已经用出了全力。

一片白色光幕从下方升起，清脆的声音接二连三地响起，念冰只觉得眼前一花，雪静和燕风都已经来到自己面前五米处，只不过，现在的雪静，脸色显得有些苍白，手中的宝剑只剩下半截。

一柄散发着丝丝寒气的短刀正架在她的脖子上，燕风带着杀意，冷冷地道："疯女，你疯我管不着，但是，你想害我的朋友，就别怪我不客气。别人顾忌你父亲雪极，但我不在乎。"

"燕兄，手下留情。"念冰赶忙喊了一声，走到两人面前。离得近了，他看到雪静的目光一会儿落在自己身上，一会儿落在燕风身上，似乎根本不知道脖子上有柄随时可以取她性命的短刀。

泪水顺着她柔滑的肌肤滚落，突然，念冰从雪静眼中看到了一丝绝望。念冰心中暗叫不好，他的反应极快，意识到不妙的刹那，立刻抬手向燕风的短刀上抓去。

正如念冰所料，雪静眼睛一闭，竟然就那么撞向燕风手中的短刀。时间紧迫，燕风根本来不及反应，就在这危急关头，念冰的手到了，他直接抓住了燕风的短刀，而雪静则直接撞在了他的手背上。鲜血顺着念冰的手掌滑落，染红了燕风的短刀，短刀似乎有灵性，竟然在微微地颤抖着。雪静感觉到不对，睁开眼睛时，正好看到念冰被割破的手，她愣了。

念冰轻叹一声，有些无奈地看着雪静："你这又是何苦呢？这么点打击都经受不起吗？你在撞过来的时候有没有想过你的家人和朋友？雪静，虽然你有着疯女的外号，但疯并不是没有限度的，生命乃上天所赐，每个人都只有几十年而已，珍惜你的生命吧。"

燕风左手连点，封住了念冰手腕处的血脉，冷淡地道："她这么对你，你又何苦救她呢？"

念冰微微一笑，道："燕兄，你偏激了。我说过，生命是宝贵的，更何况，她也只是一时气昏头了而已，雪静小姐帮过我，而我却一直向她隐瞒自己是魔法师的事实，这一刀，就算是我还她的人情吧。雪静小姐，从现在开始，我不欠你的，你也不欠我的，请回吧。"

雪静在看到念冰的手时，眼中的愤怒就消失了，取而代之的是复杂的情绪。她咬了咬下唇，一步步向后退去，猛地将手中的断剑扔到地上，转身就跑。漆黑的夜幕中，飘荡着两串晶莹的泪珠。

"念冰，你怎么样？我的霜炎刀非常锋利，恐怕已经伤到你的筋骨了吧。这可怎么办？刀还不能动，我立刻带你去找大夫。"燕风眼中已经没有了先前的冷傲，关切之情溢于言表。

看着他那关切的样子，念冰心中突然生出一丝不妥的感觉，赶忙道："多谢燕兄关心，你放心，没你想的那么严重。你这刀确实锋利得很，连我手中的冰都切开了。"

说着，他缓缓张开手，两块被染红的坚冰掉在地面上，虽然血流得不少，但其实伤口并不深，雪静那一撞，只不过使燕风的霜炎刀将冰斩开，刺破了念冰的皮肤。

"生命的源泉啊！请绽放你的光芒，将带有生命印记的治疗之水赐予我，解除伤痛吧——水疗术。"

蓝色的光点在念冰手上聚集，如丝如缕般向他掌心处涌去，血顿时止住了，那并不是很深的伤口，在蓝色光点的作用下，正在不断愈合。

念冰满意地一笑，道："果然是书中自有黄金屋啊！昨天真是没白看，这二阶的水疗术可比一阶的治疗术好用多了。"这个二阶魔法，正是他昨天在魔法师公会的一本水系魔法书上看到的。冰系魔法从水系魔法衍生而来，不但拥有冰的能力，也有水的能力，但水系魔法师不能使用冰系魔法，这就是为什么冰系魔法在大陆魔法界有着超过普通四系魔法的地位了。

燕风赞叹道："魔法真是神奇的东西，单是这治疗之法，就是武技所不能达到的。"

念冰微笑道："多谢燕兄相救，魔法虽然有魔法的好处，但武技也有它的特点。"

燕风此时哪里还有冷酷的样子，笑道："客气什么，其实，我已经看出你有所准备了，但所谓关心则乱，我还是忍不住出手了。那疯女真是太疯狂了，竟然因为这么一点小事就要动手。"

念冰心中不妥的感觉越来越强烈，从燕风眼中，他已经看出了什么，勉强一笑，道："燕兄，我还有事，要先回魔法师公会了。"

燕风有些不舍地道："念兄，我们已经是朋友了，以后我能去魔法师公会看你吗？哦，对了，你也可以叫我的小名。我、我小名叫菊花，燕菊花。"

念冰全身一阵发冷，但他此时也无法拒绝刚刚救了自己的燕风，只得强忍着异样的感觉，道："当然可以，燕兄，那我们后会有期。"

说完，他向燕风微微颔首，转身朝魔法师公会的方向而去。

念冰一边走，一边心中暗想，第一次见面，这位燕兄是不是对我过于热情了？雪静啊雪静，你怎么喜欢上这么一个人？

念冰向魔法师公会走着，脑海中不断浮现出燕风在自己离去时那幽怨的目光，全身一阵发冷，他撩起魔法袍，发现皮肤上已经出现了一层鸡皮疙瘩。那家伙对雪静那样的美女都不假辞色，但一见面就对自己与众不同，真是奇怪，还好自己没被他缠上。很明显，那家伙武技很高，除非自己用出冰雪女神的叹息加上冰火同源魔法，否则很难赢他。不过，他也没有恶意，想来以后自己也不会再见到他了。

念冰在街道上慢慢走着，心中很轻松，雪静的事终于解决了，虽然她可能很难接受，但至少自己替她挡了一刀，她就算再疯，也不会仇视自己了吧。

急促的马蹄声突然响起，念冰赶忙向一旁让去，他现在走的这条街道并不算宽，要是被撞到，可就倒霉了。

只听两声长长的嘶鸣，两匹骏马在念冰面前停了下来，他惊讶地发现，马的主人竟然是龙灵和师九。两人翻身下马，师九不满地道："我说兄弟，你怎么连招呼都不打一声就走了？"

念冰苦笑道："那种情况我还能不走吗？"

龙灵原本温柔的目光中多了几分寒意："念冰，我需要你解释一下和静静的事。"

念冰苦笑道："解释？容易得很。你应该也知道，是她让我假装成她男朋友与她一起前来赴会的。在加入魔法师公会前，我刚到冰雪城，人生地不熟，在经过清风斋和大成轩的时候，本想先找份工作安顿下来，可谁知被大成轩的那个什么三掌柜为难，雪静正好经过，惩罚了那掌柜一下，带我进了清风斋，让我暂时在那里劈柴。或许是因为我长得还可以吧，她才选择我来装成她的男朋友。"

龙灵一愣，道："就这么简单？"

念冰耸了耸肩，道："就这么简单。不信你可以去问雪静。"

龙灵秀眉微皱，道："让一名大魔法师劈柴，真是可笑。不过，既然静静当初帮了你，那你今天为什么要在宴会上让她难堪呢？就因为她让你装扮成她的男朋友吗？"

念冰摇了摇头，道："我只是想让她知道，不要随便瞧不起人。雪静曾经冒犯我，我可以忍受，但是，我不希望她永远这样下去。如此自以为是的疯女，总有一天会遇到更大的挫折，与其如此，倒不如让我来刺激她一下。更何况，你觉得我对她的刺激很强烈吗？真正说出我是大魔法师的人是灵儿你啊！"

龙灵愣了一下，仔细回想起来，念冰确实并没有做什么，他只是为洛柔切蛋糕，并陪洛柔跳了支舞而已。倒是雪静，一发现念冰的真实身份，顿时便大为震怒，骤然离场。

龙灵想到这里，眼神变得柔和起来，轻轻地点了点头，道："这么说起来，还真的不能怪你了。不过，我想知道，你有没有把雪静当成朋友看待过？"

念冰淡然道："或许有吧，不过，我想，以后与她见面的机会也不会很多。灵儿小姐如果质问完毕，我想回公会了。我会在公会待一段时间，如果灵儿小姐还有什么不满，可以随时到图书馆来找我。师九大哥，你们骑马，那我先走了。"

说完，念冰转过身，迈着坚定的步伐继续朝着魔法师公会的方向前进。

龙灵有些呆滞地看着念冰的背影，喃喃地道："师兄，你说我是不是因为静静是我的好朋友而有些偏袒她了？念冰出身寒微，我想，静静一定是对他说了什么，伤到了他的自尊心。我始终认为念冰是个好人，他似乎并不想伤害别人，只是在小心地保护着自己。"

师九见念冰对龙灵说话毫不客气，心中反而暗暗高兴，附和道："是啊！我看念冰也挺可怜的，他小时候一定受了不少苦。雪静那丫头确实太疯了，你也不能光为她说话，今后有机会，你要多劝劝她才是。念冰这边你倒用不着担心，我觉得他不是一个记仇的人。事情都已经过去了，那就算了吧。时间不早了，我们也回去吧。我去带念冰一段。"

说着，他催动坐骑，朝念冰追去。

念冰并没有拒绝师九的邀请，他根本没把雪静、龙灵放在心上，所想的只有魔法和如何提升自己的实力，至于其余的一切，他并没有过多地考虑。不过，智女洛柔在他离开前和他的赌约，让他有些兴趣。

当他们回到公会时，已经是深夜了，念冰换好属于自己的大魔法师袍，将身上的火系魔法师袍和那柄火星杖还给龙灵后，独自一人来到了图书馆。

畅游在魔法书籍的海洋中，念冰忘记了一切，他甚至忘记了自己应该先去向凤女打个招呼。不知道过了多长时间，反正房间外的光线暗淡时，图书馆内的魔法灯就会自动亮起。念冰并不是每一本书都看，他只看与自己所修炼的魔法有关的书籍以及一些介绍魔法基础知识的书籍，这些都是他最需要的。尤其是一本介绍魔法卷轴的基础制作方法的书，他研究了很长时间。

每过一段时间，都会有人送吃的进来，念冰将心思都放在书上，也不看是谁送的，反正只要闻到香味就一边看一边吃，时间就这么过去了。

"好累啊！不知道过了几天。"念冰伸了个懒腰，揉了揉有些酸疼的腰，缓缓站起身。他终于将图书馆第一层中自己需要的东西都看完了，凭借与生俱来的过目不忘的能力，他将自己需要的东西都牢牢印在了脑海中。

记了太多东西，又一直没有休息，念冰只觉得大脑昏昏沉沉的，虽然他很渴望睡一觉，但他明白，越是在这种情况下，越应该进行冥想，时刻都不能放松。魔法的修炼如同逆水行舟，不进则退，长时间不与魔法元素沟通，自身的魔法力必然会逐渐减退。想到这里，他勉强打起精神，盘膝坐好，开始感知体外的魔法元素，用冰雪女神之石和火焰神之石帮助自己恢复精神。

当念冰再次清醒过来的时候，正好是白天，阳光通过图书馆的窗户照在他身上，带来阵阵温暖。他知道，自己这次冥想的时间不短，深入学习魔法知识后，他对自己的冰火同源魔法已经多了些了解，隐隐感觉到，自己的两种魔法力现在所处的平衡状态并不稳定，还需要进一步融合，才能达到真正的冰火同源，但具体该怎么做，他毫无头绪。

冰与火毕竟是两种极端，现在由于旋转着，才互不影响，一旦自己强行打破了这个平衡，恐怕最先无法承受的就是自己的身体，更不用说让两种魔法力进一步融合了，自己能不能保住性命都成问题。念冰知道，继续修炼下去，旋涡会越来越大，潜藏的危机也会增大，他实在不敢轻易尝试。现在他只是希望，在这座图书馆的二、三层，甚至是那神秘的第四层，有相关资料可以指导自己。

开门的声音响起，念冰下意识地抬头看去，只见龙灵托着个盘子走了进来。龙灵一看到清醒状态的念冰，不禁惊呼一声："念冰，你结束冥想了？"

念冰微微一笑，道："我是不是进来很长时间了？这些天一直都是你给我送吃的吗？"

龙灵有些不满地道："你啊！喜欢看书是好事，但也不能这样没日没夜地看啊！要不是爸爸不让我打扰你，我早就不让你看下去了。你光是看书，就用了三天三夜，然后又冥想了两天两夜，真没见过像你这么好学的人，怪不得你小小年纪就达到了大魔法师境界呢。给你，先吃点东西吧，冥想了两天，你一定饿了。"

念冰接过盘子，上面有一碗白粥、两个馒头和一小碟咸菜，都是再普通不过的东西。此时看到这些食物，他感觉心头被一片温暖所包围。龙灵确实是个好姑娘，自己与她只勉强算得上是朋友，她竟然对自己这么好，这份情，自己总是要还的。

"发什么呆啊！难道你不饿吗？"龙灵轻轻碰了念冰一下。

"啊！饿，当然饿了，我现在就吃。"

龙灵终于见识了传说中的狼吞虎咽，两个馒头一碗粥，不到三十次呼吸的时间，就被完全干掉，念冰还有些意犹未尽，将咸菜全都倒入口中，咀嚼几下，吞咽下去，这才满意地拍了拍肚子。

"吃得那么快，也不怕噎着。"看着念冰那似乎几辈子没吃过饭的样子，龙灵不禁扑哧一笑。

念冰将盘子递还给龙灵，道："多谢你了，我现在已经休息好了，我想，我该到第二层去看书了。"

"什么？你还要看？不休息一会儿吗？"龙灵吃惊地看着念冰。

念冰微微一笑，道："不用了，第二层和第三层还有更多我需要学习的东西呢。好不容易来到这个宝库，我实在舍不得离开。"

说着，他就要上楼。

龙灵拉住念冰，道："等一下。你知道吗？昨天静静来找过你。还有，燕风也来过。"

念冰眉头微皱，道："他们找我有什么事吗？"

龙灵道："燕风是在你看书的时候来的，也就是你回来的第二天吧，他在门口看了你一会儿，见你那么专注，就悄悄地走了，他走的时候似乎还说，你专注的样子很吸引人。还说了几句奇怪的话，我也不明白是什么意思，不过，他当时那种表情我倒是第一次见到。"

念冰苦笑道："行了，不用形容了。哦，对了，灵儿，这燕风到底是什么来头？似乎冰雪城没有谁敢得罪他，就连洛柔小姐的父亲伯爵大人也不敢。"

龙灵道："他啊！他的身份很特殊，从明面上来说，他是当今冰月帝国国王陛下的第七个儿子，也就是七皇子殿下，但是，不知道什么原因，他被国王陛下赶出了冰月城，让他来冰雪城居住，并特意赐了他一处府邸。燕风似乎也没什么爱好，每天除了练武以外，也就是偶尔上街走走。他极少参加宴会，那天是因为他请柔儿帮过一个忙，才去了宴会。我觉得他对你似乎很特别，我还是第一次见他对一个人这么关心呢。"

念冰叹息一声，道："其实宴会那天我们也是第一次见。那雪静来找我又是为什么呢？"

龙灵道："静静好像和人打了一架，还受了点伤。她跟我说，有一个女人到清风斋去找你，她和那女人一言不合就打了起来，结果那女人厉害得很，几招就伤了她，还是雪伯伯出面告诉那女人你已经不在清风斋，那女人才肯离去呢。据静静说，那女人的实力竟然不在雪伯伯之下，似乎达到了武斗家的境界。静静让我转告你，那女人打坏了清风斋不少东西，一共价值一百六十七个紫金币，让你去赔呢。"

念冰全身微微一震："啊！难道是她去找我了吗？真是该死，我怎么把她给忘了？灵儿，我先出去一趟，谢谢你告诉我这些。"

—— 第 21 章 ——
火神的左手

不用想，念冰也知道那大闹清风斋的必然是凤女，她一定是因为自己始终没有去水货铁器铺，又没在清风斋找到自己，才与雪静大打出手的。唉！自己真是糊涂，一看书就把什么都忘记了。

念冰走出图书馆，心急如焚，不知道为什么，在这一刻他脑海中充满了凤女那婀娜多姿的身影，顾不得会惊动旁人，举起冰凌杖吟唱道："伟大的冰雪女神啊！请借我您的愤怒，送我们到达迷失的彼岸——暴风雪。"

蓝色的光点从冰凌杖中释放，四散纷飞，周围的空气顿时变得寒冷了许多，风荡，雪飘，四阶的暴风雪渐渐变得狂暴起来，念冰将身心完全融入冰元素之中，身随雪飘，在暴风雪中高飞而起。

以暴风雪进行短距离飞行，飞行的远近完全取决于魔法师修为的高低，修为越高的魔法师就能飞得越远。以念冰现在大魔法师的魔法力，再加上对魔法的有效控制，用最少的魔法力辅助飞行，从魔法师公会到水货铁器铺并不困难。

远远地，念冰已经看到了水货铁器铺的院子，一团红色的光芒正在院子中辗转腾挪，宛如一条红色的蛟龙，虽然距离尚远，但念冰也能隐隐感觉到其中所蕴含的气势。

念冰控制着暴风雪缓缓向院子降落。距离近了，念冰发现，舞剑的正是凤女，他还是第一次看到凤女练武，心中微动，隐隐感觉到，凤女的斗气极强，竟不比当初的神铸师华天逊色。斗气弥漫在整个院子中，那暗红色的光芒带起灼热的气流，距离地面还有二十米，念冰已经感觉到热度在不断增加，辅助自己飞行的雪花纷纷融化，眼看自己就要控制不住身体了。

暴风雪毕竟对温度有一定的影响，凤女正在练剑，突然感觉周围的空气寒冷了几分，气流也变得强烈了，下意识地抬头看去，只见空中一个蓝色身影正朝自己而来，她本就心情不好，见此情形，顿时娇喝一声："什么人？"

凤女脚下微微一错，双手握住离天剑，骤然向前踏出一步，以腿带腰，以腰带背，以背带臂，以臂带腕，一道红色的火焰斗气宛如斩天劈地一般从下向上撩起，就像离天剑的一部分，尖啸声中，宽达一米的红色光刃直接向念冰身上劈去。

突然感受到下方传来的巨大压力，念冰不禁吓了一跳，来不及解释，在如此危急的情况下，他下意识地从怀中摸出晨露刀，不，现在应该称它为冰雪女神的叹息。围绕在刀柄上的布条在庞大的冰元素的作用下化为冰粉，蓝色光芒骤然大盛，念冰已经来不及吟唱咒语了，从怀中抓出一堆纸撒向天空，在冰雪女神的叹息的作用下，那十余张纸竟然奇异地变成一张巨大的冰网，由十余柄冰刀穿插而成的冰网。

为了避免冰雪女神的叹息过多泄露冰雪女神之石的气息，在用它引动那些纸片上附着的魔法力时，念冰不得不刻意在冰雪女神之石周围布下一个小型结界，这样虽然能够阻止冰雪女神之石的气息外泄，但那张冰网的威力也减小了许多。

一柄柄冰刀接连撞上那红色光刃，轰然巨响中，由火焰斗气形成的红色光刃顿时减弱了几分，但冰刀毕竟只是二阶冰系魔法，威力又怎么比得上以离天剑为基础发出的斗气斩呢？斗气的光芒虽然被削弱了一些，但它依旧向念冰斩来。

　　十余个冰刃术给念冰赢得了时间，他不敢再用冰雪女神的叹息，从怀中摸出火焰神之石，快速吟唱道：“伟大的火焰之神啊！请允许我，借用您的左手，让火焰降临人间，扑灭一切邪恶的力量，让火焰普照大地，毁灭一切阻挡在前方的障碍吧——火神的左手。”

　　在传说中，左手是火神全身最脆弱的地方，所以，这个类似召唤火元素的火系魔法也只不过是五阶而已。如果换成火神的右手，即便只是一字之差，等级相差却足足有四阶之多，九阶的火神的右手，可以轻易摧毁一支数千人的重骑兵大队。

　　在咒语结束的同时，一只巨大的火焰之手出现在念冰身前，而那红色的斗气斩也已经来到念冰身前。巨大的火焰之手直接迎上了斗气斩，并不是正面对轰，火神的左手在空中握住斗气斩的同时，猛地向旁边一带。火神的左手毕竟也是火神的一部分，五阶单体魔法也已经接近大魔法师的极限了，以离天剑发出的斗气斩虽然极为强劲，但还是被火神的左手带得一偏，从念冰身旁滑过。在念冰精妙的控制下，火神的左手适时摊开，并没有用魔法力与那斗气斩相互消耗，而是留在念冰身前。

　　“凤女，别动手，是我。”念冰高声疾呼。凤女以离天剑为基础发出的斗气斩太可怕了，火神的左手只是从侧面接触了一下，就被削弱了三分之一，如果不是凭借火焰神之石召唤而来，恐怕这五阶的魔法早已被破坏了。正如龙灵所说，凤女的实力绝对达到了武斗家的程度，她才多大年纪啊！武斗家可是与魔导士实力相当的强大武者。

下方的凤女在挥出这一剑的时候就已经后悔了，她原本正在练剑，练到兴起时正好发现有不明飞行物朝自己而来，下意识地以剑劈斩。挥出一剑后她才想到敌友未明，但斗气已出，除非武技已达化境，否则又怎么可能收得回来呢？

空中的变化让她极为惊讶，斗气虽然脱剑而出，但与她的精神依旧有联系，她清晰地感觉到，短短几次眨眼的工夫，空中先是出现十数道冰刃，阻挡自己的攻击，紧接着，一只火焰大手将自己的攻击带向一旁。很明显，对方是一名魔法师，反应如此之快的魔法师必然不简单。即使没有听到念冰那一声呼喊，她也不会继续攻击的。

在火神的左手的保护下，念冰缓缓下降，由于火焰神之石的作用，使用这个五阶的魔法并没有给他带来太大的负担。念冰心有余悸地落在凤女面前，苦笑道："几天不见，你也不用这么欢迎我吧，那可是会死人的啊！"

当他落地时，巨大的火神的左手也随之消失了。

红光一闪，离天剑归鞘，凤女一闪身，来到念冰身前，仔细看了看他，才松了口气，道："谁让你突然从天而降，还好没伤到你。我练剑的时候全神贯注，只要感受到外界的刺激就会立刻攻击，幸亏没有铸成大错。有门不走，非要从上面来，你啊，也真是的。"

念冰自然不会怪凤女，看着她关切的眼神，歉然道："对不起，都是我不好。凤女，你是不是去过清风斋了？"

一听念冰提到清风斋，凤女不禁哼了一声，道："别提清风斋了，我去那里找你，本来挺客气的，结果碰到一个刁蛮的女孩儿，张口就说你死了。我一生气，就与她动起手来，她的身手可不像嘴那么厉害，后来要不是清风斋里又出来一个中年人向我解释，那天我非好好教训她不可。念冰，你这几天到底上哪儿去了？我找不到你，你也不来看我，难道我就那么让你讨厌吗？"

念冰被凤女问得有些不知所措，赶忙道："不，不是的，确实怪我。"

当下，念冰将几天前发生的事简单地跟凤女说了一遍，宴会上那些事他并没有多提，只是一句带过，主要说了自己加入魔法师公会的经过。

"这么说，你现在已经是冰月帝国魔法师公会中的一员了？还是大魔法师呢。魔法就那么吸引你，让你把我都忘了？"凤女虽然嘴上这么说着，但俏脸上已经多了几分笑意，显然并没有真的怪念冰。

念冰道："这些年跟在师傅身边练习厨艺，魔法的修炼都是在摸索中进行的，这一次，好不容易找到机会，自然就投入了些。"

凤女仿佛想起了什么："哦，对了，刚才你在抵挡攻击时似乎用了两种魔法，相对而言，前一种比较弱，但减缓了斗气的攻击速度，而后来你用的那个魔法就比较强了，将我的斗气引向一旁。不过，让我感觉奇怪的是，这两种魔法的属性似乎并不相同吧，一个冰一个火。第一次见你同时使用两种魔法的时候，我还以为你的魔法力很低，由于没人指点而修炼了两种魔法，因为魔法力不高，所以并没有影响你的身体，但现在看来，你这两种魔法似乎都不弱，难道你真是一个冰火双系魔法师吗？这两种魔法可是相克的啊！"

念冰心中暗惊，虽然他对凤女很有好感，但这是自己的秘密，他还是不会轻易透露的，赶忙解释道："我本身确实有着冰、火两种体质，所以能够同时修炼这两种魔法，但是，正如你所想，这两种魔法彼此相克，使我很难有更高的成就，为了不被其反噬，我只能将魔法力控制在一定程度之内。不过，这样对我来说已经足够了，反正我是一名厨师，魔法只是用来辅助厨艺的。凤女，真没想到，你的武技竟然达到了这种程度，我看，你应该差不多有武斗家的修为了吧。"

凤女眼睛一亮，看着手中连鞘的离天剑，颔首道："算是吧。念冰，我知道你心中有所疑惑，想知道我为什么如此年轻就能拥有这么强大的实力，但是，我希望你不要问，你只需要知道，我对你并没有什么恶意就足够了。正阳刀制作完成之时，也是我们缘分结束之日。到时，你会离开冰雪城，同样，我也会离开水货铁器铺。"

念冰惊讶地看着凤女，从第一次见到凤女时，他就察觉了凤女身上那一丝神秘的气息，但凤女藏得很深，他也并不想深究，至少他认为，凤女是华天弟子的这个身份不会错，否则，她也不可能愿意帮助自己镶嵌火焰神之石了，现在看来，事情恐怕比自己想象中复杂得多。凤女身上的秘密绝对不少，尤其是她这一身与年纪完全不符的强大武技。

大陆上武斗家的数量虽然并不像魔导士那样少得可怜，但也绝不会超过一千人，每个国家的武斗家都是皇家极力拉拢的对象。数十年来，五大帝国虽然相安无事，但暗中的争斗从没停止过，这主要表现在两个方面：一个就是武者之间的比试，另一个自然就是魔法师之间的大赛。

虽然这些比赛都不是官方举办的，但全大陆武技第一比试大赛和全大陆魔法第一比试大赛，任何国家都无法轻视。只要在比赛中取得了优异的成绩，整个国家的总体实力都会得到其他国家的认可，能起到不战而屈人之兵的效果。这种比赛，各国显然都乐于参加。

在记载中，大陆上最年轻的武斗家，年纪也在三十五岁以上，而凤女的年纪与念冰差不多，如果消息传出去，大陆出现了这么年轻的武斗家，定会掀起一片波澜。

凤女被念冰灼灼的目光看得有些不自在，低下头，道："那天我去找你，只是想告诉你，正阳刀的质地比我想象中还要坚硬，一个月的时间我肯定无法雕琢完毕，所以，你还需要等更长时间，保守估计，至少需要三个月我才能将刀柄雕好。你在魔法师公会是吧？等雕好后，我就去那里找你。你回去吧，好好学你的魔法，毕竟，有些能力护身，对你总是好的。其实，以你的体质，如果修炼武技，在一段时间内也会有所成就。魔法这种能力，除非是在战争之中，否则根本无法与武技相比。就像刚才，如果我连续攻击，恐怕你早已支持不住了。当然，这只是我的一个建议，如果你只是为了成为一名好厨师而选择修炼魔法，那显然是很正确的。"

念冰微微一笑，道："凤女，正因为你修炼的是斗气，所以才能感受到斗气的强大。而我不同，我修炼的是魔法，魔法自有它的奥秘。如果我的魔法力能够与你的斗气相比，那么，我想，你的斗气也未必能把我怎样。魔法师需要的只是吟唱咒语的时间。不错，我无法与你的连续攻击抗衡，但如果我是一名魔导士，当我用出八阶魔法的时候，武斗家是不可能抗衡的。因此，我一直认为，魔法师和武者的区别，主要在于距离。

"同等级的魔法师和武者，在距离近时，必然是武者获胜；而距离远时，魔法师有充分的吟唱时间，那武者恐怕就危险了。当然，最好的组合自然是让武者与魔法师相互配合，武者顶在前面，与敌人近战，而魔法师则在后面使用合适的魔法，这既是战争之法，也是战斗之法，只不过组合的规模不同而已。正如你所说，我只是一名厨师，魔法对我来说已经足够了，如果再分心去学武技，到了最后，只会一事无成。"

听完念冰的话，凤女那碧蓝的眼眸中流露出一丝惊讶："没想到你竟然想得如此透彻，那我也就不多说什么了。看样子，今天你是没准备给我做好吃的了。"

凤女眼中的渴望是显而易见的，她对念冰的厨艺念念不忘。

念冰无奈地摊开双手，道："确实，我一听说你去清风斋找过我，就立刻赶过来了，什么都没有准备，要不，我现在去买点东西吧？"

凤女微笑道："不用了，我是和你开玩笑的。虽然你做的东西真的很好吃，但我确实不想多吃，否则以后我们天各一方时，其他食物又怎么满足得了我呢？快走吧，回魔法师公会去，这些天都不要再来了，好好做你该做的事。我争取在三个月内完成雕刻的任务，到时自然会去找你，以你的火系魔法相助，我想，镶嵌并不是太困难的事。"

凤女对自己的理解让念冰心中生出一丝感动，与她说话，自己根本不用解释什么，两人往往只需要一个眼神，就能明白对方现在最想要的是什么。相互理解，会让两人相处得更加轻松，念冰对这神秘的凤女顿时好感大增。

自从来到冰雪城中，念冰先后遇到了四名美女，要论四人给他留下的印象和在他心中的地位，那么，凤女绝对是第一。虽然她有些神秘，但是，至少她身上并没有让念冰顾忌的东西，念冰甚至连自己同时拥有两种魔法力的事都没有向她隐瞒，与她在一起时，一切都那么自然，自己仿佛摘下了无形的面具一般，那是亲人之间才会有的感觉。

凤女没有再多说什么，将念冰送到水货铁器铺门口："好了，你走吧。这个给你，如果在冰雪城中遇到了什么无法解决的麻烦，只要你吹响它，我一定会在最短的时间内赶到的。"

她从怀中取出一个小笛子递给念冰，笛子长约三寸，通体呈暗红色，上面有几个大小不同的孔，镂空式的雕刻，笛子似乎是一只凤凰的形态，样式古朴，表面的光泽足以证明其价值。更何况，它本身还散发着温暖之气。

"你吹吹看。"凤女微笑着道。

念冰将笛子送到嘴边，轻轻一吹，他清晰地感觉到，好像有一个尖锐的声音要从笛子中发出，但偏偏自己的耳朵并没有听到。

凤女得意地道："这凤笛极为珍贵，你拿好了，这是我家传之物，我也只有这么一个，并不是送给你哦，只是暂时借给你用。等正阳刀镶嵌完成时，你还要还我的。不是我小气，这是母亲留给我的唯一的东西，不能随便送人。用凤笛吹出的声音，只有我们族，哦，不，只有我们经过特殊修炼的人才能听到。"

说到这里，凤女想起了母亲临死时说的话，母亲告诉她，只有遇到真正喜欢的人，足以托付终身的人，才能将这凤笛送出。想到这里，她不禁俏脸一红。

笛子上传来的淡淡清香令念冰心中一阵激动："凤女，我……"

"嘘。"凤女将手指放在自己唇上，"什么都不要说，去吧。我们是朋友，彼此帮助是应该的。记住，我们只是朋友。"

念冰愣了一下，顿时清醒过来，看着凤女的绝色娇颜：是啊！我们只是朋友，更何况，现在也不是自己追求感情的时候。

念冰没有再使用暴风雪，而是一步一步走回了魔法师公会。当他回到公会时，午饭时间已经过了。这一路上，他紧握着凤笛，心中满是凤女的影子，或许是因为一见钟情吧，自从来到冰雪城后，经历的这些事始终让念冰精神紧绷，只有在面对凤女时，他才能放松一些。当自己离开冰雪城后，可能会忘记雪静、洛柔，甚至会忘记温柔的龙灵，但是，他知道，自己会在很长一段时间里，很难忘记凤女。她那粉红色的长发、蓝色的衣裤、动人的身姿、如同碧空的蓝色眼眸，无一不深深印在自己心底。凤女啊凤女，你究竟是什么样的人呢？你曾经提到族人，难道你属于什么特殊的民族吗？父亲对他说过，当初战斗结束时，有许多民族因为战败而被毁灭，但多少留下了一些族人，散落在各地。或许，凤女就是这些遗族中的一员吧。

"念冰，你回来了。"平淡的声音将念冰从思绪中唤醒，念冰抬头看去，只见穿着一身青色魔导师袍的龙智就站在自己面前不远处。

念冰赶忙收敛心神，上前几步，恭敬地道："会长，您好。"

龙智微微一笑，道："喜欢修炼是好事，但也不可太累了。要是本公会中每个人都能像你这么上进，我也就不用发愁了。"

念冰淡然道："会长过奖了，念冰自从修炼魔法以来，还是第一次看到如此多的魔法书籍，对于念冰来说，它们就是最大的宝藏。念冰入了宝库，岂能空手而归？单是理解这些理论知识就需要些时间。念冰起步晚，自然要加紧学习，以便今后能够更加顺利地修炼。"

龙智微微颔首，道："你一开始进入图书馆，我并没有太过惊讶，毕竟，任何魔法师都需要适合自己的魔法咒语。让我惊讶的是，你光是阅读第一层的魔法资料就耗费了数天时间，能从基础学起，足以证明你是一个可造之才。图书馆的前三层一直处于完全开启状态，继续学习吧，如果有什么不懂的地方尽管来找我。至于清风斋那边的事，你不用担心，我与清风斋的主人关系很好，有我替你出面，他们必定不会再来为难你了。

"你既然愿意修炼，大可继续下去。我听灵儿说，你已经准备进入图书馆第二层学习。我与灵儿商量过了，她从小一直跟随我学习魔法，与你一样，她也是一名冰系魔法师，从图书馆的第二层开始，就让她与你一起阅读图书馆中的资料，你们也可以相互切磋一下。尤其是在魔控力方面，你可以多给她一些指点。你们是同龄人，相处起来也比较容易，让她自己领悟，比我直接教她效果更好。"

念冰眉头微皱，自己是双系魔法师，需要看的并不仅仅是冰系魔法的资料，如果有龙灵在身边，自然就麻烦多了。只不过，龙智是冰月帝国魔法师公会会长，他已经这么说了，自己也无法拒绝，念冰心中一动，道："会长，孤男寡女总是有些不便，这样好了，让师九大哥与我们一起吧，大家一起学习探讨，收获应该会更大。我在第一层的一本《魔法基础详解》上看到，各系魔法在一定情况下都是相通的，虽然师九大哥修炼的是土系魔法，但我们共同学习，效果应该会更好。"

龙智眼中流露出一丝惊讶，自己的女儿有多大吸引力，他当然最清楚，他安排龙灵与念冰一起在图书馆学习，自然是想给念冰制造一些机会，却没想到念冰主动放弃了这个机会。

难道以女儿的才貌，对这小子就没有一点吸引力吗？龙智虽然心中这么想，但嘴上道："你想得很周到，那就这样吧。其他的事你不用担心，你们需要什么，尽管跟下人说。我会每天派人将食物送到图书馆中。希望在一段时间内你们能够有所突破。念冰，你要记住，魔法力才是修炼魔法的关键，也是施展更高阶魔法的基础，不要被过多的咒语和技巧所迷惑。"

龙智简单的一句话，却令念冰豁然开朗。是啊，魔法力才是修炼魔法真正的关键，自己的冰火同源魔法与其他魔法不同，怎样才能将这两种极端的魔法力真正融合到一起才是自己最大的问题。而这个问题，自己也只能从图书馆中去寻找了。

"多谢会长的指点，我一定会努力修炼的。"念冰向龙智鞠躬行礼后，转身朝图书馆而去。

看着念冰的背影，龙智不禁微微一笑，自己像他这样的年纪时，魔法修为可要比他差多了，不知他还能给自己带来多大的惊喜。那天师九和龙灵回来以后，就向龙智汇报了念冰的情况，确认了念冰曾经在清风斋砍柴这件事后，龙智对他的信任反而增加了许多，至少，这证明了念冰与当初冰雪女神祭祀前来寻找的人并没有关系。在龙智眼中，念冰是一名好学上进的天才魔法师，这样的人才，他自然要好好培养。

再次来到图书馆，念冰直接去了第二层，第二层中的资料记载的是三到六阶魔法的知识以及更深奥的魔法解析。对他来说，背诵冰系魔法咒语是最重要的，所以，他第一本选择的书就是《中级冰系魔法咒语大全》。

一本书刚看到一半，师九和龙灵就登上了楼梯。师九一上来，就主动向念冰打招呼："兄弟，我们来了。"

念冰放下手中的书，向两人微微一笑，道："师九大哥、灵儿，你们也开始看魔法书吧。"

师九有些无奈地道："真不知道师傅是怎么想的，非让我们也来看书，这些中级魔法基础的内容我们早就记在心里了。念冰，有什么好书介绍吗？"

念冰耸了耸肩膀，道："我也是刚到第二层，这不，还在看咒语呢。既然会长让你们也来，你们就随便看看吧，总会有些帮助的。"

龙灵温柔的目光落在念冰身上，道："你去见过静静了吗？"

念冰摇了摇头，道："我不想去见她，你也知道，以她那脾气，要是见到我，她无非就是冷嘲热讽的，不如不见。"

第 22 章

卷轴与魔法阵

龙灵轻叹一声，道："静静虽然脾气差些，但人还是很好的，你不要对她有什么成见。念冰……"

念冰打断龙灵的话，道："会长让我与你们切磋一下魔控力，我想知道，你们平时都是怎么修炼魔控力的呢？"

龙灵愣了一下，道："自然是施展一些低级的魔法，然后凭借精神力控制它们，达到自己想要的程度。难道你不是这样？"

念冰微微一笑，道："当然不是。其实，魔控力的修炼并没有什么窍门，主要修炼的就是精神力，而单靠控制魔法来修炼精神力，效果并不是很好，对精神的刺激不大。比如，你控制一个自己所能施展的最强魔法时，就很难让它达到自己想要的效果。按理说，你可以施展这个魔法，就应该可以控制它，之所以无法控制，并不是因为你的精神力不足，而是因为精神不够集中。"

"集中精神？"龙灵眼睛一亮，在魔法修炼上她有着很高的天赋，听念冰这一指点，顿时明白了许多东西，追问道，"可是要怎样才能让精神完全集中呢？这总需要一个方法吧。"

念冰当然不能告诉她自己能让精神集中是靠劈柴练出来的，只得无奈地道："这个因人而异，简单来说，当你仔细观察一样东西时，精神就会处于集中的状态。这要经过各种尝试，你才能找到最适合自己修炼的方法。"

龙灵想了想，道："我明白了。"

她从怀中取出一柄小巧的魔法杖，不再多说什么，走到一个角落坐了下来，专注地看着魔法杖上的宝石。

念冰心中暗赞，虽然这种直接的观察比自己那柴刀劈丝的修炼方法要逊色一些，但无疑是最适合龙灵的。不过，魔控力的修炼并不是一朝一夕就可以完成的，自己也用了八年时间，才有了现在的成就。

师九见龙灵在一旁坐了下来，神情专注地看着宝石，不禁愣了一下。先前念冰说的话师九并没有听进去，此时见龙灵真的按照念冰所说去尝试了，不禁感到有些好笑，坐到念冰身边，低声道："我听师傅说，原本他只想让灵儿一个人跟你来图书馆修炼，是你主动叫上我的？"

念冰微微一笑，低声道："省得大哥你误会啊！我估计会在图书馆待上很长一段时间，你放心去追你的灵儿，我看我的书，相当于给你们一个单独相处的机会，怎么样？够兄弟吧。"

师九向念冰伸出大拇指，眼中的兴奋无法掩饰："好兄弟，有什么需要尽管跟哥哥说，我一定帮你。"

念冰微笑道："现在还没有。大哥，我要看书了，其余的一切，我一律看不到。"

说完，念冰拿着书站起身，走到另外一个书架后，继续学习。师九会意，也站了起来，到龙灵身边坐下，挨着她一起看那魔法杖上的宝石。

在书的海洋中遨游，时间总是过得很快。刚开始那几天，师九还能忍耐着寂寞在这里陪伴龙灵，但他生性懒散，对修炼魔法并不是很感兴趣，否则，也不会快三十岁了还停留在高级魔法师境界。几天过去，除了吃饭时龙灵和念冰会说两句话以外，两人始终沉默不语，这令师九很不适应。到了第三天，他实在无法忍受了，只是偶尔进来看看，不会长时间留在这里。反正念冰和龙灵也不怎么说话，师九现在对念冰又信任得很。到了第七天，他索性就不再来了，任由两人在图书馆中修炼。

念冰一手拿书，另一只手快速凝聚魔法力，在一张卷轴上不断刻画。这种魔法卷轴本身是用特殊材料制作而成，上面有一层魔法宝石碾碎后形成的石粉，通过魔法的刻画，可以将魔法力储存在卷轴上，一旦需要使用，就能瞬发，省去吟唱咒语的过程。

那天念冰在对抗风女的攻击时扔出的十多张纸片，就是他在图书馆第一层中学会画的初级魔法卷轴。那种二阶魔法用普通的纸来画就可以了，而超过四阶的魔法却需要这种专门的卷轴才能画出来。品质不同的白卷轴价格也不同，最便宜的也要一个金币，而最贵的则需要十个紫金币。白卷轴本身并不是非常值钱，但如果上面储存了魔法力，那么，价格立刻就会成倍上涨。

念冰此时用的卷轴，就是最普通的价值一个金币的白卷轴，魔法师公会虽然对会员有不少优惠政策，但是，白卷轴是需要会员自己花钱买的。念冰本来对卷轴的使用只是有些好奇而已，但那天他在风女的攻击下，依靠卷轴救了自己，这让他对卷轴更感兴趣了。背完咒语，看过自己所需的知识后，他就在第二层学习起卷轴的刻画和使用方法来。

白卷轴是他从公会直接买的，他是会员，价格可以打八折。仅仅两天时间，念冰一次性买的一百个低级白卷轴就用去了九十多个，他半个月的薪酬就这样没了。不过，他的运气也算不错，由于魔控力高，他画卷轴的成功率比一般魔法师高得多，九十多个卷轴中，出了三十几个四阶卷轴，甚至还有六个五阶卷轴和两个六阶卷轴，这已经是念冰现在所能达到的极限了。

"最后一笔。"冰系魔法力骤然凝聚，念冰一指点在卷轴的关键部位，哧的一声，卷轴上蓝光闪动，顿时化为一团冰粉，报废了。

精神力大量透支使念冰有些疲倦，他无奈地靠在书架上："这六阶魔法卷轴的成功率还真低呢，又浪费我一个金币。"

"已经很不错了。"悦耳的声音从背后传来，念冰转身看去，只见龙灵不知道什么时候已经来到自己身旁。

龙灵蹲下身，看着地面上那些已经完成的卷轴，不禁微笑道："要是每名魔法师都有你这么高的成功率，那我们魔法师公会早就成为大陆上最富有的组织了。"

念冰一愣，道："书上只是说，画魔法卷轴能否成功，与魔法师的魔法力、魔控力、对魔法的领悟以及卷轴的好坏有关，倒没说成功率是多少。灵儿，我的成功率真的很高吗？"

龙灵微笑道："当然很高了。一般来说，魔法师只能画出比自己所能使用的最高等级魔法低两阶的魔法卷轴，成功率一般在百分之一到百分之五。好的白卷轴并不能增加卷轴上魔法的威力，只能提升画卷轴的成功率。用那种最贵的卷轴，成功率也只有百分之二十，再加上那种卷轴体积小，便于携带，价格才那么高。所以，即使成功画出四阶魔法卷轴，其价值也非常高。像你这个四阶的暴风雪卷轴，最少值五十个金币呢。你一共才用了一百个卷轴，就出了三十多个四阶冰系魔法卷轴，也就是说，你至少可以得到十几倍的收益，你说，是不是发了呢？

"更何况，你还用这种最普通的白卷轴制作出了几个五阶和六阶的卷轴，六阶魔法应该是你所能达到的最高阶了，连这样的卷轴你都能做出来，真是不简单。恐怕连我父亲也做不到这一点。魔法等级每高一阶，卷轴的价格至少能增长五倍。也就是说，你这几个五阶卷轴可以卖到数十紫金币，而六阶卷轴更可以卖到两百紫金币以上的高价。"

念冰听着龙灵的话，不禁笑道："那这么说，我岂不是发达了？呵呵，灵儿，你怎么知道我制作出了五阶和六阶的卷轴？"

龙灵俏脸一红，道："从你开始制作卷轴时我就注意你了，制作卷轴是比较危险的，我可不希望你把图书馆毁了。真没想到，你的魔控力比我想象中还要强大，恐怕普通的魔导士都不如你呢，否则，你岂能这么容易画出卷轴？"

念冰微微一笑，道："我要这么多卷轴也没用，你要是喜欢，就送你几个吧，随便你选，可惜我魔法力不够，否则，真要制作些高阶卷轴来使用呢。有了卷轴，遇到敌人时，一个卷轴扔过去，就算是高等级武者，恐怕也不会很舒服吧。"

龙灵扑哧一笑，道："你没事吧。要知道，扔卷轴可就相当于扔钱啊！说到卷轴，我想起来了，上次，里锝伯伯因为一时大意被你的暴风雪围住，为了不丢面子，他用了一个七阶的魔法卷轴，那是在我父亲的协助下，他才勉强画成的，要是拿到外面，至少能卖三千个紫金币。你走后，他不知道多心疼呢。那卷轴单是成本，就花费了他两百多个紫金币。"

念冰愣愣地看着龙灵，道："魔法卷轴真的这么值钱吗？"

龙灵用看怪物似的眼神看着念冰："现在我才真正相信你以前并没有正规地学习过魔法，魔法卷轴不但值钱，而且一向非常难买，超过六阶的魔法卷轴，等级每高一阶，价格能翻十倍。要知道，一个七阶的魔法卷轴就可以轻易摧毁毫无防御的城门，而八阶卷轴可以瞬间毁灭一支千人军队，九阶卷轴所释放的威力，几乎可以毁灭一个万人军团。你想想，建设一个万人军团需要多少钱？八阶卷轴至少也值一万紫金币。一个八阶大范围攻击魔法卷轴，更是可以卖到五万紫金币。至于九阶的卷轴，基本上是无价的，而且也很久没有出现过了。我父亲在长时间吟唱咒语的情况下，可以施展十阶魔法，他尝试过制作九阶卷轴，但始终无法成功，他已经耗费了数千紫金币来买白卷轴了呢。"

听了龙灵的话，念冰突然明白过来，魔法卷轴之所以如此值钱，最主要的原因是，任何魔法卷轴，哪怕只是在一名初级魔法师手中，也能发挥出卷轴上所附加的魔法的威力。这样一来，只要有钱，一个初级魔法师身上揣几十个卷轴，甚至能和一名魔导士抗衡，这就是卷轴的好处。不过，照龙灵这么说，自己做出的这些卷轴倒可以卖不少钱，以后需要钱的时候，做些卷轴就是了。

"可惜我的魔法力现在还低，最多也只能做出六阶卷轴。我用不了这么多卷轴，灵儿，你看能不能让会长帮我卖一些？"

龙灵微笑道："卖？爸爸看到这么多卷轴才舍不得卖呢，他肯定会将它们留下来。要知道，魔法师公会储备的卷轴越多，在战斗中，就越能增强公会的战斗力，即使是四阶魔法卷轴，多收藏一些也是有好处的。现在，公会里像你这样做卷轴的魔法师已经很少了，毕竟成功率太低，为了提高成功率，大家一般都会使用比较好的白卷轴，花费很大。这样好了，我替爸爸答应你，只要你需要，公会免费为你提供所有资源，但你要将做出的卷轴以市价的一半卖给公会，你自己愿意留下多少，就随你了。我估计，以你现在的魔控力，如果用那种最好的白卷轴做四阶卷轴，成功率可以超过百分之八十呢。我建议你多做些高阶卷轴，那样更能锻炼你，长时间做卷轴，对魔控力有很大的提升作用，只不过，像我这样成功率几乎为零的人，可试不起这种昂贵的方法。"

念冰大概已经明白了卷轴的珍贵，微笑道："我接受你的提议，反正我用的资源都是公会给的，如果没有图书馆中的资料，我也不可能做出卷轴。这样好了，我做出的所有卷轴，除了自己需要的以外，全都贡献给公会，我一分钱都不要。不过，我希望会长给我一个权限，当我需要钱的时候，希望公会能够提供一定的帮助，这样可以吗？"

龙灵愣了一下："我、我没听错吧？你不要钱？"

念冰微微一笑，道："我要那么多钱有什么用？带在身上太麻烦了，何况我开销也不大。"

龙灵欢呼一声，突然抱住念冰，用力在他脸上亲了一下："太好了，真是太好了！念冰，你知道吗？由于冰神塔的存在，咱们冰月帝国魔法师公会一直在大陆上没有丝毫地位，公会里不但魔法高手稀少，各种储备也比其他帝国的公会少得多。在冰月帝国皇室眼中，只有冰神塔才是帝国魔法的象征，我们根本不算什么，所以，拨下来的资金也少得可怜。爸爸一直在为这些事烦心呢。真不知道你是什么天才，要知道，就连爸爸制作这些低阶卷轴，成功率也远不如你，公会现在的一半开销，都是靠爸爸制作卷轴来维持的。"

念冰摸了摸刚刚被龙灵亲过的地方，惊讶地道："不会吧，一个帝国的魔法师公会，竟然需要这样来维持？"

龙灵黯然道："事实就是如此，咱们公会与其他帝国的公会不同，其他帝国的公会都有整个帝国在背后支持，本来我们也是，但随着冰神塔的势力越来越大，公会也就越来越得不到帝国皇家的认可了，给我们拨来的资金简直少得可怜，现在几乎只是象征性地给一点而已。念冰啊！以后有你来做卷轴，整个公会的情况都会得到改善的，真是太好了，太谢谢你了！爸爸终于不用再那么操劳了。你知道吗？爸爸今年五十几岁，雪伯伯，也就是静静的父亲已经超过六十岁了，按修为来看，爸爸明显要比雪伯伯高得多，可由于长年操劳，他显得比雪伯伯还要苍老。念冰，谢谢你，你是公会的希望啊！你继续看书吧，我要去把这个好消息告诉爸爸，我可以带走几个你做的卷轴吗？"

念冰微微一笑，道："当然可以，请便。"

念冰认识龙灵也有些日子了，他还是第一次看到龙灵如此兴奋，这当然不止是为了魔法师公会，更重要的是为了她的父亲。

龙灵兴高采烈地从地上拿起几个卷轴，也不看是几阶的，立刻向外跑去，眨眼间便消失在楼梯处。

念冰看着她离去的背影，自言自语道："真是个可爱的姑娘啊！卷轴原来是这么好的东西，嗯，普通的就留给公会好了，高阶的我就自己用。多积攒一些卷轴，以后在大陆上行走，也就轻松多了。"

他并没有继续制作卷轴，十余天过去了，第二层中他需要看的书基本上都已经看完了，就剩下最后一本他感兴趣的书。只要看完这本书，他就可以进入第三层，去了解更多的魔法知识。

念冰顺手从卷轴堆里拿起自己早就找好的那本书，缓缓翻开，书的名字叫《魔法阵初解》。

魔法阵是通过特殊的符号与魔法波动，连接天地间魔法元素，并合理利用的一种方法。在一般情况下，魔法阵是每一名魔法师所必须了解的，尤其是高级魔法师，因为魔法师只有合理地运用魔法阵，才能将自己的能力完全发挥出来，用最少的能量，释放出威力最大的魔法。

念冰看完这一段，兴趣顿时被勾了起来，他之所以选择这本书，还是因为要制作魔法卷轴，魔法卷轴的画法其实就是以魔法阵为基础的。如果自己能够多了解一些魔法阵的知识，或许就能制作出属于自己的特殊魔法卷轴，那样威力才能无限增大。

魔法阵充满奥妙，即使以念冰的聪明才智，当他看到那一个又一个复杂的符号以及这些符号的关联和各种作用时，还是不禁有些茫然。魔法符号并不多，只有一百多个，每一个都有它自己的作用。不过，当一个魔法符号和另一个魔法符号组成一个新的符号时，它们的作用就会发生巨大的变化。这正是让念冰头疼的地方。一百多个符号组合起来所产生的新符号，绝对是以几何倍数增加的，他怎么可能完全记住呢？

厚厚的一本书足有上千页，念冰很快就被魔法阵吸引，沉浸其中。此时此刻，他甚至已经忘记自己还是一名厨师，魔法的奥妙让他深深沉醉。魔法，确实是一种神奇的东西，它的内涵远比外界对它的认知要深得多。

"念冰，可以先停一下吗？"温和的声音将念冰从学习中惊醒，他抬头看去，不知道什么时候，公会会长龙智已经和龙灵出现在自己身旁。

念冰赶忙站起身，有些尴尬地道："对不起，会长，我太入神了。"

龙智微笑道："没关系，这样很好。我已经听灵儿说了你的事，你现在能不能做一个卷轴让我看看？我实在不明白，你的魔法力虽然不弱，但与我相比还有不小的差距，为什么在制作卷轴的时候，成功率会这么高呢？"

念冰无奈地耸了耸肩膀，道："这个问题我也不太明白，那我就做一个，您是魔法界的权威，或许，您能找到问题的关键吧。不过，可惜的是，我的白卷轴已经用完了。"

"没关系，我这里有。"说着，龙智从怀中摸出一个小巧的卷轴递给念冰，微笑道，"这就是那种最昂贵的白卷轴，价值十个紫金币，它能提升成功率。你试试看。"

当这个只有三寸长的小卷轴一入手，念冰顿时感觉到了它的不一样，浓郁的魔法元素在卷轴上蔓延，他小心翼翼地将卷轴打开，白色的纸面上闪耀着一层晶莹的光泽，这是自己那种价值一个金币的白卷轴远远无法相比的。

念冰没有犹豫，对魔法的执着让他立刻动了起来，右手一引，周围的空气顿时变得寒冷起来，他没有马上在卷轴上刻画魔法阵，而是就像当初劈柴时观察木材那样，仔细地观察着面前这个价值十紫金币的卷轴，寻找着能量波动的缝隙。

终于，在观察了短短数息后，念冰的右手动了，飞快地在卷轴上移动，一道道以冰元素凝结而成的魔法力不断被他刻画在那窄小的卷轴之上，速度快到让人无法看清他的动作。一个五阶的冰墙术在短短几次眨眼的工夫里就完成了。当念冰最后一指点在卷轴上时，一圈蓝色的光芒四散而出，散发到极致时又骤然收敛，一个五阶的卷轴就这样完成了。

龙智倒吸一口凉气："天啊！你这是在画卷轴吗？"

念冰清醒过来，抬头看向龙智，微笑道："会长，这样的白卷轴确实不错，我先前用的那种，恐怕要用十个才能成功一次呢。您看，这个冰墙术的卷轴还可以吧？"

龙智苦笑道："念冰，我还没有老眼昏花，怪不得你能有如此高的成功率。你知道吗？我画一个卷轴，至少需要一个时辰，而你却只用了短短数息，这就是差距啊！我想，你接触魔法卷轴的时间应该不长，为什么画得如此迅速呢？难道你就不怕画错？要知道，魔法卷轴上的魔法阵刻画起来要求极严，哪怕只有一分失误，整个卷轴也会报废。先前灵儿告诉我你已经画完一百个卷轴时我还不敢相信，现在看来，确实如此。你真是一个名副其实的魔法天才啊！"

念冰微微一笑，道："我对灵儿说过，在修炼魔法的时候，如果想让魔控力变得更加准确和强大，那么，集中精神是最好的办法。我在画卷轴之前，会将整个魔法阵的形态在脑海中过一遍，通过对白卷轴的观察，找到最好下手的位置，这样自然可以一气呵成。当你的精神力完全集中时，画卷轴根本不可能有什么失误。即使是我先前用废了的那些白卷轴，也只是因为我的魔法力在关键时刻没有衔接好而已。"

他当然不能告诉龙智，自己因为多年练习刀工，右手的准确度极高，所以才能这么有把握地刻画。龙智就算再想画好卷轴，恐怕也不会浪费八年时间去切菜或劈柴吧。

龙智仰天长叹一声："天才啊天才，念冰，我这一生中做得最正确的两件事，一件是娶了灵儿的母亲，而第二件，恐怕就是收你入公会了。我宣布，从现在开始，你正式成为公会长老，享受一切与其他长老一样的权利，只要你需要，可以凭借特殊的徽章，从公会任何一处分会提取该分会所拥有的全部资金。"

念冰早已猜到龙智会这么说，毕竟，魔法卷轴对一个公会来说太重要了，尤其是像冰月帝国魔法师公会现在面临这种情况，最需要的就是像自己这样的人，他不拉拢自己才奇怪呢。

"既然如此，念冰就却之不恭了。会长，我也声明一件事，从现在开始，凡是我做出的卷轴，除了自己所需要的以外，全部归公会所有，我只是希望，公会能尽量提供给我一些品质高的白卷轴，这样我的成功率也会高一些。可惜，我现在魔法力还弱，要是能做出一些七阶八阶的卷轴，对公会就更有利了。"

龙智微微一笑，道："时间有的是，修炼魔法力不能急。你也不用急着画卷轴，先把你想学的东西都学会再说。你放心，只要你需要，公会会全力提供最高阶的白卷轴，当然，我也希望你能多做出一些五六阶的卷轴。"

念冰心中暗想：有了制作魔法卷轴这个特长，自己也算在公会中站稳脚跟了，可惜的是这个魔法师公会的实力与冰神塔相差太远，否则，自己可以动些手脚，让公会与冰神塔相争，哪怕只是在暗地里，对自己今后的行动也是非常有利的。

龙智心情大好，他本来想邀请念冰一起到清风斋去吃饭的，却被念冰以继续学习魔法阵为由推托了。确实，对现在的念冰来说，没有什么比学习魔法阵更重要的了，因为他在魔法阵的详解中看到了对自己修炼冰火同源魔法极为有利的东西。

（本册完）